Slashing★
の剣士
②
アルト
Illustration
ろるあ

CONTENTS

ユリウス
8歳の誕生日に夢に見た
『星斬り』に心酔し、
必死に剣を振ってきた少年。
戦う度に強くなっていく。14歳。

Star-slashing ★ Kenshi

8歳の誕生日に夢に出てきた『星斬り』に憧れて、
以来毎日欠かさず剣を振り続けるユリウス。
12歳のときに幼馴染のソフィアを助けるため、
初戦でいきなりオーガと死闘を繰り広げる。
瀕死の怪我を負うも、
それを『星斬り』に到達するために必要なものと
平気で割り切る彼だったが、
助けられたソフィアは気が気でなかった。
そして2年後。
3日後にはソフィアの待つ王都へ向かうというタイミングで、
村に戦姫ビエラ・アイルバークが現れ、
呪われた街・ミナウラでの魔物討伐の兵を募る。
「絶対に関わるな」と反対する父親の言葉を聞かずに
ミナウラに向かったユリウスは途中で赤髪の魔法使いの青年シヴァと出会う。
シヴァ、ビエラの姉・フィオレとともに、
災害級の魔物ジャバウォックの討伐を試みるも一筋縄ではいかない。
またも死闘と大怪我の末、シヴァと同時に技を放つことで
ジャバウォックの討伐を成功させたユリウス。
褒賞としてフィオレに王都へ送り届けてもらうと、
そこには待ちくたびれたソフィアとリレアが――

ユリウスの幼馴染。
彼を少しでも支えるべく、
治癒魔法を学んでいる。14歳。

ユリウスとソフィアの村に
たまたまやってきた女剣士。
ひょんなことから二人の行く末を
見守り続けることに。

一話

――その日は、天に数多の星が浮かぶ閑かな夜だった。

骨が軋《きし》む音すら聞こえる閑散とした王都の夜。

雲一つ存在しない夜天は、一人の人間の影を鮮明に照らし出していた。

「――くひひ」

その影の正体は笑う。

閑散とした街の中で、頬が裂けたような笑みを浮かべながら目を細めて悪辣《あくらつ》に笑った。

手からぽたりぽたりと垂れ落ちるは、どろりと粘つきを見せる液体。

独特な鉄錆《てつさび》の臭いを充満させるソレを流し目で見詰める男の瞳には、喜悦の感情が湛《たた》えられていた。


……人知れず、狂気交ざる夜の街。

翌日。王都に位置する掃き溜めにて、とある〝魔法使い〟が死体で見つかった。

そしてその日を皮切りに、五日に一度のサイクルで〝魔法使い〟が王都で死体となって見つかる事件が続き、様々な噂が飛び交った。
やがて人は、それが〝魔法使い狩り〟の仕業であると次第に囃《はや》し立てるようになっていく
——。

◇◇◇

「——魔法使い狩り？」

時刻は日差しが真上からこれでもかと降り注ぐお昼時。王都に位置する食事処《どころ》にて、俺は女剣士——リレアへそう尋ね返していた。

「そ。〝ミナウラ〟に一人で向かってたキミは知らないだろうけど、最近、王都じゃそんな物騒な噂があちこちで広がってるの」

〝魔法使い〟のみを標的とした意図的な殺人。

嫌味ったらしい物言いながらもリレアが詳しく語ってくれる。

〝ミナウラ〟を後にして早二週間。

そろそろほとぼりが冷めても良い頃だと思うのに、目の前のリレアと、隣に座りながら無言で昼食をフォークで突き刺しては口に放る行為を繰り返すソフィアからは未だに根に持たれていた。

結局、〝ミナウラ〟の一件についてはソフィアからは「有り得ない」という言葉と共にグーパン

チを一発。

リレアからは何で私も呼んでくれなかったのと、俺と同様剣馬鹿らしい言葉を頂く羽目になっていた。

「殺されるのは決まって〝魔法使い〟のみ。それもご丁寧に、五日に一回〝魔法使い〟が殺される事件が起こってるのよ」

サイクル的には、次は明後日ね、とリレアは呆れ交じりに言葉を吐き捨てた。

「かれこれ五人も殺されてるっていうのに、騎士団が動く気配はなし。……一体、騎士団は何をしてるのかしらね」

「そういえば、ここ二日くらいロウとヨシュアの姿が見えないけどあの二人は？」

「あの二人なら、護衛の依頼をこなしてるわ。このご時世だから、〝魔法使い〟は寧《むし》ろ邪魔になるって事で私だけ仲間外れ」

だからキミ達と一緒にこうしてのんびりご飯食べてるのよと、不満をこぼす。

正体不明の〝魔法使い狩り〟はまず間違いなく、何らかの目的の為に〝魔法使い〟を殺さんと試みている。

今でこそ、五日に一回というサイクルに則って行われているが、現状、それがいつ破られるか分からない状態である。

だから、そもそもの懸念材料である〝魔法使い〟を護衛依頼であるならば極力関わらせないようにする。先《さつき》の話を聞くからに、その考えは至極真っ当なものに思えた。

「私とキミみたいな近接戦闘に向いた〝魔法使い〟ならまだ良いんだけど、ソフィアちゃんみたいな非戦闘系の〝魔法使い〟が狙われる可能性だって十二分にあり得る。だから、当分はこの三人で行動したいんだけど、大丈夫かしら？」

三人で固まってさえいれば、その正体不明の輩《やから》からも狙われにくいだろうとリレアは言う。

そして、ようやく理解する。

三人でご飯でもどうかと、リレアが俺とソフィアを誘った理由はその話をする為であったのか、と。

「そういう事情なら、俺はその提案に従うよ」

別に断る理由もなし。

それに、未だ機嫌を直してくれないソフィアに対して俺は負い目がある。

どんな形であれ、ソフィアの為になるのであれば俺が断る理由はどこにもない。

「なら決まりね。ソフィアちゃんにはキミがいない間に話は通してあるから、後はキミの返事待ちだったのよ」

それは俺が〝ミナウラ〟でシヴァと共に剣を振っていた時に、なのか。はたまた、〝ミナウラ〟に向かってる最中に、なのか。

そこのところはよく分からなかったけれど、下手に何かを言うと藪蛇になる気しかしなかったので黙ってその場をやり過ごす。

「それじゃ、早速で悪いんだけど、この依頼に付き合って貰っても良いかしら」

そう言って、リレアが懐《ふところ》から取り出したのは一枚の紙。それは、討伐だなんだかんだと書き記されていた依頼書であった。

「折角、キミと一緒に行動するのに、その剣の腕を活かさないだなんて阿呆過ぎるでしょう?」

リレア達とは友人の関係であるが、俺とソフィアは冒険者ではない。

だから、冒険者に向けられた依頼をこなすのは拙《まず》いのではと言おうとして、

「言い忘れてたけど、小さい事をいちいち気にしてたらキリがないわよ」

「……まだ何も言ってないんだけど」

「キミってば、変なところで律儀な性格をしてるから、人よりもずっと分かりやすいのよ」

至極正しい考えである筈なのに、何故か内心を見透かされた挙句、呆れられた。

「で、なんだけれど、この依頼をこなした後——だから、数時間は後になると思うんだけれど、何か予定とかあったりする?」

「どうして」

「一人、キミに会って貰いたい人がいるのよ」

ただ、その人は夜しか都合がつかなかったのよねと苦笑い。

そしてこれからこなす依頼は会うまでの時間潰しも兼ねているのだと理解する。

「時にユリウスくんは——怪獣討伐に興味はお有りかしら?」

「……怪獣?」

そう言われて即座に脳裏に浮かんだイメージはあの規格外の魔物〝ジャバウォック〟。

しかし、流石《さすが》にいくら何でもそれはあり得ないだろうと可能性の候補から外した。

「魔法使い狩りが始まってから、私のようにパーティーのメンバーからも距離を置かれる魔法使いが増えてるの。なにせ、噂の〝魔法使い殺し〟は既に名の通った武人も二人ほど殺してるから」

故に並の人間では太刀打ち出来ない相手であるという認識は既に広がってしまっている。

余程仲が良い相手でない限り、今、魔法使いを快く迎え入れる人間はいないと彼女は言う。

そのせいで魔法使いという本来であれば貴重な存在が数多くあぶれてしまっているとも。

「だから、みんな当分は大人しくするみたいなムードが出来上がってたんだけどそんな中で一人、声を上げた人がいたのよ」

――――一人では狙われる危険が伴う。だったら、魔法使い同士で集まってしまえばいい。そして折角集まるのなら、魔物を倒そうじゃないか。それも、とびっきりの大物を。

「――――名を、アムセス。その誘いに乗るかどうかは後はキミ次第なんだけれど、一度話を聞いてみる気はない？」

◇◇◇

研ぎ澄まされた戦闘勘。

袈裟《けさ》に剣を振り下ろせば、身体《からだ》は呆気《あっけ》なく泣き別れ、思い切り得物を投擲《とうてき》すれば標的は四散。本能の赴くまま、剣を振るうが最適解。タネも仕掛けもないただの一撃を振るい――――気付けば、それにて全ては仕舞い。

ぶん、と傘の水を払うような血振りの動作。

辺りに広がるは思わず顔を顰《しか》めてしまう程の異臭。鉄錆と、肉塊の死臭である。

大地を彩る真紅は、まるで茜空を掬《すく》いあげたような透き通った色で、「う、っ」と、引き攣《つ》った
ソフィアの声が俺のすぐ側《そば》から聞こえて来た。

「……着実に力を付けてきてるわね」

勝手に一人で先走り、依頼内容に書き記されていた魔物を難なく一掃してみせた俺の姿を見て、
リレアは面白くないと言わんばかりに言葉をもらす。

「ま、ぁ、ここらの魔物は投げれば当たるし、振ればちゃんと斬れる。あ、後、ちゃんと距離も詰められるし」

だから、手間取る筈がないよと俺は言う。

割と練習していた投擲はフィオレが〝ピィちゃん〟と名付けていた魔物にすら通じなかった。

〝ジャバウォック〟に至ってはまともに接近出来ないどころか、腕の消耗を犠牲にして撃ち放った
渾身《こんしん》の〝流れ星〟ですら、尾の先端を斬り裂くだけにとどまった。しかも、その傷はすぐに癒着されてしまったというオマケ付き。

それを考えると、ちゃんと近づく事が出来る。

振れば斬れる。投げれば当たる。一瞬の意識の間隙《かんげき》を突いた高速の一撃がやって来る事もない。

なんともまあ生温《なまぬる》い事か。

「……〝ミナウラ〟にいたとは聞いたけど、キミ、どんな化け物と戦ってきたのよ」

本来、当たり前である事実を、恵まれていると認識する。それ即《すなわ》ち、その当たり前が当たり前に享受出来ない状況に立たされていたという事実に他ならない。

そう解釈したのか、リレアはリレアでソフィアとは違う意味で顔を引き攣らせていた。

「とんでもない化け物だよ。でも、俺一人だったら間違いなく呆気なく死んでた。俺がこうして生きていられてるのは、人の縁に恵まれてたからだし」

「……でしょうね。〝ミナウラ〟の魔物はとんでもなく強い事で有名だもの」

流石は別名、呪われた街といったところか。

その悪評は多くの人間にとって周知の事実であったらしい。

「ただ、これだけ戦えるようになってるのなら尚更、キミの考えが理解出来ないんだけれど」

「と、いうとあの時の返事？」

「それ以外に何かあったかしら？」

「いいや？　ただ聞いてみただけ」

あの時の返事とは、リレアが口にした怪獣討伐の件について。

アムセスと名乗る一人の冒険者が声を上げげた魔物討伐の話を、彼女から聞いた後、俺はその話を受けるのではなく、断るという選択肢を選び取っていた。

それが、剣馬鹿仲間であるリレアには心底理解出来なかったらしい。

「……もしかして、あたしに遠慮してる？」

おずおずといった様子で、血が見えないように気を付けているのか。若干顔を背けながら今度はソフィアが問い掛けてくる。

「いいや？　これっぽっちも」

刹那《せつな》の逡巡《しゅんじゅん》すら要す事なく返す言葉。

直後、ぎゅう、と思い切り足の甲を踏まれた。

……俺にどうしろと。

「でも、またとない強くなる機会だとは思わないの？」

「思うよ。俺だってそれが強くなる機会だと思ってる。でも、俺が求めてるのはそういう状況じゃないんだよね」

まず第一に、俺が剣を振る場合は大小に限らず理由がいる。

そして第二に、己の限界を超えられる機会が存在する闘争を求めている。『星斬り』へ至る為の近道は、まさしく、目の前に立ちはだかる壁を超え続ける事であると思うから。

「ぶっちゃけ、俺からすればその〝魔法使い狩り〟の方が興味あるかなあ」

理由もちゃんとある。

俺と同じ魔法使いであるソフィアの安全を守る為。そして、件《くだん》の〝魔法使い狩り〟は高名な魔法使いを一方的に殺しているらしいからだ。

それで第一、第二の条件はクリア。

多くの魔法使いが集まって、怪獣をみんなで討伐するより俺からすれば余程そっちの方が魅力的に映る。何より、みんなで協力して強力な敵を倒す。などという当たり前の段階を踏んでいては己の壁を超える事など、夢のまた夢である。

「それに、〝魔法使い狩り〟を捕らえるなりすれば、少なくない褒賞金が出るんでしょ？　多分、そっちの方が美味しいと思うけどな」

「……でも、姿形、声、性別、まだ何もわかってないのよ？」

いくら懸賞金がかけられているとはいえ、そんな相手にどう立ち回るのだと呆《あき》れるリレア。

「そこ、なんだよね」

一番の問題はやはりそこなのだ。

「だけど、〝魔法使い狩り〟の姿形を確認する方法は一つだけある」

「……自分が餌になる。そういう事かしら」

即座にやってくる答え。

その言葉に、俺は頷《うなず》いた。

すると、コイツまじか。

みたいな視線を向けられた。

呆れて何も言えないと言わんばかりの様子である。

「次現れるのは明後日、なんだっけ。恐らく、一人で夜道を歩いていれば遭遇する可能性はかなり高いと思うんだよね」

要するに俺が言いたいのは、鴨がネギを背負ってやって来たと見せかけておきながら、実はネギを背負ってたのはお前だったんだよ大作戦を決行してみてはどうかという事。

「キミ、下手すれば殺されるわよ」

「でも、この方法が一番手っ取り早いと思うんだけどな」

「……そりゃそうでしょうけれど」

リレアが渋面を崩さない理由は、そもそも、高名な武人達は不意をつかれたからといって簡単に殺されるようなヤワな者達ではないと、そう言いたいからなのだろう。

いかに警戒をした上で迎え撃とうと試みても、それが失敗に終わる可能性は極めて高い、と。

「――――あたしは、それでもいいと思う」

「……ソフィアちゃん？」

そんな折、話を黙って聞いていたソフィアから声が上がる。そしてそれは、意外にも俺の主張を支持するものであった。

「だってユリウス、何言っても言うこと聞いてくれないし。どうせ、ここでいくら反対しても自分勝手にあたし達に何も知らせずに行動を起こすんでしょ？」

「…………ぐ」

思わず言葉に詰まる。

確かに、その言葉通りの未来になってしまうような予感が心の何処《どこ》かに存在していた為、上手く反論は出来なかった。

「だったら、行動を把握しておいた方がまだいい。それならあたし達も手助けしやすいだろうから」

流石は幼馴染み。

俺の事をよく分かっている。

〝ミナウラ〟に寄り道した俺に対してグーパンチ一発で済ませてくれるだけの事はある。

「……確かに、言われてもみればそれが最善手かもしれないわね」

呪われた街とまで言われた〝ミナウラ〟に自分の意思で進んで向かうような阿呆である。

しかも、向かった理由は星を斬る上で可能な限り早く今より強くならなければいけなかったから、というものだ。

故に、正論を説いて俺の考えを変えようなんて事は土台無理な話でしかないのだ。

「……というより、たった一ヶ月とちょっと会ってなかっただけですっかり頭の中から抜け落ちてたわ。キミは、普通《まとも》じゃなかったんだって」

肩を竦《すく》めながら言い放たれるその言葉に、俺は笑った。

基本的に、人という生き物はリスクを冒そうとする時は決まって、何らかの〝真っ当〟な理由を胸に突き進もうと試みる。

曰く何かを守る為に。助ける為に。

曰く課された使命を全うする為に、等。

そして、それが常識であり、世間で言うところの当たり前。

だからこそ、強くなりたいからという理由でその身をベットし、死地へと赴くのだと宣《のたま》うヤツなんてものはまず間違いなく普通《まとも》であるとは思われない。

故に、その思考というものは本来であればこれっぽっちも理解はされない。何故ならば、そいつらの存在というものは埒外《らちがい》に位置しているから。

「棒切れ一つで変異種のオーガを相手取った挙句、それを純粋に楽しんでたお馬鹿さんって事を忘れてたわ」

果てしなく先に存在する目標に向かってひた走っているといえば聞こえはいいが、ハッキリ言ってしまえば——ただの痴《し》れ者である。

「それに、〝ミナウラ〟で剣を振ってきたなら、そのくらいじゃないとキミは満足出来ない、か——死んでも私は知らないわよ」

「そういえば、〝ミナウラ〟でも似たような事を言われた気がする」

「……二年前からずっと、相変わらずの命知らずね、キミは」

「褒めても何も出ないよ」

「……はぁ」

俺の顔を見詰めていたリレアは、そう言って深いため息を吐《つ》いていた。

「……なら、そうと決まれば色々と準備をしておきたいし、早いところ報告を済ましておくべきね」

正論を説いても、説得は不可能。

だったら、もう割り切った方がいい。というソフィアの意見に最終的に同調したリレアがそう言って凄惨《せいさん》に広がる魔物の死体の山に目を向ける。

「討伐した証明に、心臓あたりに存在する魔石を持ち帰らないといけないんだけれど……」

そう言ってリレアは視線をソフィアへと移動。

「無理無理無理無理無理無理、無理です。あたしは絶対に無理です」

急に畏《かしこ》まった口調で、壊れたブリキ人形もビックリな速度でソフィアは首を左右に振っていた。

広がる酸鼻な光景。

尋常な人間であれば例外なく身を竦ませてしまう惨状を前に、彼女は拒絶反応を見せる。

「に、なるわよねえ……」

元々、ソフィアは血を見ただけで嘔吐していた側の人間だ。いくら人間ではなく魔物の血とはいえ、それが生理的嫌悪を催す臭いである事に変わりはない。

「キミも、ソフィアちゃんが血とか苦手な事知ってるでしょうに、もうちょっと上手く殺せなかったの？」

「俺は斬れればそれで良いって考えだから」

だから、上手く殺すとか、そんな器用な事が俺に出来る筈がないじゃんと一蹴。

……魔物の血は特に臭いからあまり触りたくはないのに。と愚痴りながらも、改善の余地が全くないと判断してか、会話はそこで終了していた。

◇◇◇

王都に位置する中央通りと名付けられた大勢の人が行き交う道。

ギルドに向かう場合、ここを通らなければならないとリレアに言われ、王都の地図が頭に入っていない俺に気を遣って先行して案内をしてくれる彼女に追従する最中。

どん、と、俺の肩が何かとぶつかった。

「————っ、と」

ぶつかって来た相手側は急いでいたのか。

それなりに勢いがあった上、ガタイも俺より大きかった事もあり、俺は思わず尻もちをついてしまう。

俺が突然声を上げた事に反応してか、肩越しに振り向くリレア。そして尻もちをつく俺に手を差し伸べようとしてくれるソフィア。

己の注意不足であったと「ごめん」と口にしようとする俺であったが、それを遮るように一つの声が発せられた。

「おっ、と。ごめんよ。怪我はない？」

俺が転げた事に気付いてか。

ぶつかった男は足を止めて振り返り、気遣う言葉を投げ掛けてくれる。

爽やかな印象を受ける灰色髪の青年だった。

〝ミナウラ〟に向かう道中で出会ったシヴァとは真逆の印象を受ける風貌。

「尻もちついただけだから、大丈夫」

「それは良かった」

差し伸べられたソフィアの手を摑《つか》み、引き上げられながらも俺がそう言うと、彼は柔和な笑みを浮かべた。

本当に悪気はなかったのだろう。

だから、気にする必要はないよと言って再び歩を進めようと試みて、

「――……アムセス」

しかし、その行為はリレアの発言によって拒まれた。どうしてこんな場所にいるんだ。

そう言わんばかりの言い草であった。


アムセス。


それは、ごくごく最近、耳にしていた名前。

故に、それが一体誰なのかについては即座に考えが及んだ。

「あれ、そこにいるのはリレアさん？　こんなところで出会うだなんて奇遇だなあ。もしかして、この子達は君の連れなのかな」

「ええ、まあ」

「へぇぇ。じゃあこの子が、」

直後、値踏みするが如く、頭上から爪先へとアムセスと呼ばれた青年は俺へ視線を這わせる。

「なら、ちょうど良かった。偶々《たまたま》予定が変わって僕の時間が空いちゃってね。どうだろう？　この先の予定がないなら、何処か落ち着ける場所ででも、僕と話してみる気はないかな」

「……貴方《あなた》と？」

「そ。僕と」

視線を合わせるように中腰となり、どうかな？　と、アムセスは口端を曲げた。

口調であったり、雰囲気であったり。

それらが、貴族であるフィオレ・アイルバークとほんの少しばかり似通っていたからか。

俺はつい、畏まった言葉遣いをしてしまう。

「リレアさんから聞く限り、君は強くなりたいんだって？」

どうやら、アムセスにリレアは俺の事を何となくは話していたらしい。

「……ええ、まぁ」

「だったら、僕達と一緒に今回は行動してみるのも良い刺激になると思うんだけどな？　現時点で既に二十余名もの魔法使いが参加する予定なんだ。見て盗めるものも、沢山あると思うけどね」

確かに、アムセスの言葉は一分の隙もない完璧な正論である。しかし悲しきかな、俺の目にそれはやはり魅力的には映らない。

理由は単純明快。

俺の拭《ぬぐ》えぬ性分が原因である。

が。

『星斬り』の男の戦闘技術こそが至高と捉え、それ以外は不要と割り切ってしまっている俺の性分
学ぶ事は大事だ。

それをする事で己が強くなれるだろう事も理解している。ただ、生涯に亘《わた》って〝化け物〟と謳《うた》われ、『星斬り』の為に心血を注いだ男の全てと、言い方は悪いが、小手先の技とではそもそも比べるに値しない。

見て盗む暇があるのなら、記憶の中の『星斬り』の男に少しでも近づけるよう、実践に身を投じ、その記憶の中にある技術を己のものとした方が余程、強くなれる。己を限界の先まで追い詰めた方が、ずっと。

そんな、確信があったのだ。

「特に、君はまだ若い。後学の為と思って、まず、僕の話を聞くだけでもどうだろうか？」

リレアの話を聞く限り、恐らくアムセスも魔法使いなのだろう。

言葉を交わした限り、きっとこの人は良い人だ。

リレアから俺の事を死にたがりとでも聞いたのか。本当に心底気遣ってくれているのが言葉の端々からよく伝わってくる。

「うんと、そうだね。あそこに見える店で、なんてのはどうかな？」

アムセスがそう言って視線を向けて指を差したのは巷《ちまた》で噂の――――スイーツ店。

「あそこの店の店長とは知己の間柄でね、折角だし、甘い物を食べながらでも」

ただ、いくら人懐《ひとなつ》こい愛想の良い笑みを向けられようとも、申し訳ない事に既に答えは出てしまっている。

だから、ごめんなさいと俺はアムセスに向かって断りを入れようとして。

「────行きます。ぜひとも行きましょう」

どこからか、声がやってきた。

勿論《もちろん》それは俺の声ではない。

それは、今までになく目を輝かせる少女の口から発せられたもの。

下手人《げしゅにん》は────ソフィアであった。

……なんでだよ。

程なくちょんちょん、と肩をつつかれ、俺の耳元にソフィアの口元が近づけられる。

「……あそこのスイーツ店、いっつも人で溢れてる大人気の店なの」

小声で教えてくれる至極どうでも良い情報。

興味ない俺からすると、へぇ、それで。

くらいの感想しか出てこない。

「へぇ、それで?」

反射的に、それは内心にとどまらず声にも出ていた。

転瞬、むぅ、と不機嫌に唸《うな》る声が聞こえてくる。どうやら俺の答えはソフィアが求めていたものではなかったらしい。

「……〝ミナウラ〟。置いてきぼり。好き勝手。おじさん。嘘泣きしてチクる」

「……っ、ちょっ」

思わずぶるりと身が震え上がった。

ついでと言わんばかりに、恐ろしい事を口走りやがる。

……そんな事をされてもみろ。

村長からは勿論、親父からもぶん殴られた挙句、二人から袋叩きに遭う未来が透けて見える。

俺の将来はサンドバッグ待ったなしだ。

「…………」

アムセスの提案に乗れば、この様子を見る限りソフィアの機嫌は良くなるだろう。

しかし、断ると決めているのに、ほいほいと物に釣られて甘い汁だけ吸うのはいかがなものか。

そう思うと安易に頷く事は出来なかった。

そんな折。

「────君がこの申し出を断るのならば僕は、ぜひともその理由が知りたい。変異種のオーガを視界不良の中、一人で倒してしまうような規格外の少年の忌憚《きたん》のない意見を」

そう言われ、反射的にリレアへ視線を向ける。

「……私は何も言ってないわよ」

「そう、リレアさんは僕には何も言ってない。聞いたのはただ、知り合いの魔法使いの少年にも、討伐に参加するか否か意向を伺っておきたい、という事だけ」

ただ、リレアさん達の知り合いに、オーガの変異種を倒せる少年がいる事は周知の事実であるけれどねと、悪戯《いたずら》っぽく笑いながら彼は付け足した。

「こう見えて、人と話す事が好きな性分でね。僕の悩みを解消すると思って、どうだろう?」

……表情に出ていたのか。

俺が色よい返事をしようとしていない事も、それを踏まえて、色々と躊躇《ちゅうちょ》していた事も全てアムセスからすればお見通しであったらしい。

心の中で、見た目通りだよと付け加えながら俺は、

「……分かりました」

そう口にした。

二話

「――――堅実だから、です」

ソフィアが目を輝かせて足を踏み入れた人気のスイーツ店――――名を〝プロッソル〟。

アムセスが店のオーナーらしき人物と話をするや否や、案内をされた奥のテーブルにて美味しそうにデザートを頬張るソフィアを蚊帳の外に置き、俺は彼へそう告げていた。

だから、貴方の誘いには乗れない、と。

「堅実に、それこそ一つ一つ経験を積み重ねて行き、実力を付ける。その一連の行為が間違っているとは言いません。寧ろ、それはこれ以上なく正しい。考えが歪んでいるのは俺の方でしょうね。ですが、堅実に強くなったところで、得られるものは――――常識の範疇《はんちゅう》の〝強さ〟でしかない」

それは記憶の中の『星斬り』が親友に向けて口にしていた一言。つまり、受け売りである。

「俺が目指す〝最強〟ってやつは、人が言う普通や当たり前の埒外に位置しているから〝最強〟なんです。容易に届かぬ頂であるから、〝最強〟なんです」

そこに、言わずもがな堅実さなんてものは不要でしかない。

「……君の言い分は分かった。だけど、そういう事情なら、尚更理解に苦しむね」

己が納得するだけの理由があっての発言なのだとアムセスは一応の理解を示してくれる。

しかし、向けられる渋面に変わりはない。

「強くなりたいなら、もっと貪欲になるべきだ。得られるものは全て得る。経験は全て己のものとする。リスクを好むのは君の自由だけれど、得られたであろうものすら捨て置いて無謀に前に進もうとするのはあまり賢い選択肢とは思えないね」

正しかった。

それはどこまでも正しいものだった。

強くなるという目標を掲げたならば、アムセスの言い分の通りに行動する事こそが正解であった。

「でしょうね」

だから、肯定する。

己が持つ考えを貶《おとし》める結果になろうとも、事実、アムセスの言い分の方が正しいと他でもない俺が理解しているから。

ただ、既に『星斬り《先人》』が証明してくれている事実であるが、正しい事を正しいようにやった人間が到れるほど、〝最強〟は易くないのだ。

故に――――。

「それを分かっているのに、どうして、」

「簡単な話です。俺は、自信を付けたくない。腕を折って、死にかけて、限界ギリギリの状態で、運良く勝てたって事実が欲しいだけですから」

自分の限界以上を、自分の強さでもって勝ち取る。壁を超えるとはつまり、そういう事であり、それを経験した時、間違いなく無傷とはいかない。

死にかけたならば、己が強いという自信も、慢心も生まれようがない。なにせ、死にかけているのだから。

「それであれば、自信が付く余地はありませんし、次戦えば今度は己が殺されるだろうっていう〝怯え〟の感情も齎《もたら》してくれる。俺が求めてるのは、ただ、それの繰り返しですから」

アムセスは、心底理解出来ないと言わんばかりの表情を見せる。

ただ、ソフィアと同様、スイーツを頬張るリレアは相変わらずねと、呆れ交じりに笑っていた。

「……無茶の先に待っているのは、死のみだよ」

「ですが、無茶を貫いた先にしか待ってない頂ってやつがある事を俺は知ってしまっている」

それこそが————『星斬り』。

故に、いくら阿呆としか形容しようがない思考であると己自身ですらも分かっていようとも、変える事ができない。

その憧憬に酔い痴れてしまったが最後、抜け出す事は叶わないのだから。

「俺から言わせれば、下手に自信を付けてしまった方が、余程死にやすくなる」

だから緊張感もくそもない大勢の魔法使いに囲まれる中で、魔物を討伐して中身の伴わない結果と報酬を得る事に興味はないのだと俺は吐き捨てる。

「俺はまだ、止まれないから、貴方の誘いに応じる事は出来ません」

そう、締めくくる。

するとと程なく、

「――――は、は、は」「ははははは!!」「ハハッ」「あははははは!!!」「ハハハハハ!!!!」

弾けたように響く断続的な笑い声。

至極真面目に答えたというのに、どうしてか、俺はアムセスに腹を抱えて盛大に笑われる羽目になっていた。

「……いや、ごめんよ。君を馬鹿にしたいわけじゃないんだ。ただ、その考えが面白くて。やっぱり、君とこうして話をしてみたいと思った僕の直感は正しかったというわけだ」

「………………?」

周りの客からの視線すらも集まる中、俺は疑問符を浮かべて小首を傾げる。

理解されない思考であるとわかってはいるけれど、そこまでオーバーにリアクションする程のものだろうか、と。

「僕の魔法使いとしての勘、っていうのかな。魔法使いを見ると、この子は特に面白そうだなぁとか、そういった事が何となく分かっちゃうんだよね」

僕自身が予知系統の魔法使いだからって事も関係してるのかもね、と何気なく付け加えられたその一言。

――――予知系統。そんなものもあるのかと、関心を抱いたのが顔に出てしまったのか。

「おっ、と。もしかして僕の魔法に興味持った？　ま、予知系統の魔法は特に珍しいからね。今からでもどう？　もしかすると、これから一緒に行動すれば僕の魔法の正体が分かるかもしれないよ？」

「……いえ、結構です」

「つれないねえ」

揺らがない俺を前に、アムセスは軽薄な笑みを浮かべていた。

「じゃあ、となると、これから君達はどうするの？」

〝魔法使い狩り〟と呼ばれるナニカが横行する世の中。いくら一人ではないとはいえ、動き辛いのではないか。

そう思ってなのか、アムセスは俺に留まらず、リレアやソフィアにも向けて問い掛けていた。

「――――その、〝魔法使い狩り〟とやらに興味がありまして」

俺とソフィアとリレアの三人の中で一番年長であるリレアに決定権があると思っていたのか。

悩む素振りもなく、即座に返答する俺を意外そうな目で彼は見詰めてくる。

「折角ですし、一度戦ってみたいなと。何より、そんな物騒な輩を放っておくわけにはいかないじゃないですか」

申し訳程度に俺らしくない正義感に満ちた言葉を言ってやると、ぷくく、と嘘くさいと言わんばかりに何処からか笑い声が聞こえてきた。

笑ったのはソフィアだったのか、リレアだったのか、はたまたアムセスだったのか。

……事実は不明だけれど、笑ってくれやがった人間が一人でない事は確かであった。

「まぁ確かに、それもそうだ。そもそも、僕達が魔法使いを集めてる理由はその〝魔法使い狩り〟とやらから己の身を守る為でもあるからね」

一点に集結しておけば、いくら〝魔法使い狩り〟とはいえ、安易に行動を起こす事は出来ないだろう、と。

成る程確かに、その通りである。

「でも、そうだね。君達がアレと戦うなら一つだけ忠告しておくよ。最初から最後まで、目は使えないと思っておいた方がいい」

「……正体を知ってるんですか？」

「あくまで噂話程度なんだけどね。どうも、相手は己の姿を消せる魔法を使うらしい」

まさに暗殺者らしい魔法だねと彼が言う。

「いくら歴戦の戦士とはいえ、相手の姿が見えないんじゃどうしようもない。しかも、不意を打たれたとあっては最早、ただの案山子《かかし》だよ。殺されるのも無理はない」

それも、頑丈な鎧《よろい》の上から一撃で対象の命を刈り取る技量の持ち主でもあると付け加える。

「………………」

それを耳にした俺は思わず口を閉ざしてしまう。

「もしかして、怖気《おじけ》付いちゃったかな？」

「────冗談」

すっかり沈黙してしまった俺を見て、至極当たり前とも思える感想を述べたアムセスに対し、俺は獰猛《どうもう》に笑んでみせる。

口を閉ざしていた理由は我慢していたからだ。決してそれは怯えていたからではない。

姿を隠す魔法。そして、そんな魔法を所持していながら歴戦の戦士に勝るとも劣らない技量。

何ともまあ――――素晴らしき事か。

己に巡ってきた思いがけない幸運に、俺は思わず身体を震わせる。

「……分かってないわねえ。その子にそういう情報は、逆効果にしか働かないわよ」

本当に、会話に交ざってきたリレアの言う通りで、俺にとってそれは逆効果でしかない。

〝強さ〟を追い求める者達にとって、強者との戦い、そして得難い糧は求めて止まないものである。

故に、強ければ強いほど、俺のような人間からすれば都合がいいのだ。

「どうしてそこまでしてユリウスくんに拘《こだわ》るのか。それは知らないけれど、この子を勧誘したいと思うのなら、その情報は悪手でしかなかったわね」

戦う理由は満足にある。

だからこそ、憚《はばか》る必要はどこにもない。

「――――そういう事です。何より、強い相手だからって背を向けるようじゃ、〝最強〟は夢のまた夢。貴方もそうは思いませんか、アムセスさん」

◇◇◇

「――――それで一体、どうするつもりなのかしら」

「どうするって？」

「……〝魔法使い狩り〟の事に決まってるでしょう」

あれから人気のスイーツ店〝プロッソル〟を後にした直後、隣を歩くリレアからそう問い掛けられていた。

「視認不可の魔法だなんて聞いた事がないけれど、もし仮に本当にそんな魔法を〝魔法使い狩り〟が使うとすれば……万が一も十二分にあり得るわよ」

「だろうね。でも、本当に相手がそんな魔法使うとして。なら、そこには何かしらの欠陥が付き纏《まと》っている筈だよね」

それは二年間の猶予の際。

リレアから教えられていた魔法についての知識の一つ。


――――欠陥のない魔法は絶対に存在しない。


という発言に基づいた上で出した結論であった。

たとえば俺の魔法である〝刀剣創造《クリエイト》〟であれば、己の肢体のすぐ側《そば》にしか得物を生み出す事が出来ないという欠陥がある。

〝ミナウラ〟で出会ったフィオレの〝屍骸人形《マリオネット》〟は、魔法使いには使用出来ないという制限が。

彼女の妹であるビエラやシヴァの魔法については知らないが、恐らく何かしらの欠陥を抱えていた筈だ。

それが、魔法に付き纏う〝絶対〟であると他でもないリレアが教えてくれたから。

「……ええ、そうね。恐らく何かしらの欠陥はあるでしょう。でも、」

「――――なら、きっと何とかなるって」

リレアの言葉を遮って、楽観的に俺が言う。

「それに、ずっと謎めいたままにしておく方がよっぽど怖いと思わない？　姿を隠せるなら、何処かに逃げ隠れても無意味。なら、その五日に一回の周期に則って魔法使いを殺してくれてる今のうちに、堂々と餌になっておいた方が良いと思うけどな」

「……キミにしては珍しく正論を言うのね」

「俺はいつだって正論を言ってるつもりなんだけど？」

「その認識は間違いなく正しくないから改めておいたほうがいいわよ」

そう言って目一杯呆れられた。

「――――にしても、予想外に予定が早く終わっちゃったわね」

リレアは空を仰ぐ。

まだ日は暮れてもおらず、時刻は昼を少し過ぎたあたり。

予定していた魔物の討伐と、アムセスとの話し合いも終了してしまい、当初の予定は全て終わってしまっている。後は、討伐の証明をギルドへ提出しに向かうくらい。

「何かしたい事はあるかしら？」

王都に来たばかりの俺を気遣ってか。

したい事はあるか、とリレアが俺に尋ねてくれる。けれど、ソフィアのように何処かのお店に興味がある等も特にないので一瞬考え込むも、やはり良さげな答えは浮かんでくれない。

口を真一文字に引き結び、んー、と考え込む俺を見兼ねてか。

「……あぁ、そういえば、ソフィアちゃんってばあれから随分と魔法が上達したのよ？」

突然の話題転換。

あたしは口出す気ないから、と言わんばかりに一向に話に交ざろうとしていなかったソフィアの名を突としてリレアが声に出していた。

「今なら、多少の傷程度ならすぐに治せるんじゃないかしら」

「へぇ」

二年の猶予の間にも、己なりに試行錯誤していた姿は見ていたけれど、リレアの言葉を聞く限り王都に来てから更にソフィアも己の魔法を上手く扱えるようになっているらしい。

「だから、ソフィアちゃん次第ではあるけれど――――」

そう言いながらリレアの視線がソフィアに移動。

「――――やりたい事が見つからないっていうなら、相手をしてあげても良いわよ？　私も定期的に魔法を使っとかないと鈍っちゃうし」

聞こえてくる乾いた金属音。

リレアが終始腰に下げていた剣の柄を僅《つかわず》かに持ち上げた事で生まれた音であった。

そしてその提案は、これから無為に時間を潰すより余程、俺からすれば有益なものに思えた。

ただ、問題はリレアがソフィア次第であると条件をつけた部分にある。

「……んー」

俺とリレアの視線がソフィアに集まる。

当の本人はというと、何やら悩ましげな唸り声を漏らしていた。

「あたし的には別に良いんだけど、条件が一つだけ」

ここでもまた、条件。

「その手合わせで、もしユリウスがリレアさんに負けた場合は、〝魔法使い狩り〟の餌になるって言ってたやつ。あの言葉を訂正して貰うから。もちろん、二人とも魔法は禁止。ユリウスは〝流れ星〟も禁止」

……とんでもない条件である。

「あ、それ良いわね。私に勝てないのに噂の〝魔法使い狩り〟に勝てるわけがないもの。その案、乗った」

良い事言うわねえ！　と言わんばかりに、声を弾ませて楽しそうにリレアは同調。

「でも、キミも少しはソフィアちゃんの気持ちも分かってあげたらどうかしら？　冗談抜きで言うけれど、アムセスのあの言葉が本当なら、キミと〝魔法使い狩り〟の相性は最悪よ」

ソフィアはソフィアで、俺の身を案じてくれているのだとリレアが言う。

……言われずともそんな事は分かっている。

自分勝手に〝ミナウラ〟に向かった事に対する制裁として、いい感じのグーパンチを貰った後に、ソフィアから怒鳴られていたから。

――あたしにとって大事な人達を死なせたくないから、あたしはこうして治癒の魔法を学んでるのに、あたしの知らないところでそうやって無茶されたら、……もうどうしようもないじゃん。無茶をする事を止められない事はもう分かってる。でもせめて、勝手に無茶を敢行する事だけはやめてくれ、と。

そう責められてはもう何も言えなくて。

反論出来ず、リレアを始めとした面々からも袋叩きにあったのはまだ記憶に新しい。

お陰で先のスイーツの件も断り切れなかった。

「……そんな事は分かってる」

剣士とは己の得物《剣》を振るって対象を斬り裂く。ただそれだけの行為を自身の攻撃手段に据えている者達の総称である。

描く剣線は一本。

見当たらないからと闇雲に振るったところで偶然当たる確率は万に一つもないだろう。

アムセスも言っていた。

歴戦の猛者であろうと、最早案山子であると。

「でも、そっちの方が俺にとって都合が良いし、なら尚更、俺のタイミングで仕掛けたい」

相性が最悪な相手に、俺から仕掛けるならまだいい。けれど、これまで殺されてきた魔法使い達のように相手のタイミングで仕掛けられては一溜まりもないだろうから。

「……ま、それが正論でもあるわね」

こういう時に限って、キミってば人一倍合理的な考えが出来るのずるくない？　と、忌々《いまいま》しげにじとっ、と見詰められる。

「とはいえ、それが正論と私自身も頭では分かっていても気乗りしないのもまた事実。先のスイーツでは恩恵にあずかったけれど、私も剣士の端くれ。剣を握るからには手加減してあげないわよ」

さぁ、どうする。

負けるかもしれないといって、尻尾巻いて逃げるのかしら？　と、やって来る挑戦的な眼差し。

それらに対し、俺は口端を柔らかに曲げた。

微笑むその行為の答えはつまり、

「あぁ、そうだった。キミには愚問だったわね」

――――上等、である。

「んふふ、ロウやヨシュアは私の剣の相手は絶対にしてくれないし、キミは知らないだろうけどこのひと月、結構溜まってたのよねえ」

恐らくフラストレーションが、だろう。

二年前より、リレアが俺に対して積極的に世話を焼いてくれていた理由の一つに、剣を振るう事の出来る相手が欲しかった、というものがある。

とどのつまり、彼女が俺に世話を焼いていたのは俺の為でなく、己の為。

俺という存在が、己のいい鍛錬相手になりそうだから、というものであった。

そして事実、村にやって来るたびにお互いがお互いの為にお互いを利用して鍛錬に励んでいた。

だからこその、一言。

今でこそ理性的に見えるが、リレアも煎じ詰めれば俺と同類といって相違ない人間。

所謂《いわゆる》、戦闘馬鹿と言われる側の者であった。

三話

そこは、王都の離れに位置する開けた場所。

周囲にひと気はなく、耳を澄まさずとも葉擦《はず》れの音が閴《げき》として耳朶《じだ》を掠《かす》めていた。

「どう？　良い場所でしょ？」

リレアが言う。

あれからギルドに寄り、討伐の報告を済ませた俺達は彼女に案内されてこの場所へとやって来ていた。

リレアの手には、既に鞘《さや》に納められた剣が握られている。柔和に笑んでみせる彼女の挙措《きよそ》は悠然としており、今から俺と剣を合わせて仕合うと誰が予想出来ようか。

それ程までに、今のリレアは一切の違和感ない自然体であった。

「ここはね、私のとっておきなの。私、あんまり人に鍛錬してる姿とか見られたくないから」

だから、この場所は時間を掛けて探したのよと彼女が言う。

「そういえば、キミは〝ミナウラ〟に行ってたんだっけ。すっかり聞き忘れてたけど、どうだった？　〝戦姫〟ビエラ・アイルバークは」

ここであえて尋ねるという事はつまり、ビエラの為人《ひととなり》について聞きたいわけではないのだろう。聞きたい事柄は、強さについて。

「さぁ?」

「あれ、もしかして会わなかったの?」

「話しはしたよ。だけど、俺と一緒に戦ったのはビエラ・アイルバークの姉のフィオレ・アイルバークと、シヴァって剣士だけ」

「へぇえ。シヴァって剣士は知らないけれど、あの〝屍姫《しかばねひめ》〟と、ねぇ」

シヴァも言っていたが、フィオレは〝屍姫〟の名で通っているのだろう。

リレアの口から当然のように出てきたその発言からそう判断。

「得られたものはあった?」

「それはもう、沢山」

「たとえば?」

「己の未熟さに気付けた、とか?」

「それ、前も聞いたわよ」

呆れられる。

「そうだっけ?」

「そ。前というより、何かを成すたびにいつも言ってるわね。得られたものは己の未熟さに気付けた事だってね」

でも、事実それが真実なのだから否定は出来ない。出来るのは、笑って誤魔化す事くらい。

「……ま、いいわ。元より素直に言ってくれるとは思ってなかったもの。キミが何を得て、どう成長したかなんて剣《こっち》で聞かせて貰うだけだから」

程なく、からん、と小さな音が響く。

それは、鞘が地面に落下した事で生まれた音であった。

その挙動を前に、俺はす、と目を細める。

やがて、

「〝刀剣創造《クリエイト》〟」

紡ぐ解号。

機能性だけを重視した無骨な剣が創造され、俺の右手にそれは収まった。

今回の立ち合いにおいて、原則魔法は禁止。

ただ、俺の場合は帯剣していない為、この一度限り、魔法は許される。

身体からこれでもかと立ち上らせる警戒心と圧を前にして、リレアはそれを待っていたと言わんばかりに、獰猛に笑む。

しかし、表情とは裏腹に纏う気配は抜き身の刃のように冷ややか。故に、彼女が熱に浮かされた様子は感じられなかった。

油断してると早合点をして挑めば、間違いなくその瞬間に全てが終わる。そんな予感が脳裏を過《よぎ》る。

「さ、て。準備は良いかしら？」

丁寧にそう、訊いてくれる。

最早殺気でしかない闘気を容赦なく発している彼女の姿を前にして、何を今更。なんて言葉が浮かび上がったけれど、それをのみ込んで俺は少し離れた場所で待機するソフィアの姿を横目で確認した後、小さく首肯した。

「そ。なら――――始めるわね」

転瞬。ぞわりと、身の毛がよだつ。

直後、死神もかくやという殺気が俺という人間全てを刺し貫いた。

しかし、それに構う事なく、躊躇《ためら》う事なく、俺は力強く踏み込んで行く。それが始動の合図。

直後、ぶわりと吹き荒《すさ》んだ風が俺を覆い尽くした。

視覚が捉えていたリレアの姿は、その現象と連動して忽然《こつぜん》と掻き消える。残ったのは踏み足の接地による擦り音。

これから襲い来る攻撃がやって来る可能性としては、左右、もしくは背後から。

――――神経を研ぎ澄ませろ。

肌で感じる風は何処から生まれている。聴覚は、戦闘勘は。それらをコンマ以下の時間で踏まえ、答えを出す。

恐らくは、背後――――ッ!!

「あ、は、ッ」

振り返りざまに振るう得物《剣》。

躊躇なく振り抜いたソレは、今にも俺を斬り裂かんと振るわれていた凶刃を薙《な》ぎ払う。

生まれる金属音。

しかし、合わさった硬質な一撃に目もくれず、お互いの剣がどちらともなく弾かれるや否や、負けじとお互いに迫らせる剣。

二度、三度と剣戟《けんげき》の音は轟《とどろ》き、生まれた火花は大地に落ちる。ほどなく、リレアは慣れた様子で一秒に満たない時間で剣を逆手へと持ち替え。

そして繰り出されるは、槍士顔負けの突き。

それは怒濤《どとう》の連撃となって放たれ、篠突《しのつ》く雨の如く降り注ぐ。最小限の身動きで身を翻し、躱《かわ》そうと試みるも避け切れず、赤い線が幾つか頬に生まれ走る。

ぷくりと赤い液体が浮かび上がった。

「――――っ、」

このままでは拙い。

そう判断をして、右足の爪先に力を込めてバックステップ――――後ろに後退。

直後、にぃ、とリレアの口角がつり上がった。

けれど、好機を見出し、喜悦に表情を歪めるその行為をしたのは俺も同じ。

更に踏み込んで距離を作らせまいと肉薄するリレアの行為を先読みし、既に手にする剣は上段に掲げてある。

――圧し潰せ。

防がれる予感を度外視し、そのまま剣を振るって直線的過ぎる一撃を放つ。

やがて剣越しに伝わる硬質な感触。

カタカタカタカタ、と刃同士が合わさり、震える音が一際大きく響き渡った。

しかし、その均衡は長くは続かない。

片や上段に放った一撃。

片や、逆手持ちに切り替えたまま、上段から放たれた一撃を受け、耐えている状態。

つまり。

「ふっ、とべ――――ッ!!!」

――俺の方が断然有利。

勝負を急いだなリレアと胸中にて嘲《あざけ》りながら気合一閃《いっせん》。

ミシリ、と悲鳴の音を立ててしまう程に力強く剣の柄を握り締め、身体ごと押し潰さんと力を前へと撃ち放つ。

だが、

「――――甘いわよ」

鼓膜を揺らす嘲弄《ちょうろう》の声。

しかし、関係がない。気にするな。虚勢だ。

そう言い聞かせるも、突として剣から伝わる抵抗感がふっ、と消え失せる。

目の前には依然としてリレアの姿が。

剣はお互いに合わさったまま。なのに、どうしてと疑問符を浮かべるも刹那。答えにたどり着く。

────受け流し。

……いや、だけれど、受け流しをさせないように撃ち放っていたのに。と納得出来ないと言わんばかりの感想が脳内に溢れ返る。

しかし、そうこうしている間もリレアは次のモーションへと移っている。故に、それらの感情を全て彼方《かなた》へと追いやった。

グダグダと悩んでいる暇は何処にもないのだと判断をして。

「ほ、ら──!!　次行くわよッ!!!」

ぎりり、とバネのように身体を捻《ひね》り、先の一撃を受け流してみせたリレアはまるで裏拳のような要領で旋回。

そのまま「攻撃するぞ」と丁寧に宣言しながら放たれた攻撃が俺に向かって獰猛に牙を剝《む》く。

だが、今の俺は渾身の一撃を上段から撃ち放ち、受け流された事で勢い余って踏鞴《たたら》を踏みかけている状態。それはまさに────死に体と言えるもの。

しかし、避けなければならない。

だから、避けろ。避けろ。避けろ。

ひっきりなしに己へ言い聞かせ、横へと強引に身体を投げ出す。程なくすぐ側を通過する銀色に煌《きら》めく刃。

――――ギリギリ、過ぎる……!!

鋭い呼気を吐き出しながら、リレアを見遣《みや》る。

すると暇など与えないとばかりに、再び銀の軌跡を俺の眼前で描き、一瞬遅れて風を斬り裂く音が届く。今度は、リレアが上段。

先程とは真逆の展開だった。

そしてどこまでも傲岸《ごうがん》に放たれるは――――先程の俺と全く同じ挙動で繰り出す一撃。

受け流せるものなら受け流してみろ。

真似出来るものなら真似をしてみろ。

悪鬼を想起させる鈍い光を纏う瞳で好戦的に俺を射抜きながら、勢いよく上段から頭蓋目掛けて渾身の一撃が放たれる。

「こ、の……」

純粋な剣の技量のみでいえばリレアは俺の数段上に位置している。

故に恐らく、先程の真似をしようとしたところで彼女は彼女なりに対策をしているだろうし、そもそも、同じ芸当が出来るとは思わない。

だから俺は受け流すのではなく、襲い来る一撃を相手の得物ごと両断すべく思い切り空に向かって剣を走らせる。

やがてやって来る重い衝撃音。

耳を劈《つんざ》く金属音は辺りにびりびりと木霊《こだま》した。

「あ、ハ、ははは っ」

戦闘音に交ざる哄笑《こうしょう》。

お互いを襲う衝撃に、お互いが僅かに身体をもっていかれてしまい、後退。

なれど、開いた距離はすぐさま俺とリレアが大きく踏み込んだ事でゼロへと変わる。

そして何度目か分からない繰り出される一撃に対し、視認に先んじて身を捻り——回避。

直後、転じるカウンター。

「もら、った————ッ!!!」

斬り上げ、一閃。

しかし、いくら待てどやって来ない斬り裂いたという感触。眼前に散ったのは鮮紅色《せんこうしょく》の液体ではなく、見飽きた赤い閃光——火花である。

このままではラチがあかない。

そう判断したのは俺だけではなかったのか、どちらからともなく仕切り直しと言わんばかりに飛び退《の》いた。

気付けば、まだ数合だというのにひゅーひゅーと喘鳴《ぜんめい》のような音が口から漏れ出ていた。

「……流石に一筋縄じゃいかない、ね」

苦笑い。

額にぽつぽつと脂汗を浮かべながら俺は言葉を並べ立てる。

「そりゃそうでしょう？　私が一体、何年剣を振るってきたと思ってるのよ。……だけど、やっぱりキミの成長速度は異常過ぎるわね」

「そりゃどうも」

「……ま、嫉妬してもこればっかりは仕方がないし、良い剣の相手が出来たと思って思い切り楽しませて貰うだけだけど」

そう言って、きひ、と女性らしくない笑みを浮かべ、リレアは腰に下げていたもう一振りの剣を引き抜いた。

そして、再び鞘を地面に落とす。


——双剣使い。


リレアが扱う剣は俺が扱っている剣より刃先が短く、リーチの長さよりも扱いやすさを重視した造りとなっている。

右と左。

リレアの両の手に剣が収まる。

その泰然とした立ち姿に隙なんてものはある筈もなく、彼女の身体から発せられる威圧感は数段上昇。

色々と酔ってしまうからあまり双剣で戦う事を好まないリレアであるのに、あえてソレを選んだという事は本当に手加減をする気はないらしい。

「さ――――、溜まってた分、いつもの倍楽しませて貰うわよ？　……ふ、ふふふ、あははははは」

右、左に奇妙なステップを踏みながら大きく轟き始める笑い声。

楽しくて仕方がないとばかりに喉を震わせ、身体を揺らし、大気に声を響かせる。

やがて、笑い声がピタリと止み――――それと同時、土塊が二方向から宙に舞う。

それが再開の合図。

程なく響く金属音。虚空を彩る火花は幾度となく辺りに飛び散って行く。

「あ、ハ。アハハ、はは、ははははハハハハハハ!!!」

響く、響く、鳴り止まぬ。

轟く剣戟の音は、上限知らずに高まって行き、とうの昔に余裕もって視認が出来る速度というものは超えてしまっていた。

最早お互いがお互いの視認に先んじて本能に身を任せ、最適解を予想して剣を振るっている状態。

視線の向けられる先、筋肉の動き、直前の剣の軌道。なけなしの判断基準が存在するものの、一瞬であれ、音すら置き去りにするこのやり取りの前に、〝考える〟という行動は最早自殺行為に他ならない。

銀に煌めく軌跡は際限なく雨霰《あめあられ》と俺に降り注ぎ――――ほんの一瞬だけその勢いが消えては直後、一瞬前よりも更に速度を上げて円弧を描く剣線が二方向から襲い来る。

ひたすらそれの繰り返し。

まさしくそれは――――チェンジオブペース。

笑い声を轟かせ、まるで理性や冷静さを捨てたかのように立ち振る舞うリレアであるが、その実、戦い方はどこまでも合理的。

だが、本能に身を任せて彼女なりの最善の二文字を摑み取っているだけなのだと頭では分かっていても、身体が追い付かない。

しかも、独特ともいえる戦い方をされているせいでやはり、守勢に回るしかなかった。

「そんなんじゃ、私には勝てないわよッ!? ねぇ、ねえ! ねえええええええ!!!」

「……っ」

攻めに転じなければ勝機がないという事は指摘されずとも分かっている。

けれど、それを行えるだけの隙が全く見当たらない。故に耐え忍ぶ事でジッ、とその瞬間を待ち続けていたのだが、どうにもリレアにはそれが面白くなかったらしい。

言葉と共に、限界まで圧搾《あっさく》した闘志の滲《にじ》む視線が俺を射抜き、ひたすらに訴えかけてくる。

「攻、撃する暇を与える気がないくせに、そんな事をよく、言えた、ねッ!!」

限界まで引き絞られた矢の如き勢いを伴ってやって来る縦横無尽の連撃。その軌道を予想しながら行うギリギリの綱渡り。程なくガキンッ、と聞き慣れた金属音が鼓膜を殴りつけ、それが二度、三度と立て続けに響き渡る。

言葉ではそう言っているが、当の本人たるリレアが虎視眈々《こしたんたん》と俺が攻撃に転じるその瞬間を狙っている事なぞ、丸わかりである。

故に、その挑発に乗るのも一興かと思ってもやはり、思うように踏み込めない。

熱に浮かされているように見えて、その実、あんな状態のくせして無駄を一切省いた戦い方になっているのだから迂闊《うかつ》に行動を起こせないのだ。

さぁ、どうすると、まさに八方塞がり。

ただ、時間をかければかけるほど不利になるのは俺の方。であるならば――――。

「――――ふふ、あははっ」

俺が覚悟を決めると同時。

まるでそれを待っていたと言わんばかりにリレアは目を細め、不気味としか形容しようがない笑みを浮かべた。

「そう、それよそれ」

そして言葉でも肯定される。

私が待ちわびていたのはそれである、と。

明らかにそうと分かる喜悦を瞳の奥に湛え、きひ、とまた嗤《わら》った。

……リレアの望んだ通りに行動を起こす事は釈然としなかった。

けれど、打開策がそれしかないのだから待ち構えられていようとも、やるしかない。

それに、決して勘違いする事なかれ。

あくまでこれは手合わせの範疇。間違っても殺し合いではない。

これでもかと浴びせられる殺気ですら、鬼気迫るものではあるものの、それはこの状況を最大限楽しんでいるからこその副産物。

なればこそ、失敗は恐れるだけ損だ。

負けても全てが終わりというわけではない。

故、に――――未だ雨霰のごとく降り注ぐ連撃を防ぎながらも、フゥッ、と鋭い呼気と共に脳内で渦巻く邪念を俺は吐き出す。

そして、再度、飛び退いて後退。

「…………うん？」

覚悟を決めたかと思えば、向かってくる事なく、距離を取った。その矛盾を孕《はら》んだ行動に、リレアは眉をひそめた。

……どういう事か。

まさか、臆病風でも吹いたか、と。

そして、鞭《むち》のように虚空に幾つもの円弧を描いていた剣線の動きを止めてリレアは俺の様子を見て――――そして、更に眉間に皺を刻んだ。

距離を取るや否や、半身のみを向けて奇妙な構えを取った俺の姿を目にしたが故に。

「……ふざけてるのかしら？」

「ふざけてない。俺はいつだって真面目にやってる」

やがて風の質が変わる。

靡《なび》く風の様子が、溢れる闘志に影響されてか、少しだけ変わった。

そのほんの僅かの変化を感じ取ってか、リレアの顔に浮かんでいた落胆めいた感情がふっ、と消え失せる。いやそれは――――茫然と見惚《みと》れ、抜け落ちた、と言った方が正しいか。

きっとその理由は――――その構えがあり得ないくらい堂に入っていたから、だと思う。

「何より――――リレアが知ってる事が全てじゃない」

常道こそが何より、機能性に重きを置かれた最適解。その考えは間違っていない。

ただ、世界には常識では測れないような人間もいる。それこそ、人の言う常識の壁なぞゴミにも等しいと平気で叩き壊して前に進むような奴等が。

元より、楽に勝てる相手でない事は納得ずく。

「へぇ……？」

普通に戦い、剣を交えたところでジリ貧にしかならないのだから、勝つ為にはやはり攻め方を変えるしかない。

「――――」

空白の思考。そして数秒もの間。

この時、この瞬間に限り、それをするだけの余裕があった。

そして脳裏を過るソフィアの言葉。

リレアに負けたらその時は――――。

そう口にする彼女の気持ちは一応、これでも分かってるつもりだ。何より、恐らくソフィアは親父からも何か言われている。

きっとそれは無茶をさせないでくれだとか、あのロクでなしをちゃんと見張っててくれだとか。

多分そんなところ。

故に俺は、その気遣いは無用であると行動で以て示さねばならない。証明を、しなければならない。

そしてそれを成す一番の近道は、己の中に存在する〝最強〟を我が身で体現してしまう事
――――!

「本物には程遠い、けど、それでも――――」

――――こういう時にこそ、やってみる価値があると思ったから。

だから、〝技〟だけでなく剣技の根幹。

加えて体術さえも模倣を試みる。

不思議と、両の脚は羽が生えたと錯覚する程に、軽かった。

「キ、ミ……さぁ、いつの間にそんな真似を、」

どうしてか、驚愕《きょうがく》に目を見開いてリレアが呟《つぶや》く。その声は、面白そうに笑っていた。

――――手だけじゃなく、脚にまで魔力を。

そんな言葉が続けられていたが、悠長に言葉を聞き取る事なく、手にする剣に意識を集中。

やがて、俺は再びリレアに接近しようと試みる。しかし。

「………………」

何を思ってか、無言でリレアは手にしていた双剣を手から離して落下させていた。

程なくからんと鳴る金属音。

「……流石に、その状態で戦うとなると、怪我だけじゃ済まなくなるわ」

……私が言えた義理じゃないけれど。

と、申し訳程度に言葉が付け加えられる。

「参った。それを使ったキミと剣を交わすのは魅力的だけど、……それをすると間違いなく私とキミのどちらかが大怪我するわ。〝魔法使い狩り〟なんて物騒な輩がいる以上、これより先は今はやめておく」

ここが、最終ライン。

理性で堰《せ》き止められるギリギリのラインなのだとリレアは言って、両の手を挙げた。

――――降参よ。

と、言葉だけに留まらず行動でさえも。

……確かに、リレアの言う通り、〝魔法使い狩り〟なんて輩がいる中で致命的な怪我を負うのは得策ではない。

ただ、どうせならもう少しだけ剣を交わしてみたくもあったんだけれど、あくまでこれは手合わせ。

殺し合いではないのだと言い聞かせる事で己の中で一度燃え上がってしまった熱をゆっくりと鎮静化させてゆく。

それに連動するように脚が軽かったあの不思議な感覚も消えて行く。まるでそれは、〝流れ星〟を放つ時の感覚に似ていた。

「――――にしても、どこで覚えたのよ。そんな芸当」

手から離していた双剣と、鞘を拾い上げながらリレアが俺にそう問い掛ける。

だけど。

「……さ、ぁ？　何となく、真似出来る気がしただけだから、俺には何とも」

俺自身もどうしてあんなに脚が軽くなったのか、理解出来ていない。

それがどれほどの行為であるのかも。

「……真似？」

「そ。俺が思い浮かべる理想を真似しようとしたら……気付けばああなってた」

言わずもがな、それは『星斬り』の男の真似である。

「真似しようと、ね。成る程。……その感覚、忘れない方がいいわよ。覚えておいて損はないと思うから」

そんな彼女の助言を耳にすると同時、ぽつり、と水滴のようなものが突如として俺の頬を撫でる。

ふと、空を見上げると暗澹《あんたん》と蠢《うごめ》く鈍色の雲が彼方此方《あちこち》に散見され、空模様は怪しいものへと移り変わっていた。

「……雨」

ひとりごちるように俺が呟く。

「タイミングが良かった、と捉えるべきかしらね」

僅かに顔を綻ばせながらそう口にするリレアの言う通りであった。

もし仮に熱に浮かされた状態であったならば、雨など度外視して手合わせに興じていただろうから。そして気づいた時には土砂降り、という事も今となっては十二分にあり得た話である。

「二人とも、本降りになる前に、宿へ戻ろう？」

そして、ソフィアが言う。

俺やソフィアはリレア達が住居としている宿に個々に部屋を借りており、二年前に俺が打ち倒したオーガの討伐報奨金をそのまま俺達の生活費にあてている。

その為、俺達の帰る場所は全員同じ。

「そうね。……にしても、この様子だと明日まで長引くかしら」

俺には全く違いは分からないけど、リレアや彼女の連れであるロウなどは空模様を目にしただけで、明日も雨が降りそうだとかそういった事を当たり前のように予想し、当ててみせる。

コツを聞いても勘としか答えてくれない為、もう「どうして」と聞く事こそしないけれど、彼女のその言葉にはそれなりの信を置いていた。

「明後日は、足場が不自由になるかもしれないわね」

「でもそれは、みんな同じ」

「ただの独り言よ。邪推はやめて貰える？」

その返しに、俺は喉の奥でくつくつと笑い、破顔してみせる。

〝魔法使い狩り〟が行動を起こすのは恐らく明後日。故にあえて明後日と言ったのかと思ったんだけれど、どうにもそれは邪推だったらしい。

「ま、ぁ、本音を言うとやっぱりまだ、不安が残ってる。だけれど、私が攻めきれなかった上、キミは色々とまだ、余力も残してた。キミって多分、窮地に陥って漸《ようや》く真価を発揮出来るタイプだと思うの。だからただの勘でしかないけれど、どうしてか大丈夫な気がするのよね」

とどのつまり、彼女が言いたい事は——俺という人間の実力が未知数。そこに帰結する。

未知数故に、可能性があると言い、どうにかなるのではと楽観しているのだろう。

「そりゃどうも」

やや遠回りではあったが、その賛辞を受け入れる。

「……話すのも良いけど、早くしないと雨に濡れるよ」

すっかり蚊帳の外になっていたソフィアが呆れ交じりにそう口にする。

剣が関わると何をするにせよ長くなってしまうのが俺とリレアの悪い癖。

あたしは先に行くからねと若干不機嫌に、宿へと向かってソフィアは先を歩き始めていた。

此処は王都の離れに位置する開けた場所。

それなりに宿まで時間がかかるだろうから、気持ち急ぎめに。

そんな事を考えながら、ソフィアの背を俺とリレアは追いかける——。

そのまま、どれほど歩いただろうか。

十分。十五分。

下手をするともっとかもしれない。

不幸中の幸いにも、雨の勢いは終始変わらず、であったけれど、その確固たる違和感を言葉に変えて指摘したのはリレアであった。

「――一体、誰の仕業かしらね」

歩いても歩いても、視界に映る景色はひたすらに緑一色。木々ばかり。

本来であればもう既に宿に着いていても良い頃合いだというのに、前に進んでは――元いた場所に戻ってきてしまう。

リレアとの手合わせの余波により、大気と共にズタズタに斬り裂いてしまっていた木々の残骸が残る場所に一定時間歩くと何故か戻ってきてしまうのだ。

初めは何の冗談かと思っていたが、やがて胸に嵌《は》まり込む違和感と不審の念。

「喧嘩を売られる覚えはないのだけれど、もしかしてユリウス君、キミ誰かから恨みでも買ってたかしら？」

「……なんで俺なの。それに、喧嘩を売られる？」

「……どこからどう見ても私とキミとソフィアちゃんの三人とも〝認識阻害〟の魔法掛けられてるじゃない。これを喧嘩を売られてると言わずして何と言い表せと？」

ぐるぐるぐるぐる――繰り返し。

リレアと剣を交わした場所を起点として、後にしたかと思えば帰ってきて。後ろに見えてるはずなのに、どうしてか前にもずっと進んだ先にも同じ光景が待っている。

ぐちゃぐちゃに頭の中が攪拌《かくはん》されてしまう現象。それはどうやら、リレア曰く――魔法の仕業であるらしい。

「……ここに来る道中に、私達の後を追う気配はこれっぽっちも感じられなかった。だとすれば、仕掛けられたのは剣を交わしていた最中……？」

ぶつくさとひとりごちるリレアは、いや、それだけはあり得ないと浮かぶ考えを否定するべくかぶりを振る。

剣を手にしているという事は、目の前に映る対象以外の気配を感じ取る余裕というものを例外なく捨て去っている状態。

確かに、人の気配に対して疎《うと》くはなるものの、その分、外からの害意に対しては恐ろしいまでに敏感になっている。

故に、〝認識阻害〟なんて魔法を掛けられていた場合は、間違いなく気付く。

だったら、どうして、こんな状況に陥ってしまっている……？

分からない。

あまりに謎が多すぎる。

焦燥感をあらわにしたリレアの表情が、全てを物語っていた。

「……要するに、その〝認識阻害〟って魔法が原因なんでしょ？　使い手についてとか、リレアは知らないの？」

一瞬でこの現象は〝認識阻害〟という魔法によるものであると結論が出てくるぐらいだ。

多少なりとも、彼女は情報を持ち得ているだろう。

と思った故の発言だったのだけど、

「……使い手については、知ってるわよ」

「なら、」

話は早いじゃん。

つまり、そいつが犯人だと俺が言葉で断定しようとして。

しかし、その発言はあろう事かリレアの言葉によって遮られた。

「――――でもその魔法使いはね、キミが〝ミナウラ〟に向かってる最中に既に殺されてるのよ」

だから、リレアの知る〝認識阻害〟を扱う魔法使いはもう存在しない筈なのだ。と、彼女は言う。

魔法とは、一人につき一つだけ許された――いわば、御業《みわざ》である。

ソフィアのように〝治癒〟の魔法であれば使い手がかぶる事もあるだろう。

しかし、フィオレ・アイルバークの〝屍骸人形《マリオネット》〟や、先の〝認識阻害〟といった魔法の場合は使い手が二人以上いる事が稀である。

特に、魔法使いは希少な存在だ。

誰しも平等に可能性は与えられているが、使える人間は本当にひと握り。

故に。

都合よく〝認識阻害〟などという珍しい魔法の使い手が二人も三人も出てくるわけがないとリレアは決め付けている。

だからこそ、足を止めて考え込む。

これは一体、何の冗談かと。

「……殺されたって言うと」

「キミが頭に浮かべて想像してる通りだと思うわ。その魔法使いは〝魔法使い狩り〟に殺されてる」

「でも、現実俺達は〝認識阻害〟の魔法を使われてる」

　幾ら進めど、同じ場所に戻ってきてしまうこの状況の原因の心当たりは他にない。

「……もしかして、死者が生き返った、とか？」

　ふと、ソフィアがそんな恐ろしい事を口にする。だが、魔物を目の前で生き返らせていた魔法使い《フィオレ》をこの目で見ている手前、頭ごなしに否定は出来なかった。

「……それは、誰かしらが〝死者蘇生〟なんて馬鹿げた魔法を所持していて、死んだ筈の魔法使いを私達に嗾《けしか》けた、って事かしら」

「……あくまで、あたしの予想だけど」

「可能性としてはなくはないと思うけど、もしそんな事が出来るとすれば、私なら〝認識阻害〟なんて魔法を使うチンケな魔法使いじゃなくて、それこそとんでもない過去の偉人を蘇生するわね」

　しかし、それは恐らくしていない。

　否、ここは出来なかったと捉えるべきか。

　きっとそれは、魔法特有の欠陥故に。

「ま、それも全て、死者蘇生なんてとんでもない魔法を使える人間が本当にいるなら、の話だけれど」

死者蘇生でなくとも、まだ様々な可能性が残っている。早合点をして視野を狭める事が得策でない事は明らか。だから一旦、その可能性は彼方に追いやる。

蘇生し、操る。

見た魔法を模倣。

相手の魔法を奪う。

または、恐ろしく低い可能性ではあるが、偶々同じ魔法を使う人間がいた、等。

すぐに思いつくだけでも、これだけの選択肢があるのだから。

そんな折、がさりと不自然な音がした。

本来であれば極々自然な葉擦れの音のように思えた筈なのに、今だけはそれがあまりに不自然過ぎた。

雨に濡れるからと場を後にしようと試みてから今の今まで一切耳にすることのなかった音。

故に、俺とリレア、そしてソフィアの三人ともが一斉に後ろを振り向いた。

「――――」

そこには、見覚えのない男が立っていた。

騎士服のような衣服を身に纏った男性。

ただ、これも〝認識阻害〟の影響なのか、俺の視界に映る彼の面貌は、まさしく能面のようなものであり、尋常とは程遠かった。

「なる、程ねえ……？　なーんか、色々と事態が呑み込めてきた気がするわ」

特に、どうして、王都の治安を守る為に存在している騎士団が動こうとしていないのか。

その理由とか、ね。

そこにいる筈なのに、まるでそこにはいないような。そんな不思議な印象を受ける男へ焦点を引き結んだまま、俺はリレアの独り言を聞き流した。

「……それは、どういう」

「だってアレ、どこからどう見ても真面《まとも》じゃないじゃない？　しかも、私の記憶が正しければ、騎士団の中で魔法が扱える人間は二人のみ。騎士団長を務めるベルナデット、副団長を務めるゼノア・アルメリダ、この二人だけの筈なのよ」

だから、明らかに〝認識阻害〟の魔法を使っているであろう目の前の騎士の男の存在を、おかしいと、ソフィアの疑問に対して言い切ってみせる。

「つまり、アイツは騎士を騙《かた》るナニカ、って？」

そう言って俺は眼前で佇《たたず》んだまま、一向に動こうとしない正体不明の騎士の男を見詰めながら言葉を発した。

「限りなく、その可能性が高いと思うわよ」

そして恐らく、目の前の男の正体は————件の〝魔法使い狩り〟である可能性が高い。

そんな事を考えていた折、何を思ってか、男は俺を指差し、続け様、ソフィアを指差した。

程なく、

「お前ら二人、悪い事は言わない。王都から出て行け」

今までに聞いた覚えのない無機質な声が俺達の鼓膜を揺らした。

どうやら、言葉を交わす余地はあるらしい。

いや、この状況を考えるに、コレは案外、言葉を交わす状況を作りたかったが故のものなのかもしれない。少なくとも、現段階では敵意は感じられなかった。

「何で?」

「おれに、お前ら二人を殺す理由がないからだ」

それはまるで、王都に留まる人間は殺すと言わんばかりの言い草で、思わず眉間に皺が寄る。

「故に、こうして機会を設けてやった」

「……へえ。ちなみにだけど、あんたが巷で噂の〝魔法使い狩り〟って認識で問題はない?」

ダメ元で尋ねてみる。すると、

「お前の言う〝魔法使い狩り〟が誰を指す言葉なのかは知らないが、王都で魔法使いを殺してまわっている人間であれば、それはおれだな」

親切にもそう答えてくれた。

ならば、懸念はここで断ち切っておくべきだろう。即座にそう判断し、頭の中で「〝刀剣創造《クリエイト》〟」と、解号を唱えんと試みた直後、

「だが、お前がおれに刃を向ける理由はもうないと思うが?」

「…………」

その予期せぬ一言に、思考が停止する。

……そうだ。俺が〝魔法使い狩り〟を打ち倒そうと考えていた理由は、己らに危険であるから。

しかし、目の前の〝魔法使い狩り〟と名乗る男は王都を後にすれば殺さないと言う。

それが嘘偽りのないものである確証はどこにもないが、それがもし本当であるならば、男の言う通り、俺が刃を向けんとしていた当初の理由は消え失せる。

「王都から出て行けばおれはお前ら二人には害を与えないと言っている。であれば、お前がおれに敵意を向ける理由は何処にもないだろう？」

「……それを馬鹿正直に信じろって？」

俺が怪訝《けげん》に思ってそう尋ねると、男は面白い事を言うのだなと言わんばかりに身体を震わせる。

「なにやら勘違いをしているようだが、お前に用意された選択肢は二つだけ。王都に留まり、餌食になるか、後にするか。それだけだ。これ以上の妥協はない」

要するに、俺に許されているのはその二つの中から選ぶ行為だけであり、疑問を抱こうとも、それを目の前の男が解消してくれる事はない、と。

「……成る程？　だけどさ、真正面から来るわけでもなく、こんな魔法を使って話す機会を設けるようなヤツをどう信じろっていうんだよ」

〝認識阻害〟の魔法を既に使用されている以上、ここは最早相手のテリトリー。

思い通りにいかなければ殺すと言わんばかりの状況下に置いておきながら、おれを信じろというのは些《いささ》か無理があり過ぎるだろうが。

そんなヤツの言葉を馬鹿正直に信じられるほど、幸せな頭をしていない。故に。

「〝刀剣創造《クリエイト》〟」

得物を創造。

「立ち向かうのは勝手だが、折角のおれの良心を無駄にするべきではないと思うがな」

「……良心？」

「そうだとも。これはおれの良心故の行為だ。まさかとは思うが、おれが魔法使いを殺している理由。それがただの快楽や一時的な感情から来るものであるとお前は思っているのか？」

「…………」

その問いに対して、俺は返事が出来なかった。

どうして〝魔法使い狩り〟が魔法使いを殺しているのか。その理由について、ロクに考えていなかったから。

「まぁ、お前やそこの娘であるならばそう思っていても、責めはしない。なにせお前らは関係ない人間なのだから」

そしてそれ故に、良心がこうして働いたのだがなと男は付け加える。

「おれは人殺しであるが、誰彼構わず殺す下衆《げす》ではない。おれはおれなりの正義に則って殺しを行っているだけだ」

だから、邪魔をしてくれるなと。

男の身体から立ち上る圧が、そう訴えていた。

「……人を殺してまわる行為に、正義もクソもないと思うけどな」

殺してまわっている対象が、犯罪者等。

救えない類の人間であるならば、恐らくここまでの大事にはなってはいない。

それに、話す限り、殺しはまだまだ続く上、恐らくその殺す対象にリレアも含まれている。

「別に誰かにこの行為の善悪について理解されたいと思ってなどいない。これはただの自己満足だ。過去とケジメをつける為の、自己満足。故に、お前の意見は聞いていない。分かるか？」

その言葉の通り、目の前の男は投げ掛けられる言葉の一切を拒絶していた。己を除き、何一つとして信用していない、と。しかしならば。

「なら、俺がこうしてあんたに剣を向けても、仕方ないってわけだ」

そう言って俺は、手にする得物の切っ先を男へ向ける。

至極当然の帰結であった。

なにせ、男は己が起こしている行為について、理解を望んでいないのだから。

だったら、目の前の殺人鬼に、理解出来ないからと剣を向けて否定するのは当たり前。そんな危険なヤツの言葉は信じられないし、何より放っておくわけにはいかない。

「よせよせ。お前ではおれには万が一にも勝ち目はないぞ」

そう口にする目の前の男からは、腰に下げた剣を抜く気配は一向に感じられない。

……剣を抜かずとも、万が一にも負ける筈がないと確信しているが故の態度なのか。

ならば好都合。

その慢心を嬉々として突かせて貰うまで。

程なく俺が足に力を込め、接近するべく重心を移動させようとした刹那。

少し強めに、肩を摑まれる。

若干、爪が食い込むソレは、まるでやめろと言っているように思えて。

肩越しに振り返ると、そこには苦虫を噛み潰したような表情を浮かべるリレアがいた。

「……今は、手の内を見せびらかさない方がいいわ」

どうしてか、無謀なことをするなでもなく。挑むなでもなく。

手の内を晒すなと言って、リレアは俺を引き止めた。

「〝認識阻害〟の魔法を使われている以上、そもそもこうして目に見えてる事が真実とは限らない。恐らくは、目の前にいるように見えてるだけよ」

「……声も前から聞こえてるのに？」

「……そういう魔法なのよ。それに少なくとも、本当にあの男が〝魔法使い狩り〟であるならば、きっと今は殺されない」

だから、無理に今挑む必要はないのだと彼女は言う。

何より、五日に一度の周期に則るならば殺しに対する猶予はあと二日もある。どうしてあえて規則性を作り、警戒されると分かっていながらそれを貫いているのか。その理由は知らない。

ただ、リレアのその考えは正しかったのか。

「その通り。おれにお前らを殺す気は、今日の時点ではない」

まるで今日でなければ殺していたかもしれないと言わんばかりの言い草。

「……あの、さ、一つ聞いていい？」

突き付けていた切っ先をゆっくりと下ろしながら、俺は目の前の男に対して問い掛ける。

質問には答えないと言われた。

けれども、それを踏まえてでも聞いておきたかったのだ。

「あんたはあんたなりの理由があり、魔法使いを殺してる。それは分かった。でも、その拘りに何の意味があるのかが分からない。特別に、俺に教えてはくれない？」

理由があり、殺しを行っている。

そしてそれは彼にとって、曰く正義。そこまでは分かった。

けれど、ならば何故、愉快犯のように五日に一度、魔法使いを殺す、などというルールを作ったのか。それがどうしても分からなかった。

殺したいなら殺せばいい。

それこそ平等に、殺意を振りまいて衝動に身を任せて殺したいだけ殺せばいい。でも、〝魔法使い狩り〟である男はどうしてかそれをしようとはしない。

……一体、何故だろうか。

「――――簡単な話だ。恐怖のどん底に叩き落としたいやつがいるからだ」

何の気紛れか。男が答えてくれる。

「五日が四日に。四日が三日に。三日が二日に。二日が、一日に。次第に狭まる間隔。次々に消えていく魔法使い。そうすれば、次は己かもしれないという恐怖を最大限味わわせる事が出来るだろう？」

「あんたの行為は正義じゃなかったのか？」

それではやっぱり、ただの愉快犯じゃないか。

「正義だ。正義だとも。正義であるからこそ、こうした手順を取っているに過ぎない。何故ならこの行為もまた、正義であるのだから」

最早、理解をするだけ無駄かと悟る。

やはりどうやっても理解は出来ない。

そう俺は判断する。

「子供のお前にも分かるように端的に言ってやろうか――――」

男は、俺が理解しようとする事を放棄したのを悟ってか。

「――――これはな、復讐なんだ。おれなりの、王都の魔法使《クズども》いに対する、な」

そう言い放たれると同時、俺達に掛けられていた〝認識阻害〟の魔法が解かれでもしたのか。

視界がぐにゃりと歪む。

「部外者であっても、おれの復讐の邪魔をするなら女子供だろうが構わず殺す。忠告は、したぞ」

程なく明瞭になる視界。

眼前に映る光景の中に、〝魔法使い狩り〟の男は見当たらなかった。

「……面倒な事になったわね」

張り詰めていた空気が弛緩。

肺に溜め込んでいた空気をはぁあ、と吐き出しながらリレアはこめかみを軽く押さえていた。

「……ただ、得られるものも多くあった」

「というと？」

「あの男は、以前殺された〝認識阻害〟を扱っていた魔法使いじゃないわ。アイツは、あんなに饒《じよう》舌《ぜつ》じゃなかった」

「とすると、あいつは何らかの手段を用いて魔法を模倣なり強奪なりしたって事……か」

「そう考えるのが妥当でしょうね」

ともすれば、あの〝魔法使い狩り〟の男はまだ、他に別の魔法を扱える可能性だって十二分にあり得る。

「けど、目先の問題はあの〝認識阻害〟の魔法……」

他に魔法を使えるかもしれないと警戒をしようとも、そもそもあの魔法に対しての打開策すらないこの状況下。

〝認識阻害〟への対策を立てない事には前へは進めない。

「それについて、なんだけれど、もしかするとあそこの連中なら〝認識阻害〟に対する欠陥を知ってるかもしれない」

「あそこの連中？」

「そ。丁度二年前までその〝認識阻害〟の魔法を扱ってた魔法使いは、騎士団に所属してたの。だから、騎士団所属の人間なら、もしかすると知ってるかもしれないわ」

――ただ、どうしてか未だに〝魔法使い狩り〟の件に首を突っ込んでくる事なく、沈黙を貫いている騎士団が、事情を説明したところで協力してくれるとは思い難いけれど。

苦々しい表情でそう口にするリレアの呟きに、確かにと同意する。

ただ、そんな折にふと、ある一言が脳裏を過った。それは、〝ミナウラ〟の街にて出会ったフィオレ・アイルバークから教えて貰った〝魔法の言葉〟。

『困ったことがあれば、あの子に便宜を図って貰うといいよ』

彼女が口にしていた名は確か――ゼノア・アルメリダ。

「……なら、それについては俺がダメ元であたってみるよ。幸い、伝手《つて》があるから」

リレアだけに留まらず、ソフィアからもそんな伝手をどこで作ったんだと言わんばかりの責めるような厳しい視線を一斉に向けられる。

居心地が悪くなって、ぷぃと顔を背けると「まぁ、いいわ」とリレアが呆れ交じりに一言。

「それより、当然のように話してたけど、キミ達二人、王都を出る気はないの？」

「あたしは三人でいた方が安全だと思うから」

「俺達にあの男の言葉を信じろって？」

リレアの問いを前に、俺とソフィアの言葉が重なった。

「……一応、聞いただけよ。私だってあの男の事はあまり信じられないもの。ただ、私を気遣って王都に留まるって選択肢を選んでるのなら、それは無用な気遣いって言いたかっただけ」

「そっか」

「ええ。でも、そういう事ならひとまず今日のところは別行動を取らない？」

「……というと？」

「さっきのあの男の言動を振り返る限り、今日時点で私達を含めて魔法使いを殺す気があの男にはない」

そうだ。

あの状況下であれば、手傷こそ負っていたかもしれないがあの〝魔法使い狩り〟の男が圧倒的有利な立場に立っていた。

にもかかわらず、何一つとして攻撃は仕掛けて来なかった。

つまり、本当に彼に殺す気はなかったのだ。

だったら、この保険があるうちに出来る限りの事をするべきだとリレアは言いたいのだろう。

「ああ、そういうことか」

合理的だと思った。

殺せる状況で殺されなかった。

その事実が保険となっている事に一抹のもどかしさが残るものの、今はそれを最大限活用するべきだ。

だから、リレアのその提案に乗っかる。

「キミはその伝手とやらを使って騎士団に。私とソフィアちゃんも、こっちはこっちで何か知ってそうな人に手当たり次第当たってみるから」

「分かった」

打ち倒すにせよ、〝認識阻害〟の魔法をどうにかしない事には何も始まらない。

だから、その魔法の欠陥を探す事が何よりも先決であった。

◇◇◇

どんな魔法にも、ただ一つの例外なく欠陥が存在している。それが周知の事実であり、絶対の摂理。そして、その能力の幅によって付き纏う欠陥の大小も異なってゆく。

だからこそ、魔法使いを相手に回すのであればその欠陥を見つける事こそが打倒する近道。

何故ならば、いかに魔法使いが〝理不尽の体現者〟などと呼ばれようが、その摂理から逃れる事は不可能なのだから――――。

「――――と、まあ、魔法使いについて語ってみましたが、結局のところ欠陥って見つかるようで案外、見つからないんですよね」

それこそ、自己申告でもされない限り。

と、銀細工のような長い睫毛に縁取られた瞳で、何処か気怠《けだる》げに女性は俺に向かって理由は不明であるが、どうしてか魔法について、語ってくれていた。


あれから約一時間後。

リレア達と別れた俺は騎士団の詰所へとやって来ていたのだが、案の定見張り役の者達に「ここは子供が来る場所じゃない」と一蹴され、まともに取り合って貰えなかった。

そんな折、騎士服を身に纏った彼女と偶然出会い、どういう事か、彼女が間に入った途端、見張りの騎士は大人しくなり、詰所の中へ入る事を許してくれた。

「……ところで、貴女《あなた》はどうして俺を中へ招いてくれたんですか」

見張り役の者達とは異なり、彼女には騎士団のある人物に会いたいとしか言っていない。

にもかかわらず、彼女は二つ返事でその要望を受け入れ、中へと招いてくれたのだ。

……好都合であるから黙ってはいたが、ここまで都合よく事が運ぶと不気味としか思えない。

そんな時だった。

「だって貴方、フィオレの知り合いでしょう。困った時は私を頼れって言われたから此処へやって来たんじゃないんですか」

唐突過ぎるその発言に、俺の頭の中が真っ白になる。確かに、その通りだった。

ゼノア・アルメリダという人物に会う為に俺は詰所へとやって来ていた。けれど、それはまだ誰にも言っていない、いない言葉であった。

澄んだ瞳が俺を射抜く。

まるで、全て見透かされているような錯覚に俺は陥っていた。

「ええ。余す事なく聞こえてますよ。私のは、そういう魔法ですから」

また、魔法。

そしてこの状況、先の発言から判断するに、彼女の魔法というのは恐らく――――。

「申し遅れました。私の名はゼノア・アルメリダ。魔法の能力は〝心読《ドクトウス》〟。簡単に説明しますと、本心を聞き取る能力ですね。欠陥は、魔法を使っている際、聴覚が一切使い物にならない事と、疲労がとんでもない事くらいですかね」

……やは、り。と、思いながらも、魔法の能力をそこまで事細かに説明して良いのかと疑問に思う。そして、そこまで教えてくれたのならば俺も教えるべきだろうと慌てて口を開き、

「俺は、ユリウス。魔法の能力は――――」

「――――〝刀剣創造《クリエイト》〟。欠陥は、己の肢体のすぐ側でなければ発現出来ない上、己の手から離れてしまった場合、十秒経たずに消滅してしまう、ですよね？」

先んじて答えを口にされる。

「すみません。見張りの騎士と何やら揉めていたので、勝手ながら貴方の本心を聞かせて貰いました。能力については、その時に。なので怒りはしても貴方が申し訳ないと思う必要は何処にもありませんよ」

それを聞いて、俺は彼女の事を随分と律儀な人だなと思った。

黙っていれば俺がその事実を知る事は終《つい》ぞなかっただろうに、あえてそれを開示し、謝罪する。

フィオレが困った時に頼れとゼノア・アルメリダの名を出した事も少しだけ納得出来てしまった。

「そんな事をしたら、私がフィオレに申し訳が立たなくなるじゃないですか。……と、無駄話はこれくらいにしておいて、時間も時間ですし、早いところ本題に移りますか」

詰所にある客間の一室。

木造りの長机を挟んで向かい合いながら、座って話すゼノアは一瞬、黄昏《たそがれ》色に染まる窓を見遣ってから再び話し出す。

「――今日、私の下を訪ねて下さった理由は、〝魔法使い狩り〟について聞きたい事があったから、ですよね」

亜麻色の長髪を揺らしながら小首を僅かに傾げるゼノアは、そう言いながら口端を曲げる。

柔和な笑みを顔に貼り付けながら、彼女は俺に告げる。

「〝認識阻害〟と呼ばれる魔法の欠陥。〝魔法使い狩り〟の能力、そして正体。加えてこういった事態に陥ってしまった理由。私が現時点において知っている全てを貴方にお教え致します。ただ、一つ、その代わりというわけではありませんが、お願い事があるのです」

「お願い事、ですか」

そこまでの情報を得ておきながらどうして騎士団は動こうとしていないのか。

全貌を知っているのにどうして、情報の共有を行っていないのか。

続けられた言葉に対して、疑問が次々と浮かび上がる。そして恐らく、〝心読《ドクトウス》〟と言っていた魔法を扱う彼女だからこそ、俺の内心なんてものはあえて能力を使わずとも見透かしている事だろう。

しかし、律儀にその疑問を解消してくれる事もなく彼女は言葉を続ける。

そしてそれは、つい一時間前に出会った筈の〝魔法使い狩り〟の男が発した言葉と何の偶然か、殆ど同じ内容であった。

「はい。貴方には、この件から手を引いて頂きたいのです」

場に下りる沈黙。

それは一秒、二秒と続き、十秒を回ろうといったところで、俺はゼノアの先の発言に対して言葉を返さんと口を開いた。

「……それは、俺の頭の中を覗いた上での発言ですか」

あえて、その言葉を選ぶ。

フィオレの事まで見透かしているなら話は早かった。故に問う。

あんな自己中心的な理由で〝ミナウラ〟に向かった前科がある俺の思考回路を知った上での発言なのかと。

「はい。……理由は単純明快です。貴方が、〝魔法使い狩り〟と呼んでいる男の能力が――

〝蒐集家《コレクター》〟であるからです」

「〝蒐集家《コレクター》〟……？」

「ええ。貴方も既に目にしたのでしょう？ あの男が〝認識阻害〟の魔法を扱っていた瞬間を。

〝蒐集家《コレクター》〟とは即ち、魔法使いを殺せば、その魔法使いが扱っていた魔法を強奪《蒐集》出来るようになる魔法です」

「……その魔法の欠陥は」

「同時に蒐集《しゅうしゅう》した魔法を扱えない。私が知っている欠陥は、それだけですね」

要するに、たとえば〝認識阻害〟を展開している最中に、既に蒐集済みの魔法を新たに展開する事は不可。

もしそうしたい場合は、〝認識阻害〟を一度解除しなければ次には移れない、と。

つまり、そういう事なのだろう。

「だからこそ、此方としては貴方には手を引いていただきたいのです。どうか、相手の攻撃手段を増やさないで頂きたく」

「……俺が殺されると？」

「戦えば間違いなく。それに、〝認識阻害〟の欠陥は貴方のような剣士には決して突けない」

俺のような。

その言葉選びに少しだけ引っかかる。

「貴方のような〝本能〟に基づいた戦闘勘に身を任せている方々にとって、五感は何があろうと失うわけにはいかない筈です」

そう言いながらゼノアは右の手を己の右の耳へと伸ばす。そして、耳を主張しながら、

「〝認識阻害〟の欠陥は、聴覚に作用している魔法である事です。つまり、聴覚を何らかの方法で捨ててしまえば一切の効果は発揮されません。……しかし、〝魔法使い狩り〟の男は〝認識阻害〟以外にも魔法を蒐集しています。たとえ〝認識阻害〟を封じられたところで彼にとっては痛くも痒《かゆ》くもない」

〝認識阻害〟を封じても、次の一手がある。

それを封じてもさらに次の一手が。

だから、〝魔法使い狩り〟の男と俺とではあまりに相性が悪すぎると。戦えば、間違いなく殺され、手にする魔法を蒐集されるだけだとゼノアは指摘しているのだろう。

「……それで、貴女はじゃあ俺にどうしろと？」

「ですから、手を引いて頂きたいと」

「…………」

少しだけ黙り、俺は考え込む。

まだ全てを聞いてはいないが、魔法の能力を聞く限り、あの男はまだ様々な手段を隠し持っている筈だ。

ただでさえ、〝認識阻害〟と呼ばれる魔法一つに頭を悩まされている状況。

確かに、倒す事は難しいかもしれない。

冷静に現状を俯瞰《ふかん》したならば、たとえ俺であっても無理であると笑っていたかもしれない。

しかし、だ。

危険だから背を向ける。

勝てないと判断したから、道を変える。

それは、ダメなのだ。

他の理由であればまだ妥協の余地があったかもしれない。けれど、その前提だけは、何があろうと俺は。俺だけは、認めちゃいけない。

一度でも『星斬り』と名乗ってしまった以上、そんな下らない理由で背を向ける事はあってはならない。

冷静に物事を考える事は大事だ。

戦力分析も大事だ。

だけど、それはあくまで〝大事〟の範疇。俺の行動指針の決定打にはなり得ない。

故に――――。

「話は、分かりました。でもごめんなさい。それは、無理な相談ですね」

俺は拒絶した。

「……何故、と理由をお聞きしてても？」

「簡単な話です。そもそも、俺自身があの〝魔法使い狩り〟を信用してない上、あろう事かアイツはリレアすら殺す気でいる。理由は十分。だったら、殺《倒》すしかないでしょう？」

リレアは、俺にとって恩人の一人。

色々と世話を焼いてくれた恩がある上、何より死んで欲しくはない。

戦う理由なんてものは、これだけあれば十分過ぎる。

「それに、俺の頭を覗いたなら既に分かってた事でしょう。俺の思考なんてものは、勝てない戦いであろうが、上等。死んで当然、それも上等。そういった無謀の先にある壁を超えてこそ、初めて意味がある。そんな考えなのだから。いやぁ、俺はやっぱり、運が良い」

かつて〝ミナウラ〟にて、フィオレから向けられた視線と実によく似た視線を向けられる。

それは、理解が出来ないと俺の正気を疑う感情が乗せられた見覚えのある視線であった。

だけど、仮にこの場にいたのが俺でなく赤髪の剣士――――シヴァであったとしてもきっと同じ言葉を口にしていた事だろう。

そして間違いなく言うはずだ。

羨まし過ぎんだろ！　そこ代われ！　と。

「ま、ぁ、これは親父も、ソフィアも、誰も彼も、たった一人を除いて一切理解してくれなかった思考です。だからこれがおかしいって自覚は人一倍あります」

その一言を前に、渋面を貫いていたゼノアの片眉が僅かに跳ねた。ならば何故と、彼女は無言で俺に訴えかけてくる。

「でも、一度憧れてしまったなら、たとえどんな障害に見舞われようがそれへ手を伸ばさずにはいられない。欲しいものに向かって手足を動かしてひた走る。俺という人間は、そんな救いようのない馬鹿なヤツだから」

生涯の目標として、『星斬り』の男を据えるくらいだ。たった一つの約束の為に生涯全てを捧げた大馬鹿に憧れた人間ってのは、これまた救えない大馬鹿であると相場がきまっている。

「……ええ。そうですね。貴方は救えない馬鹿だと思います」

ゼノアは俺には万に一つも勝ち目はないと考えている。だから、彼女にとって俺の行為というものは勇敢でなくただの蛮勇にしか映らない。

「ハはっ」

向けられた言葉を数秒かけて味わった後、俺は笑う。屈託のない笑みを浮かべて、まさにその通りだと肯定するように破顔した。

「――――……もし仮に、私達が貴方がたを守ると言えばその答えは変わりますか」

「ええ、間違いなく変わりますよ。もしそうなれば、俺は今抱いている理由を捨ててきっとこう言う事でしょうね。『であれば、俺はソフィア達を守ってくれる貴女方に報いる為に戦いましょう』、と」

とどのつまり、一つでも真面な理由が生まれてしまった時点で最早言葉を尽くして止める術《すべ》なんてものは何処にも存在していないのだ。

「この人生ってのは俺にとってたった一度のもの。巡り合う機会も、たった一度きり。だったら、戦う理由があるのにそれをおめおめと取りこぼすなんて馬鹿な真似、出来るわけないじゃないですか。特に、俺の場合は尚更に」

真っ当な理由があるのに、手を伸ばさないだなんてそれはもう、馬鹿としか言いようがない。勝てないと言われる。

それはそうだ。俺ですらそう思っている。そう思っているが故に壁なのだから。

ただそれは、その時点での俺には勝てないという事実を言われただけに過ぎない。

だったら、超えてしまえばいい。子供でも分かる簡単な話だ。これは、己の限界を超えて勝てばいいだけの話。

俺の記憶に存在する『星斬り』の男が負けるビジョンが一瞬でも見えたわけじゃあるまいし、引き下がる理由は何処にもない。

「胸に抱いた憧《熱》れがある限り、俺は手を伸ばし続けますよ。心の中にある憧れの感情に嘘をついて生きる。そんな人生を受け入れられる程、俺は器用な人間じゃありませんから」

未だ燦然《さんぜん》と輝く『星斬り』の記憶は、忘れる事も、消す事も、背を向ける事だって出来ないし、許してはくれない。

ありのまま、受け入れるしか道はないのだ。

「情報提供感謝します。お陰で、あの時よりもずっと真面に戦えそうです」

土俵にすら立たせて貰えなかったつい数時間前の出来事を思い起こしながらそう告げて、俺は立ち上がる。

「――――……あのフィオレが匙《さじ》を投げたのも、今なら分かる気がしますね」

去り際、ゼノアのそんな独り言が聞こえてきたが、俺は聞こえないフリをして頭を下げてから部屋を後にした。

四話

「……あー、色々と聞き忘れてた」

逃げるように部屋を後にしたのち、詰所からも離れて数分後。宿に向かって歩きながら俺は、そういえばゼノアが〝魔法使い狩り〟の正体やら動機やらも教えてくれると言っていた事を思い出す。

折角なら聞いておくのも有りだったかなあと若干、後悔の念を抱きながらも別にその部分はなくても困らないかと割り切る。

「ただ、まぁ……聴覚か」

情報を教えて貰うだけ教えて貰っておきながらああして不義理をしてしまった事に対し、ゼノアには罪悪感があるものの、存外あまり強くは感じていなかった。

理由はきっと、あの瞳。

全てを見透かしたかのような瞳をじっ、と見詰めていたからか、どうしてか思ってしまうのだ。

……確たる理由はないけれど、ゼノアは俺が彼女の申し出に対して首を縦に振らない事を予《あらかじ》め知悉《ち しっ》していたのではないのか、と。その上であえて言葉を尽くしていたのではないのかと、どうしてか無性にそう思ってしまう。

「確かに、対策は単純明快だけど、安易にそれは実行出来ないよなぁ」

聴覚をなくす方法は簡単だ。

鼓膜を潰せばいい。

ただ、それをするとゼノアが言っていた通り、とてつもないハンディキャップを背負う羽目になる。

「でも、姿が見えないんじゃ、ただ一方的に俺が斬られるだけになる」

聴覚が大事であるからと考え過ぎては一撃も与える事なく死ぬ、という可能性も十二分に有り得る。

「せめて、目の前にいるって状況を作り出せれば何とかなるんだけど」

その状況に持っていけさえしたならば、やりようはある。〝ミナウラ〟の時より多少無茶をする事になるだろうが、眼前全てを僅かな間隙すら許さず、攻撃で埋め尽くしてしまえばいい。

〝星降る夜に《ナグルファル》〟で覆い尽くしてしまえば、たとえ目に映る光景が偽られていようが、倒せるだろうから。

「……ま、そこはリレア達と相談になるのかな」

そんなこんなで、ぶつくさとひとりごちながら歩く事十数分。

黄昏色の空に夜闇《やあん》が交じり始めた頃、漸くたどり着いた宿の前で佇む二人の影。

どうも、ソフィアとリレアは俺よりも先に戻って来ていたらしい。

「そっちはどうだった？」

「ダメね。元々、〝認識阻害〟を扱ってた魔法使いの交友関係が狭過ぎるからか、知己すら探すのに一苦労。欠陥なんてもっての外だったわ」

「あたしは教会の人達に聞こうとしたんだけど、そんな物騒な話に首を突っ込むもんじゃないって怒られただけ」

二人とも疲労感を表情に貼り付けながら、肺に溜まっていた息を吐き出す。

教会とは、ソフィアに〝治癒〟の魔法を教えてくれているシスターがいる場所。

〝ミナウラ〟で出会ったアバルドのように治癒系統の魔法であれば師事は不可能に近いが、世間でよく知られる怪我を癒すだけの一般的な〝治癒〟の魔法であれば、使い手も多く、師事する事で己のステップアップをはかる事が出来る。

故に、ソフィアは度々、教会に顔を出しては〝治癒〟の魔法をあるシスターから習っていたらしく、その伝手を頼ろうと試みたがどうにも撃沈してしまったらしい。

「で、キミの方は？」

「聞けたよ。本当かどうかは分からないけど、〝ミナウラ〟で俺の命を助けてくれた人が頼れって言ってた人だし、まぁ、信じていいと思う」

「へぇえ」

「で、聞いた話によると、〝認識阻害〟の欠陥は自分の聴覚を封じてしまえば、〝認識阻害〟の影響を受けないで済むって一点だけ」

「ふぅん、なら――――」

聴覚捨てちゃえば良いって話ね、と早合点したであろうリレアの発言を遮って、俺は言葉を続けた。

「――――ただ、あの〝魔法使い狩り〟の能力は〝蒐集家《コレクター》〟って魔法らしい」

「〝蒐集家《コレクター》〟？」

「要するに、色んな魔法を扱える魔法使いって事。だから、聴覚を捨てたところであんまり意味がないって言われた」

「あー……そういう事。だとすれば……あー、色々と面倒になってくるわね」

リレアがくもった表情のまま、前髪を掻き上げる。そして、掻き混ぜる。

「ただでさえ、面倒な事実が発覚したのに、二つ目ともなるといよいよ手に負えなくなってくるわね」

「……面倒な事実？」

眉を顰《ひそ》める。

ダメだったとは言っていたが、どうやら何か目新しい事実を掴んでいたのかもしれない。

怪訝そうに俺が首を傾げると、今度はリレアではなく、ソフィアが口を開いて教えてくれる。

「うん。あたしが〝魔法使い狩り〟について尋ねようとして、首を突っ込むなって忠告してくれたシスターから、何も、するなって言われたの。何もしなければ、あたし達には被害はないだろうからって」

話の脈絡から察するに、ソフィアの言うここでの〝あたし達〟とは俺達ではなく、教会の人間という括りを指しているのだろう。

だが、不思議に思う。

〝治癒〟の魔法を使えるシスターを始めとして幾らか魔法使いがいるだろうに、どうして〝魔法使い狩り〟からの被害がないと言えてしまうのか。

ぐるぐると渦巻く疑問。

地頭の出来が決して良いワケではないからか、それが指すワケというものが一向に見えてこない。

そんな折。

「そこで私、ちょーっと考えてみたのよね。あの〝魔法使い狩り〟の男、あの時、〝復讐〟って言ってたでしょう？　だから、王都の魔法使いに恨みを持っていて、尚且つ、教会には恩、もしくは手出し出来ない理由があって、それでいて、騎士団が不用意に動けない——騎士団の長がいないこのタイミングを狙えば今の騎士団は殆ど動けないと知る輩。そう考えるとある答えが浮かび上がったのよねえ」

丁寧に条件を一つ一つ組み合わせていくと、ピッタリとそれに当て嵌まる人物が偶然にもいたのよねえとリレアが言う。

「時に、ユリウスくんは王都の治安を守る役目を負ってる騎士団に、どうして魔法使いが二人しかいないのか。その理由について知ってるかしら？」

「……いや、知らないけど」

「実は、五年くらい前までは騎士団って結構な人数の魔法使いが属してたのよ。私達を苦しめてくれてる〝認識阻害〟。その本来の使い手であった魔法使いも、その一人だったわ」

へぇ、と思うが、抱いた感想は本当にそれだけ。その事実が一体、彼女の言う面倒な事実とどう関係しているのか、さっぱり分からなかった。

「当時の騎士団は、多くの魔法使いを抱えていたりと、それはそれは勇名を轟かせた王国自慢の騎士団だったわ。……でも、周りから持ち上げられるうち、慢心が生まれてしまっていたのよね。で、騎士団の中で伝染するその慢心が、とある失態を引き起こした——俗に言うカザレアの悲劇ね」

カザレアの悲劇？　と、聞き慣れない言葉に対して聞き返すと、リレアは「ええ」と言ってそれについて語り始めた。

「事の発端は、とある盗賊集団にある貴族家の令嬢が拉致された事だった筈なんだけれど……彼女の救出にあたって、どうしてか中々腰を上げようとしない当時の騎士団長に痺れを切らして先走って助けに向かった人がいたの。名は確か——バミューダ。でも結局、何かを予見してたからなのか、慎重な姿勢を崩さなかった当時の騎士団長の選択が正しかったの。結果、先走ったバミューダのせいで捕らえられていた令嬢は死に、数十の民間人も犠牲になった」

自分なら出来る。

そんな慢心が生んだ悲劇ねと彼女は言う。

騎士団のトップである当時の騎士団長の意見を支持していたならば、恐らくは犠牲が生まれようとも、もっと少なかった筈であると。

「ただ、令嬢を助けようと試みていたバミューダは九死に一生を得たんだけれど、その責を押し付けられて処刑され、当時の騎士団長も責任を取って騎士団を去り、今の騎士団が出来上がった感じねえ。副団長にあのゼノア・アルメリダが据えられた理由は五年前の悲劇を起こさない為だと誰もが言ってるわ。今の騎士団に殆ど魔法使いがいないのも、十中八九、統率を図る為でしょうね」

成る程。

お陰でカザレアの悲劇とやらに関しては、十分理解した。ただ、やはり疑問は拭えない。

そもそも、そのカザレアの悲劇が今の〝魔法使い狩り〟とどう関係しているのだろうか。

「その話にはまだ続きがあって、バミューダの処刑に対して、助命を嘆願していた人達がいたのよ。バミューダはただ助けようとしただけなのに、責任を取って処刑はあんまりではないか、とね。そんな訴えをしていたのが当時の教会の人間達と——————バミューダの弟であるオリヴァー。私は、オリヴァーが〝魔法使い狩り〟なんじゃないかって睨《にら》んでる。何が面倒な事実かって言うと、要するに、件の〝魔法使い狩り〟は、もし私の予想が正しかった場合、教会に匿《かくま》われてる可能性が限りなく高いのよ」

「……話は何となく理解した。でも、さ。じゃあどうして、そいつは魔法使いを殺し回ってるの？」

殺す理由はどこにもないじゃないかと、俺はリレアの話の中に潜んでいた矛盾を指摘する。

すると、彼女はほんの僅かに悲しそうな表情を浮かべ、口を真一文字に引き結ぶ。

そして数秒ほどの沈黙を経て、

「……きっとその理由は、彼が口にしていたように〝復讐〟の為であり――――」

リレアは答えを口にする。

「――――今の騎士団長を、殺す為じゃないかしら」

◇◇◇

――――〝魔法使い狩り《あの男》〟は王都の魔法使いに恨みがあると言っていたけど、きっとそれは嘘。

恐らくは、彼が恨みを持っているのは五年前の騎士団に何らかの関わりを持っていた魔法使い、である気がするのよね。

それは、リレアの言葉。

これまで〝魔法使い狩り〟に殺された魔法使い達全員が、騎士団になんらかの関わりを持っていた事実を踏まえた上で口にされた発言であった。

「……邪魔をするなら殺すぞ、か」

反芻《はんすう》する。

俺に向けて告げられた言葉を今一度、繰り返す。

けれど、それを再認識して尚、俺は「強くなる為に強き者と戦いたい」などというセリフを吐くのだろう。

「ま、それが〝魔法使い狩り《あんた》〟の悲願であるのならば、その言葉は至極当然だね」

しかし、俺は嬉々としてその邪魔をする。

何故ならば、俺にとって〝真っ当な〟理由があるから。それに、懸念も、副団長であるゼノアのお陰で解消された。

ただ、ああしてリレアと話すうち、新たな疑問が生まれた。故に、俺はここにいる。その疑問を解消する為に、夜半にもかかわらず、一人宿を抜け出してもう一度、騎士団の詰所の前へとやって来てしまっていた。

そして、視界に映り込む一つの人影。

夕方の時とは別人の見張り役がそこにはいた。

けれど、見張りをするその人物を俺は知っている。

「────もう一つだけ、聞きたいことがあるんです」

夜の帳《とばり》が下り、シン、と静まり返る王都の夜。

声を張り上げるまでもなく、俺のその声は辺りによく響き渡った。

やがてやって来るクスリと笑う声。

そして、数秒経て紡がれた言葉は、何故か俺の発言に対する是非ではなく、全く関係のない〝語り〟であった。

「その昔、バミューダという正義感の強い人間がいました。あの人は、心の底から誰もの幸せな日常を求めて、そして、理不尽な不幸を何より嫌っていた」

……理解する。

俺の目の前で佇む人物――〝心読《ドクトウス》〟と呼ばれる魔法を持つ、ゼノア・アルメリダは、俺が問いたかった疑問を知った上で、語ってくれているのだと。

「猪突猛進、とも言いますがね。ただ、その正義感は綺麗なものでした。何よりも綺麗で輝いていて、どこまでも純粋でした」

変な言い方をすれば、彼は愛されていたのだと彼女は言う。己が掲げる綺麗な理想に向かってひた走るその行為が、誰もの幸せを願うものであったから彼は愛されていたと。

「ですが、いくらその行為と願望が正しいものであろうと、全てを正せるほど、この世界は綺麗なものばかりではありませんし、優しくもありません」

どれだけ切望しようと、血を吐く程渇望しようと、残酷で無比な現実はその理想を当然のように打ち砕いてくる。

何故ならば、それが理不尽であるから。

「誰もがみな、誰かの幸せを願っているわけではない。誰かの不幸を望む人間なんて、この世にはごまんといます。故に、彼のような人間は特に、人の悪意につけ込まれやすかった」

感情の込められた言葉の数々に、気づけば俺はすっかり聞き入ってしまっていた。

「……今の騎士団に、何故魔法使いがいないのか、お教えいたしましょうか。決して責任をとって辞めていったから、などではありませんよ。理由は、単純明快です。所属していた多くの魔法使い達は、国のトップに立つ貴族らに失望し、辞めていったからです」

夜闇に覆われた視界の中。

詰所から照らされる微《かす》かな光によって薄《うっす》らと見えたゼノアの表情からは、少しだけ怒りの色が見えた。

「五年前は、王位継承権をめぐる策略が活発に行われていました。そのせいで当時の国王陛下直属の組織であるこの騎士団も悪意に晒されたんです。国王陛下が組織したこの騎士団が不祥事を起こせば、国王陛下が推していた第二王子の勢いも落ちるだろう。どうにも、そんな考えから始まった策略だったらしいんですけどね」

政争についてはよく分からないが……彼女の話から察するに、騎士団の人間が嵌められたのだという事は、すぐに分かった。

「私達の騎士団が、政争に利用されたのです。誰もが失望し、辞めていくのは当然の帰結でしょう？　治安を、市民を守る為の組織すらも、己らの利益の為に利用して無関係の人間を多く殺した。……そんな者らを守る価値が何処にありますか？」

言葉は止まらない。

堰《せき》を切ったように、ゼノアの感情が溢れ出す。

「……そのせいで、瀕死の重体に見舞われながらも、助けられなかった事を悔やみ続けた果てに、バミューダは独りで自刃《じじん》しました。……それを、都合が良いからと責任を取って処刑した事にしよう。なんて上から言われて……もう何が何だか分からなくなりましたよ」

……確かに、この話が本当であるならば、リレアの言う通り、悲劇だろう。

紛れもなくこれは残酷な悲劇だ。

「バミューダの弟が私達を恨む理由も分かります。なにせ、公式的な発表では、色々と脚色されて私達がバミューダに死を迫った事になっていますから」

あくまで、上の貴族の腐った部分は一切、曝《さら》け出す事なく、下の者に責任やら、汚い部分を全部押し付けているのだと。

「ですからもう一度、改めて言いましょうか。これは、私達の問題なんです。どうか、手を引いては頂けませんか」

そして、俺はこれまでの語りを踏まえた上であえて言い淀んだ。

やがて、口を開いて、

「────なら尚更、イヤなこった」

ぶわりと一気に汗腺が開いてしまうほどの殺意が俺に向けられる。

まさか、彼女は俺がお涙頂戴な話をしたから頷くとでも思ったのだろうか。

だとすれば、本心を読む能力たるあんたのその魔法は、とんだパチモノだと嘲笑わなければならなくなる。

「貴女のその瞳、何処かで見た事があると思ってたんだけど、やっと思い出した」

それは夢でよく見ていた瞳。

『星斬り』の夢に出てきていた人間達が、よく向けてきた瞳であった。

そして、そんな馬鹿げた思考回路を持つ人間に、敬語はいらないかと判断して俺は普段の調子で言葉を並べ立てる事にしていた。

「それは、何らかの目的の為に死を許容した奴らとソックリな瞳だ」

図星だったのか。

ゼノアはその発言に対して少しだけ驚いていた。

「俺には政争だとか、そんな事を言われたところで何にも分かんない。でも、それは正道ではない気がする。どうしてか、それは分かるんだ。それに、貴女は良い人だ。それも、分かる」

なにせ、フィオレの友人だ。

悪い人でない事はよく分かる。

「貴女達が、罪滅ぼしの為か、はたまた、ある貴族への復讐の為、件の〝魔法使い狩り〟の能力である〝蒐集家《コレクター》〟を使って貴女達なりに復讐を遂げようとでも考えてるのか、それは俺の知った事ではないけれど」

たった一つしかない人生。

誰に託すことも、出来ないその命をどう使うかなんてそれは勿論、当人の自由だとも。

ただ、一つ。言わせて貰いたい。

「貴女が知ってるように、理不尽ってやつはそこら中に転がってるもんだ」

「……何が言いたいんですか」

「たとえあの〝魔法使い狩り〟が多くの魔法使いの能力を取り込んだところで、所詮はただ能力を取り込んだだけの器用貧乏でしかないって言いたいんだよ。そんなんじゃ、本物の理不尽には遠く及ばない。そして俺が本物の理不尽になる為には、蹴散らせるようになってなきゃいけない壁でもある」

特に、俺の目指す先である『星斬り』の男のような存在ならばきっと、それがどうしたと言って蟻を踏み潰すが如く当たり前のように斬り伏せた事だろう。

「……本物」

「そうだよ。王国内で言えば、田舎育ちの俺でも知る勇名────〝王剣〟ゼノーヴァ・クズネッォワとかじゃないかな。……まぁ、それはいいや。ただ、魔法を多く扱えるだけで頂に辿り着けるほどその場所は易しくないと思うけどね、俺はさ」

だから、たとえ仇《かたき》であるとして元騎士団のメンツや恨みのある貴族を殺したところでいつかは誰かに殺される運命にあると思うなと俺は指摘する。

そして、ここからは────建前。

「それに、勝手な我儘《わがまま》で騎士団という存在を壊されでもしたら、力を持たない弱者は特に困るんだよ。それは分かってる？　無法者が溢れれば、それこそ更に無関係の人間は死ぬ。正義感溢れていた死者へ負い目があるのなら、何が何でもそこは貫くべきだと思うけど。それが何よりの罪滅ぼしだと思うけど」

俺の語る言葉のなんと重みのない事か。

本来、俺がそんな言葉を吐く輩ではないと、俺自身が誰よりも知っているから。その正論が、剣を振るための建前でしかないと知っているから、どうしようもなく安っぽく感じてしまう。

「……貴方には、この気持ちが分からないでしょうね」

「ああ、分からない。何より分かりたくもない。だから俺は、俺なりに否定させて貰う事にした」

騎士団が動かなかった理由。

それは過去への負い目と、騎士団という存在がどうあるべきか。果たしてそのどちらを優先するべきなのか。その踏ん切りが付かなかったからなのかもしれない。

ゼノアの表情からは、その葛藤の欠片《かけら》が見えた。

……だがしかし、関係ない。

俺にはそんな事情は一切関係がない。

何故ならば、真っ当な理由を既に得てしまっているから。

騎士団がなくなれば無法者が溢れる。

すると、俺達だけに留まらず、故郷である村にすら影響が出るだろう。それは、ダメだから。


さぁ、クソッタレた想いを吐こう。

吐き散らかそう。

どこまでも。理不尽に。不条理に。俺らしく、紡いでしまえ——その一言を。

「やっぱり俺は、〝魔法使い狩り《あいつ》〟を『星斬り』に到る為の、糧にさせて貰う」

『星斬り』に到る為、俺は〝魔法使い狩り《あいつ》〟の障害となろう。

なにせ理不尽とは、そこら中に転がっているものだろうから。

五話

『――――今と昔。全てをひっくるめて己が最強であると、名を轟かす。それが出来るのであればたとえ悪名であろうと構うものか』

『……オイオイ、そりゃ完全に悪人のセリフじゃねえかよ』

俺ではない、違う人間の記憶を見ていた。

俺は、懐かしい記憶をふと、思い返していた。

『……仕方ないだろうが。普通に、普通らしく、普通に生きていてはどう足掻《あが》こうが、「星斬り」を成す事は勿論、〝最強〟なんてものは夢のまた夢なのだから』

『……まぁ、何となく言いたい事は分かる』

それは『星斬り』の男と、その親友の男の会話であった。

『とはいえ、私も禽獣《きんじゅう》ではない。強くなる為に戦い、そして戦う為に――戦う。そんな馬鹿としか形容しようのない言葉を吐く私ではあるが、それでも理性はある。故に、なけなしではあるがな、私は、私が間違っていると判断した奴のみをこれでも相手にしているつもりだ』

『……だから、国を変えようとしてた革命家でさえ斬ったってか。く、はは、ははは ッ、そんな理由だったと聞きゃあ、あの連中、マジでお前を殺しにくるぜ』

……ま、もう手遅れではあるがなと笑いながら男は言葉を付け加えた。

『そもそも、革命をしてどうなる。誰もが手を繋ぎ、綺麗な世界を作りましょうとほざくヤツを信じろと？　馬鹿らしい。何より、私如きが立ち塞がっただけで頓挫《とんざ》する革命なぞ、革命とは呼ばん』

『おっかねえなぁ』

『何処がだ。……革命にせよ、復讐にせよ、全てにおいて中途半端が一番タチが悪い。ならば、私が砕いてやった方が世の為人の為というヤツだろうが。中途半端であるから、私のような人間が生まれるのだから』

己の言葉を耳にし、男の表情が引き攣った。

……そういえば、そうだったなと。後悔の色が目に見えて表情に現れていた。

そもそも、幾ら今や規格外と呼ばれる『星斬り』の男であっても、最初から強かったわけではない。彼もまた、例に漏れず、弱者であった時期があり、そして何より彼は――被害者であった。

『星斬り』の男は、他者の独善によって起こされた行為の被害者であったが故に、剣を取った人間である。だからこそ、その言葉にはどこか彼らしからぬ熱が込められているようにも思えた。

『真に世界を変えたいと願うのであれば、圧倒的な武を以てして全てを叩き伏せ、圧政を敷いて己の思考がどれ程素晴らしいかを説く以外に方法はない』

断言する。

それ以外に道は絶対に存在し得ないのだと彼は言い切ってみせる。

『こりゃまた、随分と過激な思想だ』

『当たり前だろう。行動を起こした人間が損するだけならいい。それは至極当然であるから。だが、国とは狡賢《ずるがしこ》い生き物だ。その出来事をアイツらは嬉々として利用し、更なる圧政を敷く。そのせいで無法者は更に溢れ、弱者には悪意に呑まれて死ぬ未来しか待っていない』

やがて、満を持して『星斬り』の男が言葉を紡ぐ。

『重ねて言おうか。立ち塞がって何が悪い？　壁となって何が悪い？　私の都合でその理想を砕いて、何が悪い？　そもそも、国が腐っているのであれば、それらの行動は断じて起こすべきではない。そいつが取るべき行動は、大衆を扇動するのではなく、密かに力を付け、一人で勝手に上層部を一思いに暗殺する事だ』

『そんな物言いをするってこたぁ、もしかしなくても、「星斬り」お前、王でも殺す気なのかよ？』

『馬鹿言え。そんなつまらないものに私は興味はない』

にべもなく一蹴。

『何を勘違いしてるのかは知らんが、これは結局どこまでいこうが建前だ。私が強くなる為の、斬る為の建前でしかない』

私は世界一、自己中ではた迷惑な奴だ。それはお前も一番知ってるだろう？　そう言って、彼は屈託のない笑みを浮かべていた。

『ブレねえのな』

『当たり前だろう。王も、貴族も、そこらのゴロツキも。誰もがそうだが、人間とは生来、自己中心的な生き物だろうが？　私だけに〝綺麗〟さを求めるな。馬鹿らしい』

強くなり、星を斬りたいから剣を振る。

目的を明確にしてる分、腹に一物かかえて表面では友好的に手を差し伸べる奴らよりよっぽど私の方が良心的だろうが。

そう、彼は口にしていた。

——剣士って生き物は特に、我儘なんだ。

そんな一言を添えて。

◇◇◇

「——かつての騎士団所属の魔法使いが襲われる、ねえ」

リレアが言う。

ゼノアとの会話の翌日。

俺はゼノアの口から聞いてた言葉を俺なりに噛み砕いてリレアに話していた。

〝魔法使い狩り〟の目的とは、恐らく五年前の騎士団に所属していた魔法使いを殺す事。

そしてその果てに、現騎士団長とやらを殺す、といったところだろうか。

本当にゼノアの言った通り、死んだ兄への弔いの為の復讐であるならば、〝魔法使い狩り〟は間違いなく、五年前の騎士団関係者が狙われる。

「確かに、キミの言う話が本当であるならば、その可能性は限りなく高い。……事実、これまで狙われてきた魔法使いはキミの言う通り騎士団に何らかの関わりを持ってた者達だったわ。でも、」

だけど、と。

疑念を帯びたリレアの視線が俺を射抜く。

「そういう事なら、キミが剣を振るう理由は何処にもないんじゃなくて?」

ああ、その通りだ。

彼女の言う通り、俺が剣を振るう当初の理由であったものは消え失せた。知らぬ存ぜぬを通しておけばひとまずは俺達には害はないだろう。

だがしかし。

「まさか。だって、理由は作るものじゃん?」

対抗するようにそう言ってやると、リレアは一瞬ばかりポカン、と呆けた顔をし、やがて吹き出しそうになるのを、奥歯を嚙み身体を震わせて耐えていた。

ただ――――勘違いする事なかれ。

俺という人間とはつまり、どこまでも『星斬り』に憧れた人間だ。どうにかして最強へと到り、星を斬った果てに、己の憧れが真に最強であったのだと証明したいという熱を根底に据える度し難き馬鹿である。

それが臓腑の裏にまで染み付いた救えない人間だ。故に。

「……あぁ、そうだった。キミは、そういう人間だったわね」

やってきたその言葉に、俺は口端を曲げた。

「それで、わざわざこうして私にそれを教えた理由は……その間、私にソフィアちゃんを頼むとでも言いたかったのかしら」

「そういう事」

流石はリレアである。

付き合いがそれなりにあるからか、随分と察しが良かった。

「……なら、今回は貸しイチね、と、言いたいところだけど実際、一人で大丈夫なの？」

「さぁ？　どうだろう」

大丈夫とは言わない。

そもそも、俺は〝魔法使い狩り〟に勝てる見込みがないから挑みたいのだから。

「ただ、今回はお節介を焼きたくもあるんだ」

「お節介？」

「そ。俺なりの、お節介」

俺は、俺の独善に従ってあの〝魔法使い狩り〟に現実を叩きつけてやりたいのだ。

もし仮に、バミューダとやらの弟で、でっち上げられた情報に踊らされているのだとすれば、是非とも「馬鹿」と言ってやりたい。

心優しき人間は、自責の果てに自刃し、上層部はそれを利用し、汚い部分は下の者に全て押し付けた。そして時を経て、復讐に身を焦がすその人間の弟は、兄への弔いの為、兄の同僚であり、罪のない魔法使いを殺して回っている。

そして、同僚達はそれを受け入れてしまっている。心優しき人間を己らは死なせてしまったと考えているから。


いやはや、とんだ茶番である。

まるで、誰かが己の欲望を満たす為、愉悦に身を震わせる為に考えたシナリオのようでもある。

全く以て気持ちが悪いという他ない。

故に、その違和感を拭う為。

恩人でもあるフィオレの知己を助ける為。

そして、村へ被害が及ばないようにする為。

そうして、さも、正義感の強い善人のように綺麗な理由を並べ立て、俺は迷いなく剣を握るのだ。

さながら正義の味方のように。

そしてそこに罪悪の感情は一切存在し得ない。

何故ならば――――人間とは生来、自己中心的な生き物であると俺は知っているから。

己が行為を己が肯定出来てしまっている時点で、そんな感情が生まれる余地は何処にもないのだ。

◇◇◇

「――――俺の運が良ければきっと現れる」

「……普通はそれ、運が悪いって言うからね」

じっ、と、ある人物の姿を見下ろせる場所で注視しながらも気付かれないようにと身を隠し、一定の距離を保っていた俺がそう口にするや否や、側にいたソフィアが呆れ返った。

リレアと話をしたその日の夜――日付が変わる頃。

俺とソフィア、そしてリレアの三人は外にいた。言わずもがなそれは、〝魔法使い狩り〟の男を打倒するという目的を掲げた俺の都合のせい。

本当は何処か別の場所にいて欲しかったのだが、ソフィアはイヤだと拒絶し、リレアはキミがぶち殺されたら代わりに相手してもらおうかなと愉しげに剣へ手を伸ばす始末。

故に三人揃っての行動であった。

「でもこれ以上、手札を増やされちゃ更に手が負えなくなると思うけどね」

だからやっぱり、このタイミングで出会った方が運は良いじゃんと己の意見を支持する。

……でも、そもそも戦うって選択肢を選ぶ事自体が間違いなんだよ。と、間髪いれずにため息交じりの正論が飛んできたのでこれ以上は口を噤《つぐ》む事にした。

視線の先――――〝魔法使い狩り〟が横行するこんな時期に、ふらふらとした足取りで呑気《のんき》に深夜の王都を散歩する男の心情が掴み切れない。

己が万が一にも死ぬとは思ってないのか。

はたまた、危険意識の欠如。もしくは、死んでも良いとでも思っているのか。

……ま、恐らくは後者だろうが。

「でも、雨が降っていてくれたのは僥倖《ぎょうこう》だった」

「……というと?」

「どうも、〝認識阻害〟って魔法は、やっぱり無条件に全てを思い通りに変えられるわけじゃないらしいよ」

首を傾げたのはリレアだった。

そんな彼女の為に指を差す。

そこには水溜まりが数多く点在していた。そして、雨は既にあがっているというのに、時折、水溜まりが波紋を起こしていた。

まるでそれは、誰かが踏み抜いた跡のように。

やがて、その波紋が生まれる水溜まりの距離の間隔が小さくなってゆく。全ての認識を阻害できるのであれば、欠片の証拠すらも徹底的に認識を阻害してしまえばいい。なのに、恐らく〝魔法使い狩り〟の男はそれをしていない。

否、何らかの理由があって出来ていないと捉えるべきだろう。

「リレア。日が変わるまであと時間はどのくらい?」

「あと二分ってところね」

「……へぇ。って事は、〝魔法使い狩り〟の男はどうにも、気持ち悪いくらい律儀なヤツらしいね」

己が定めたルールに則り、律儀に五日目を待つ気でいるのだろう。

……俺達に警告をしてきた事から予想は出来ていたけれど、己が定めた拘りは最後まで捨てきれないヤツらしい。

であるならば、もう時間はないか。

「じゃあ——始めよっか」

しん、と、ただ闃《げき》として、寂《せき》として静まり返る王都の夜。

その中で俺は己の魔法を口にしながら一際大きく、俺という存在を主張せんと魔法を行使

——〝刀剣創造《クリエイト》〟。

キィ、と刃音を響かせる。

それが、始動の合図。

これでもう後には引けなくなった。

そう自覚して、口角を曲げ——俺はその場から飛び降りて一目散に駆け出した。

「え、ちょ、っ、ユリウス!?」

何をしているのだと、事態を満足に呑み込めていなかったソフィアが驚愕に声を上げるも、その声を黙殺。

そして勿論、ソフィアの声がちゃんと聞こえているように、俺の聴覚は健在。ゼノアから教えて貰った〝認識阻害〟の対策は行っていない。けれども、決して無策で駆けているわけではなかった。

――――ゼノアは心を読む能力の持ち主だ。

そこに嘘偽りはないだろう。

ただ、ほんの僅か、拭い切れない痼《しこり》のようなものが俺の中にぽつりと残っていたのだ。

心を読める彼女であれば間違いなく俺がこの度し難き戦闘馬鹿な考えに至るであろう事は分かっていた筈だ。

そしてゼノアは今回の〝魔法使い狩り〟の行為に対して肯定寄りの言葉を口にしていた。あの夜、俺に向けられた慟哭《どうこく》は間違いなく彼女の本音であった筈なのだ。

ならば、何故、ゼノアは俺に〝魔法使い狩り〟についての情報を提供した？ 欠陥を教えた？

〝魔法使い狩り〟の所業に困り果てていたならばまだ分かる。だが、邪魔されると分かっておきながら、フィオレの知己であるからと全てを教えるだろうか――――答えは、否。

詐欺師の有名な手口にこんなものがある。

99％の真実に、嘘を1％だけ交ぜ込む事でさもそれが真実かのように認識させられる、というものが。

「だから、その1％に賭けてみた」

一歩、二歩と駆ける、駆ける、駆ける。

肌を撫でる夜風に目を細めながら、俺は柄を握り締める右手へ、一層力を込めた。

「〝認識阻害〟なんて能力は恐らく、現存する魔法の中でもトップクラスに厄介な能力だろうね」

それこそ、使う人間によっては記憶の中のあの『星斬り』の男にさえ、下手すれば一太刀入れられる。それ程までに規格外の魔法だった。

――――距離はあと100メートル程。

「ただ、魔法の欠陥は全部が全部、欠陥らしい欠陥である事が常」

それはリレアの教え。

魔法には、〝絶対〟に目に見える欠陥が存在している、と。加えて、魔法の能力によってはその欠陥は一つに留まらない、とも。

なればこそ。

「聴覚を殺さなきゃ、手も足も出ないだなんて事はあり得ない」

俺はそう言い切った。

特に、俺は運がいい人間であった。

偶然、ここ二日ほど雨が続き、そのお陰でヒントを得る機会を得たのだから。

間違いなく、〝認識阻害〟も例に漏れず、何らかの致命的な欠陥を負っている。

聴覚を捨てれば効果がなくなる以外に。それも、もっと初歩的な欠陥を。

「だとすれば、俺にもやりようがある」

どんな欠陥なのかは知らないし、それを容易《たやす》く看破出来るほど、俺は勘のいい人間でもない。

ただ、今の俺には何かしらの欠陥があるという確信さえあれば、十分だった。

であるならば、剣を振るう中でそれを見つければいいだけの話。

故に、

「す、ぅ――――」

息を吸い込み、肺に空気を取り込む。

ひとまずの俺の目的は、〝魔法使い狩り〟に、魔法使いを殺させない事。〝蒐集家《コレクター》〟の能力は恐らくその行為がトリガーであるだろうから。

とすれば、やる事は簡単だ。

どうにかして己の姿の認識を阻害させている〝魔法使い狩り〟の足を止めさせればいい。

たとえ目に見えてなかろうが、目的が分かってさえいれば、どこにその視認出来ない姿があるかなぞ俺にも分かる。

「斬り裂けろよ――――」

脳裏に描くは、天を流れる光輝に包まれた一本線。敵を狙う必要はない。これはただ、相手の足を止めるだけの役割しか持たない単なる見せ技。

腕への負荷は最小限に。

その言葉を静謐《せいひつ》に紡ぎ、

「――――〝流れ星〟」

眼前目掛けて、撃ち放つ。

直後、闇夜を斬り裂かんとばかりに地面に罅《ひび》を刻み込みながら奔《はし》る〝流れ星〟の斬撃《ざんげき》。

その行為によって、警戒心を捨てていた魔法使いの男はギョッとした様子で駆け寄る俺を見詰め、彼方此方に存在していた水溜まりからは波紋が止まった。

「手荒な挨拶で悪いね。でも、こうでもしないと止まってはくれないと思って」

だから仕方がなかったんだよと、駆けていた俺は足を止めて、姿を見せない〝魔法使い狩り〟に向けてそう言ってやる。

視界の先には隔てるように、魔法使いの男と視認出来ない〝魔法使い狩り〟の男の間に一本の線が生まれていた。

「でもどうせ、こうまでしてもあんたは長くは待ってくれないでしょ？　だから、手短に」

驚愕の感情を未だ抱き、俺という存在に注意を向けているであろう今のうちに。

「あんたに頼み事があるんだ。なぁに、これでも俺も魔法使いの端くれ、今王都を騒がせてる件の〝魔法使い狩り〟さんなら諸手を挙げて喜ぶ頼み事だとも」

もし、今の俺の表情を目にしたものがいたならば、まず間違いなく〝不気味〟と形容するであろう満面の笑みを浮かべながら、俺は当然のようにどこかネジの外れたセリフを吐き捨てんと試みる。

強くなる為に、あんたとぜひとも戦わせてくれよと大上段から言ってみせるのだ。

そう宣ってしまえるのが俺であり、何よりそれが俺にとって正しい選択肢と信じて疑っていないから。

だから、〝魔法使い狩り《彼》〟が激昂《げきこう》するであろう事を見透かした上で本心で吐き捨てる。強くなりたいから、俺は今からあんたの邪魔をするのだと。

「戦《つきあ》ってくれよ〝魔法使い狩り〟。なぁに、おかしな事なんて何にもないよ。なにせ、人間って生き物は誰もが自己中心的なんだから。俺みたいな奴が一人や二人、いても不思議じゃないでしょ？

何より、あんたの思い通りに事が運ぶほど、世の中は上手く出来ちゃいないんだよ」

直後、ギリ、と奥歯を力強く嚙み締め、歯軋《はぎし》りをする音が聞こえたようなそんな気がした。

そしてスゥ、と見えていなかった筈の姿があらわになると同時、憤怒に塗《まみ》れた声がやってくる。

「……邪魔をすれば容赦はしないと言った筈だが」

「承知の上だよ。承知の上で、俺はあんたに戦《つきあ》ってくれと言ってるんだ」

視界に映る〝魔法使い狩り〟の男の表情はやはり以前と同様に阻害されているのか、上手く認識が出来ない。

けれど、見えてないにもかかわらず、その相貌は怒りに今も尚痙攣《けいれん》している。そんな確信があった。

「……ロクな理由もないのにか」

「理由なら言った。あれこそが、俺があんたの邪魔をする俺なりの正当な理由だよ」

「あんなものは理由とは言わん……ッ!!!」

哮《たけ》る。

今にも斬り掛かりそうな様子で、〝魔法使い狩り〟の男は腹の底から声を出して叫び散らす。

もしこれが仮に、親の仇であるだとか、彼が殺そうとしている人間が俺の身内であったならば、きっと〝魔法使い狩り〟の男は此処まで怒ってはいなかったのだろう。

何故ならば、それらは是であると誰しもが肯定出来るような理由であるから。

しかし、俺がほざく内容は万が一にも万人に共通して言える理由ではなかった。

そして、そんな理解の埒外に在る思考であるからこそ、彼は理解が出来ない。

理解が出来なくて、叫び散らす。

そんなふざけた内容を言うにとどまらず、あまつさえ本心であると宣い、真っ当な理由を持つ己の邪魔をお前はするのかと。

「……もし仮に、お前におれを止めるだけの正当な理由があったならば、よかろう。戦闘に酔い痴れるお前のその欲に、幾らでも付き合ってやる。だが、お前は違うだろうが――――ッ!!!」

怒りを湛えた瞳は、俺に焦点を引き結んで動かない。一挙一動一切を見逃さないと彼の姿勢が全てを語っていた。

「戦う理由が何処にあるッ!? おれに剣を向け、立ち塞がる理由が何処にあるッ!?」

「理由なら幾らでも挙げられるだろうけど、強いて言うなら、あんたが強いから」

「……強くなるために戦うと。そんな下らない理由で関係のないおれを巻き込んだ事が真に、正当であると?」

「少なくとも、俺の中ではそれが正当な理由だった。だから、こうしてあんたの邪魔をしている」

「……っ、ふざ、けるなぁぁぁぁあああッッ!!!」

それは正しく、血を吐くような絶叫であった。

俺の考え方がおかしい事くらい、指摘されずともとうの昔より分かっていた事だ。

誰もに認められないことも、誰よりも俺が知っている。

身を以て、思い知らされてきた。

だけどそれでも俺であるからこそ、これだけは言わねばならない。

「――――俺は、ふざけてない」

「それをふざけてると言うんだッ!!!」

決してそれは、共感が欲しかったから口にした言葉ではなかった。

「……俺の発言に対して、あんたがどう思おうがそれは勝手だ。それを無理矢理に押し付ける権利を俺は持ち合わせてない。だけど、これは何処までも正当だ。この想いは、何処までも正当で、間違っている筈なんてないんだ」

「正当なわけがあるか……ッ!! そんな下らない動機の何処に正当さがあるのか!!」

「それが困った事に、俺の中ではあるんだよ」

その発言が、〝魔法使い狩り〟の男の神経をこれ以上なく逆撫でるであろう事を分かっていようとも、俺は正常を装って平気で吐き捨てる。

「あれを見てしまっては、憧れざるを得なかった。どこまでも綺麗な理由のために無茶を続けて、身体の限界なんてものは知らないと、あの男は最後の最後まで剣を振り続けてさ。たった一つの約束の為に、愚直に最後までありったけの心血を注いでみせた男に俺は魅せられたんだ。だから、代わりに彼の無念を晴らすと決めた。だから俺は、強くならなきゃいけないんだ。強くなって――――星を斬らなきゃいけないんだ」

だからこれは、俺にとってはどこまでも正当なのだと、手前勝手な暴論を並べ立てる。

「……話にならん」

そして、がしゃりと音がした。

その音は、紛れもなく俺を殺すべき障害として認識をしたと告げる殺意の伴った音であった。

嗚呼《ああ》、そうだ。それが正しい。

否定をするのであれば言葉でなく、剣でなければ、俺はどれだけ待とうが、正論を並び立てようが、納得をする気はこれっぽっちもなかったから。

「……お前如きが本当におれに勝てると、そう思っているのか」

「いいや。それこそ冗談。勝てないだろうと踏んだから、此処にいるんだ」

「……成る程、命知らずの馬鹿か貴様」

「好きに呼べばいいよ。呼び名にこだわりはないんでね」

そして、会話が止まり、場に降りる静寂。

「……分かった。そこまで言うのであれば戦《つきあ》ってやろう。ただし、一瞬だけだがな」

「それは楽しみだ」

一瞬。

俺に向けられたその言葉に嘘偽りはないと、直感で理解する。やがてやって来るであろう攻撃を待ち構えて――――、

「――――〝加速《アクセル》〟」

その言葉が魔法の名称であるのだと判断出来たその時既に、俺の前から〝魔法使い狩り〟の姿は

忽然と消えていた。

辺りには勿論、ひと気はなく、静まり返る夜の街。故に、辛《かろ》うじて聞き取る事の出来た足音。

半ば反射的に、後ろを振り返ると同時、手にしていた剣を虚空に走らせ——衝突。

確かな手応えがやって来る。

しかし直後。

「〝重力制御《グラビティ》〟」

「い、ぎッ!?」

ずしん、と息をつく暇もなく合わさった剣を伝ってやって来る衝撃。それはまるで己の体重が数倍に膨れ上がったのではと錯覚してしまう程の圧迫感があった。

そして、秒を経るごとにその圧迫感が増加。増幅。拡大。

「…………お、ぃ、おい」

気付けば、俺の足下の地面はひび割れ、陥没、陥没、陥没。その範囲は広がるばかり。

最早それは、圧迫感というレベルを大いに逸脱してしまっていた。

そして、悟る。

……やはり〝魔法使い狩り《コイツ》〟は、俺の数段は格上であると。

この圧迫感の正体は間違いなく魔法。

ミシリ、と身体中の骨まで軋み、このまま現状維持を貫くのはあまりに愚か。故に。

「こ、のっ〝な、がれ星〟————ッ!!」

一旦、距離を取らせる為に放たんと試みるは『星斬り』の御技。身体が満足に動かない状態であろうが関係ない。

カタカタと合わさり、震える剣を手にする相手目掛けて俺は〝流れ星〟を撃ち放たんと試みる。

だが、返ってきたのは冷ややかな言葉。

「────それは、二度目だろうが」

「っ、!?」

故に此方は十全な応手《おうしゅ》が打てるぞと。

失望の眼差しが俺を射抜くと同時、これをしてはまずいと本能が理解をした。そして、すんでのところでそれを取り止め、手を変える。

「終わりだ」

「〝刀剣創造《クリエイト》〟ッッ!!!」

逼迫する状況下。

最善を掴み取らんと、魔法を行使。

無手の左腕にナイフ状の刀剣を創造────そしてそれが、二本。

何か更に此方へ仕掛けようと試みていた〝魔法使い狩り〟の男の眉間目掛け、逡巡なく投擲。

「……ぷ、はぁっ!!」

流石にこれは拙いと判断してか、〝魔法使い狩り〟の男は飛び退いて後退。

直後、俺の身体を蝕《むしば》んでいた圧迫感が消え失せ、貪るように酸素を肺に取り込んだ。

「……器用な奴だ」

「よく言われるよ」

放り投げ、地面に突き刺さっていた得物が己の手を離れた事で崩壊を始め、風に流れて夜の闇に溶け込む様を一瞬ばかり確認し、そう言葉を返す。

「だが、先のやり取りで十分底は知れた」

「へぇ……で？」

会話の最中でもお構いなしに、銀の軌跡を描いて直線的に斬り掛かり、生まれる火花が辺りに散らばる。

「分かって、ない。何も分かってないよあんた。俺とあんたの間には埋められない決定的な実力差がある。嗚呼、そうだろうね。それは俺も自覚してる。だけど、それが何だよ？」

思いの丈を吐き散らしながらも、俺は忙《せわ》しなく剣を振るう。どうしてか防御に徹する〝魔法使い狩り〟の男目掛けて、何度も、何度も。

剣戟の音は鳴り止まぬ。

「確かに、それが当たり前だ。当然だ。常識だ!!　だけど、強くなる為にはその当たり前は一番不要だろうが!!」

底が知れたから。

……だから、一体何だと言う。

乱暴に得物を叩き付けるように振るいながら、俺は感情を言葉に変えて吐き捨てる。

「そんな当たり前の言葉に、今更何の意味があるって言うんだよ!?」

怒り故の言葉ではない。

これは、彼が俺よりもずっと強い相手にもかかわらず、底が知れたと判断するや否や、追撃をかけるまでもないと手を緩めた事に対する失望のあらわれであった。

対等に扱えとは口が裂けても言わない。

もしかすると、彼の魔法である〝蒐集家《コレクター》〟は使用するたびに代償を払う魔法なのかもしれない。

故に、手を緩めたという事も十二分に考えられる。

ただ、剣戟の世界においては弱者であろうと、彼らが時には強者を喰らう事を知らない彼ではないだろう。

だからこそ、その代償は大きいぞと言い放つ。

五体満足でいられると思うなよと目で訴える。

「四の五の言う前に、斬り伏せてみろよ!!　俺はあんたの復讐を愚かと蔑む敵だぞ!?」

故に。

「だから────一遍、痛い目見ときなよ」

夜天に向かって俺は剣を掲げた。

そして、正眼に。

「チィ……────ッ!!」

次の俺の行動を察したのか。

余裕の表情を顔から消し、男は強く舌を打ち鳴らす。そして、スゥ、とその姿が霞《かすみ》の如く薄らと消え失せる。

その正体はまごう事なき――――〝認識阻害〟。しかし、関係がない。

「判断力は凄いけど、残念ながらそれは悪手だね」

此処は避けるのではなく距離を詰めて、何がなんでもこの技を使わせないようにする事こそが正しい選択肢。

避ける隙など、前後左右、たとえどこであれ許さない。

そして、断片的な記憶の欠片が脳内で蛍の如く乱れ舞う。斬り裂く記憶が、鮮明に浮かび上がる。

抗う為の手段《手本》は此処に。

なればこそ、口を開き紡ごうか。

「撃ち墜とせ――――ッ!!!」

今いる場所を中心として剣を手にしたまま、虚空を斬り裂くようにして、身体を旋回。

生まれる軌跡。星の如く眩《まばゆ》く煌めく剣線。

「――――〝星降る夜に《ナグルファル》〟――――!!」

六話

転瞬、周囲一帯を支配するは無数の星降。その模倣。数える事が億劫《おっくう》になる程の物量を前に、

「ここは街中だぞッ!?」

やって来る逼迫《ひっぱく》した声。

それは当初、〝魔法使い狩り〟の男に狙われていた魔法使いの男の叫び声であった。

「ある程度は加減してるけど……出し惜しみすると俺が殺されかねないんで、ね」

だから、その言葉に対して満足に耳を傾ける事は出来ないなぁ？　と言葉を返す。

かつて〝ミナウラ〟の街にて放った〝星降る夜に《ナグルファル》〟の威力と比べれば児戯もいいところ。腕が悲鳴を上げていないのがその証左。

しかし、この時この場においては、技の威力など二の次で構わなかった。

そして、降り注ぐ星光。

それは無差別に大地へ向かって飛来を始める。

「────見つけた」

俺がそう言うが早いか、地面を強く蹴りつけ、肉薄を開始。

先程声を荒らげた魔法使いの男の言う通り、ここは街中。

〝ミナウラ〟の時のように何もかもを圧し潰す勢いで放つわけにはいかなかった。

故に、この〝星降る夜に《ナグルファル》〟は見せ技。相手を仕留める決定打としてではなく、単に索敵の為だけの一撃。

だからこそ、一部の星光が撃ち落とされたかのように見えた事実に対し、落胆の色を見せる筈がない。

ただ、

「防いだら必然、居場所は露見するよ、ねえッ!!」

喜色満面で俺は叫び散らす。

避ける隙がないのであれば取れる選択肢は二つだけ。受けるか、防ぐか。

そして後者を選び取ったが最後、たとえその姿が見えていなくとも、何処にいるかなど明白。

「────っ、!! ぐ、ッ!?」

響き渡る虚しい鉄の音。

目の前には当たり前の光景が広がっているというにもかかわらず、ちゃんとした手応えが苦悶の声と共にやって来る。

しかし、その抵抗感も即座に薄れてゆく。

なれど、

「誰が逃すか────ッッ!!」

手にする剣を蛇のように絡み付かせる事で退く事を容易に許さない。

いくら誤認していようが、そこにいる事実に変わりはない。故に、攻撃は当たる。

「一発くらい食らってけ――――〝流れ星〟――――!!!」

鍔迫《つばぜ》り合いの最中にもかかわらず、街中で十全に力を出し切るわけにもいかず、その事実をこれ幸いと捉えて真面に振り切る気のない〝流れ星〟を撃ち放つ。

直後、ミシリ、と地面が陥没。

姿が見えずとも、阻害をした上で認識されていては〝認識阻害〟とはいえ、意味を為さない。

だからこそ、〝魔法使い狩り〟の男は隠していた姿をあらわにし、別の魔法へ切り替えようと試みたのだろうが、既にそれは判断が遅過ぎたと言わざるを得ない。

刹那、一瞬ばかり拮抗を見せるも、肉薄した勢いすらも巻き込んで強引に〝魔法使い狩り〟の男を前へ押しやらんと力を込める。

「こ、のっ、ッ、ああああぁあアァァアッ!!!」

己を鼓舞するかのように大声を上げ、もっと、もっと、もっと。と言葉を反芻。

やがて、耐え切れなくなったのか。

〝認識阻害〟の効果を失い、姿を晒していた〝魔法使い狩り〟の男は勢いよく後方へと吹き飛ばされる。

そこらに散らばる小石や、砂を巻き込み、数度にわたって地面に接触。ボールのように飛び跳ねながら石造りの壁へと激突。

「〝刀剣創造《クリエイト》〟」

続け様、己の魔法の名を紡ぐ。

無手の左手に再度、無骨なナイフ状の得物を創造。

「オイオイオイ」

……本気か、アンタ？

と、即座に追撃を掛けようとする俺を見て、そう言わんばかりに襲われかけていた男が声を上げるも、それを黙殺。

あの程度でくたばるような奴でない事は先のやり取りで誰よりも理解している。

だからこそ、飛んでいったであろうその先へ向けて、一切の逡巡なく投擲。

投げ終わった直後、即座に創造。

そして再度投擲。創造。それを三、四度繰り返した辺りで聞き覚えのある声が鼓膜を揺らす。

声の出どころは、俺の背後だろうか。

「……成る程。その年頃でここまで出来るのであれば天狗《てんぐ》になるのも頷ける。誰彼構わず挑みたくなる気持ちも分からんでもない」

しかし、その声音に憤怒どころか焦燥めいたものすら一切感じられず、やはりあの程度では致命傷には程遠いかと歯噛みする。

……あまりに相手の手札が多過ぎる。

恐らくは〝加速《アクセル》〟と呼んでいた魔法で距離を詰めたのだろうが、恐らくその魔法が出せる速度はやろうと思えば人が認識出来る速度を上回ると踏んでおいた方がいいだろう。

……薄々予想していた事であるけれど、分が悪いにも程がある。

「……だが、であればこの実力差が分からないお前ではないだろうに」

何故挑む？　と言外に問い掛けてくる。

言葉を挟むその行為は余裕の現れ。

いつでも、それこそ不意を突かれようが万が一にも敗れる事はないと悟ったが故に言葉を投げ掛けることが出来たのだろう。

「ハ、……だから言ってるでしょ。俺は、相手が強ければそれで良いんだよ。そしてそこに大小にかかわらず、戦う理由があれば実力差《そんなもん》は足を止める理由にはならないんだよ」

そして振り返りざまに得物を振るい、風切り音が一度、鼓膜を揺らす。

綺麗に躱されたらしい。

「でも、これでもちゃんと俺の中で線引きはしてる。スレスレだって自覚はあるけど、通り魔になるつもりはないからね。……一つ教えてあげよっか。俺があんたの邪魔をする理由はあんたが強いから。そして、あんたの〝復讐〟が気に食わないからだよ。だから、剣振って否定をしてるわけ」

「……気に食わない、だと？」

「ああそうだよ。ゼノアさんから聞いたよ？　あんた、死んだ兄の為に復讐をしてるんだって？」

「…………」

聞かされたあの話が真実であると鵜呑みにしていたわけではなかったので、ここであえてその真偽を確かめんと話を振る。

沈黙は、肯定。

「なら尚更、俺はあんたにこう言わなきゃ気が済まない。『星斬り』の男に憧れた俺だからこそ、これを言わなきゃいけないじゃん。耳の穴かっぽじって聞けよ〝魔法使い狩り〟!!　〝復讐〟？　くっ、だらねえ!!!」

転瞬、ぞわりと背中が粟立《あわだ》つ。

俺に焦点を当てたまま離さない〝魔法使い狩り〟の男から殺気をこれでもかという程向けられたからであると、その現象に見舞われたワケはすぐに分かった。

しかし、関係がない。

「〝復讐〟をして何を得られるよ？　満足？　ああ、そうだろうね、それが正論だ。あんたの為の〝復讐〟なら、その行為が正しいよ。でも、あんたがこうして行おうとしてるのは兄の為の〝復讐〟なんでしょ？　だったら、俺は笑わなきゃいけない。愚か過ぎるって腹抱えてあんたを嘲笑わなきゃいけない!!」

直後、不意にやってくる直線的過ぎる剣撃。そしてそれを、手にしていた剣で受ける。

いくら不意を突かれたとはいえ、直線的であれば問題なく対処は出来た。

「誰かの為の〝復讐〟なら、そいつの意思を蔑《ないがし》ろにしちゃいけないだろうが!!!　ゼノアさんは言ってたよ!?　あんたの兄は正義感の強い人間だったたって!!　なのに、そいつの〝復讐〟の為に人を殺し続けるってさぁ!!　あんた馬鹿だろ!?　これを愚かしいと言わずしてどう言い表せっていうよ!?」

続け様に二度、三度とひたすらに剣戟の音は鳴り響く。間隔は次第に短く。

しかし、頭に血が上っている人間の一撃ほど防ぎやすい攻撃もなかった。

俺は正論を説いて説教したいわけじゃない。

俺という人間がそんな柄じゃない事は誰よりも俺が分かってる。ただ、これは説教ではなく、強引な理由付け。

そして俺が憧れた『星斬り』の生き方と〝魔法使い狩り〟の男の思考が全く異なっていたからこそ俺は語る。どこまでも彼に憧れる俺だからこそ、この状況下で語らずにはいられなかった。

不条理に見舞われた果て、命を落とした幼馴染みの為に剣に生涯を捧げた正真正銘の規格外の生を。

「誰かの為の〝復讐〟なんだろうが!! それを平気な顔して穢《けが》してんじゃねえよ!!!」

振るって、振るって、振るい続ける剣戟は時間と共に激しさを増して行き、最早、虚空には振り終えた銀の軌跡しか残らない。


その昔。

一度は己の意思で捨てた剣をある契機を経て、再び取った剣士がいた。

剣を再び手にした理由は、不条理に見舞われ、瀕死の重体に陥った幼馴染みからの末期の言葉が、幼き日に約束した事に関してであったから。

強くなると誓った日の言葉を持ち出されたから。故に、彼は再び剣を取り、その言葉に報いてやろうと考えた。それが死者への手向《たむ》けであると信じて疑わなかったから。

そして同時に、彼は復讐者でもあった。

一方的に世話を焼いてくる相手。

それだけの認識であった筈の幼馴染みとはいえ、彼にとってはやはり掛け替えのない人間であり、彼女を襲った不条理をひどく恨んだ。

だからこそ、彼女が常々、平和な世界を望んでいた事を知っていた彼はあろう事かある日、各国の王に対して触れを出した。

――――如何《いか》なる理由があれ、他国へ戦争を仕掛ける行為は許さないと。

死んだ幼馴染みの理想を代わりに掲げ、それを実現させる。戦争の絶えない時代にて、それをする事こそが、きっと彼なりの復讐でもあったのだ。


……故に、俺は心酔した。

その理想と、思考と、行為全てが綺麗だったから。淀みなく透き通っていたから、俺は憧れた。

だからこそ、俺は彼の代わりに成そうと考えた。彼の代わりに、彼が成せなかった『星斬り』を、俺が。そして最強を証明しようと。

「嗚呼、尚更負けられない、負けられなくなった!!　そんなクソみたいな思考を持つやつに負けてられるか!!　斬り伏せるッ!!」

好き勝手に叫び散らす。

最早、思い浮かんだ内容をそのまま吐き散らかしてるせいで自分が何を言っているのか。

その把握が正しく出来てない気がする。

しかし、それでも一つ言える事があった。

俺は、〝魔法使い狩り《こいつ》〟が途轍《とてつ》もなく気に食わない。

「相手は格上、それがどうしたよ!?　相手が強いからと引くのは腑抜けがやる事だろうが!!　『星斬り』と俺が一度でも名乗った以上、理由がある限り、どれだけ実力差があろうと関係ないんだよ!!!」

眼前には高く、高く聳《そび》え立つ壁が幻視される。

しかし、それがなんだ。

その程度の壁をぶち壊せず何が『星斬り』か。笑わせる。

剣戟の音は、まだ鳴り止まず、気づけば感情を吐き散らしながら剣を振るう俺を相手に、〝魔法使い狩り〟の男は防戦一方となっていた。

やがて、〝魔法使い狩り〟の男はぎり、と下唇を噛み締め——————口を開く。

だが。

「……　〝加速《アクセル》〟」

「————それは……二度目、だろうがッ！」

先程の意趣返しのように、俺は叫ぶ。

一度見たからといって容易に対処できるものでない事は明白。しかし、俺はあえてそう叫んだ。きっと、対処出来る。

己の中に浮かび上がった根拠のないその感情にどうしてか、その時ばかりは信が置けたのだ。

そしてやって来る――――不思議な感覚。

それは、リレアと手合わせをした際に見舞われた不思議な感覚そのものであった。

まるで足に翼が生えたのではと錯覚する程に突然、足が軽くなる。

「いい、加減……ッ!!　黙れ――――ッ!!!」

憤怒に顔を歪め、必殺を期した一撃が背後からやって来る。

本来であれば、それを辛うじて認識出来たとしても身体が追い付かず、襲い来る攻撃に反応出来る筈がなかった……のだ。

しかし現実は、異なっていた。

認識した直後、反射的に足が動いていた。

そして、俺の背後に回った〝魔法使い狩り〟の、その更に背後へと移動を遂げていた。

「――――な、っ」

驚愕の声があがる。

魔法もなしに、魔法を上回ってみせたその正体不明のナニカに対して。

使用した当人ですらも理解し切れていなかったが、どうこう言っている暇はない。そして、その一瞬に生まれた隙を俺は見逃さなかった。

防御すら満足に取れないであろう致命的な隙。

「今、度は、加減なしだ――――」

剣を振りあげ、既にモーションには入っていた。地面を割る事になるだろうが、この機を逃すわけにはいかない。そう、言い訳をしながら撃ち放つは『星斬り』の御技。

「斬り裂けろよ――――〝流れ星〟――――!!」

◇◇◇

夜闇に包まれた王都の街。

故に言わずもがな視界は夜闇に覆われ、満足に見えてはいない。

そして、先の一撃の余波にて眼前に立ち込める砂煙。確かな手応えを剣越しに感じる最中、

「――――……ではお前は、おれにどうしろと言うんだ」

……声が、やってきた。

勿論、加減はしていない。にもかかわらず、俺の耳朶を覚えのある声音が掠めていた。

たとえ直撃させたところで仕留めきれない気がする。心の何処かで抱いていたそんな予感は見事に的中。

晴れてゆく砂煙越しには仁王立ちする人の影が一つ。やがて俺の視界に映り込んだその相貌には

若干の鮮血が垂れ流れていたものの、やはり致命傷には程遠く、防がれたのだと理解をした。

「……さぁね？　気に食わないとは確かに言ったけど、俺がその問いに対する答えを知ってるとは一言も言ってないし。それに、俺が何を言ったところで今更あんたの考えは変わらないじゃん」

……いくら劣化していたとはいえ、〝流れ星〟が通じなかった。

胸の奥に湧き上がった動揺を押し止めながら、俺は言葉を返す。

「………………」

無言で、敵意の乗った視線が向けられる。

ただ、その気持ちは痛いほど分かってしまった。好き勝手に叫び散らし、思考を全否定した挙句、己の心の裡《うち》を叩き付けておきながら、肝心の正解を知らないと抜け抜けとほざくのだ。

激昂されて然《しか》るべき行為であるという自覚はあった。

「お前の言葉は、ただの綺麗事だ」

「だろうね」

「……それを知った上でお前は、その綺麗事《思考》をおれにまで一方的に押し付けるのか」

「いや、実のところ俺自身も驚いてるんだ。あんなに感情的になるとは思ってもみなかった。力説するつもりはこれっぽっちもなかった。なのに、あんたを見てると無性に叫び散らしたくなったんだよ」

一体、どうしてだろうかと、胸中にて己が抱いた疑問を反芻する。

その答えは、既に決まっていた。

「……あんた、口では容赦はしないとか言ってたけど、ハナから俺を殺す気ないでしょ」

違和感を覚えたのは、初めて出会った時。

それが確信に変わったのはつい先程であった。

「殺意はある。敵意もある。だけど、何がなんでも殺し切るって感情があんたからは感じられないんだ」

俺を殺しに来た〝オーガ〟や〝ジャバウォック〟にはあって、〝魔法使い狩り〟の男には欠落していたものであった。

きっと俺は、彼のその思考を心の何処かで悟っていたが為に、苛立《いらだ》っていたのだ。

虚仮《こけ》にしてくるその行為に。

だから、考えを否定する上で綺麗事を立て続けに並べ立てるという挑発行為を敢行していたのだろう。しかし、結果はこのザマである。

「かといって、不殺を貫いてるわけでもない」

事実、〝魔法使い狩り〟の男は幾人もの魔法使いを殺しているはずだ。

……なのに、俺を口では容赦はしないと言いながらも、決定打を浴びせては来ない。

いや、一応殺そうとはしてるのかもしれない。

だけど、己が持ち得る全てを費やして何が何でも俺という障害を排除するという気概がどうやっても俺には感じられなかったのだ。

とどのつまり、中途半端なのだ。

〝魔法使い狩り〟の男は、きっと中途半端に綺麗事を貫こうとしている。

故に、積極的に俺を殺そうとはしていないのだろう。

そう考えると腑に落ちた。

「という事はつまり、あんたはあんたの復讐に関係のない人間は極力殺さないようにしてる、ってところなのかな」

それこそ、俺のような傍迷惑《はためいわく》でしかない人間すらも。

「だけど、それなら尚更疑問が残る。それをするならなんで、あんたはあんたの兄を死に追い込んだ貴族だけを殺そうとしないいんだよ？」

ただ、その考えは明らかに矛盾していた。

関係のない人間は殺さないのであれば、騎士団の人間を殺す必要はどこにもない。

とはいえ、それはゼノアが話してくれた事に嘘偽りがないとするならば、の話ではあるのだが。

だけど、彼女のあの時の発言が嘘であるとは俺には思えなかったのだ。

「……よく知ってるな」

「ゼノアさんから聞いた。あんたの兄は政争に巻き込まれて死んだってね」

「……嗚呼、おれもそう聞いた。だが、事実は少し違う。囚われていた貴族の令嬢を助ける為に、兄は命を張った。そして、巻き込まれながらも九死に一生を得た兄に全ての責任を押し付け、騎士団の連中が兄を死に追い込んだ。それが嘘偽りない事実だ」

まるで、その現場に居合わせていたかのような物言いで彼は言う。

そこに、迷いは一切入り込んではいなかった。

同時、理解する。理解をしてしまう。

彼とゼノアの間には致命的な食い違いがあるのだと。

ゼノアの言葉を信じるならば、目の前にいる〝魔法使い狩り〟の男は、国の上層部にとって都合よく改変された事実だけを信じてしまっている。

「だとしてもきっと、兄は殺しは望んでいないだろう。あの人は〝ど〟が付くほどの平和主義者だったからな。だが、おれは許さん。たとえ死者の感情を蔑ろにする事になろうが、おれは許さんよ。散々、騎士団の人間は全員が家族のようなものだと宣いながら、結局は一人を犠牲にして保身に走った。これをお前は許せと？　……冗談じゃない」

しかし、疑問に思う。

当事者の弟であるにもかかわらず、この五年間、事の真相を騎士団の人間が彼に伝える機会が本当に一度もなかったのだろうか、と。

であるならばやはり、ゼノアが俺に嘘を吐いたか。はたまた、本当にその機会に恵まれなかったか。聞けば聞くほど、頭がこんがらがる。

そんな、折。

「————それは違うッ!!!」

背後から、感情のこもった力強い声が轟いた。

それは〝魔法使い狩り〟の男から狙われていた魔法使いの男の声であった。

「……バミューダをオレ達が救えなかったのは紛れもない事実だ。それを今更取り繕う気はねえ。だが、オレ達は誓って保身になぞ走ってねえ……!! 一人を犠牲に? そんなクソ野郎はあの時の騎士団にゃ、一人としていなかった!!! まさかとは思うがてめぇ、あのクソ貴族共の言葉を信じてんのか」

荒れ狂う感情に身を任せて男は叫び散らす。

……とてもじゃないが、嘘を吐いているようには見えなかった。

「どうしてバミューダを救ってくれなかったんだとてめぇが恨んでるってんならまだ分かる。どうして五年も経ってこんな真似をするのか、理由はてんで見当もつかねえが、それでもてめぇの気が晴れるってんなら甘んじて受け入れるつもりだった。……だが、一人を犠牲にして保身に走った? オレ達がバミューダを犠牲にしたと本気で思ってんのかてめぇ」

瞳の奥には確かな怒りの感情が湛えられていた。あろう事か、お前がそれを言うのかと魔法使いの男は怒っていた。

「……その事実が、国の上層部によって広められたって俺はゼノアさんから聞いたけど」

だから、〝魔法使い狩り〟の男がそう捉えていてもなんら不思議な事じゃないのではと俺は問い掛ける。

しかし、即座に否定の言葉が返ってきた。

「……当時、新米だったゼノアの嬢ちゃんは知らねえだろうが、オレは比較的バミューダと仲が良かった人間だ。だから、あいつが弟に愚痴交じりの手紙を定期的に送ってた事をオレは知ってる。

だからこそ信じられねえ。貴族っつー生き物ほど信じられねえもんはないと口癖のように言ってたバミューダの弟が、くそ貴族の言葉を真に受けてる事実がオレにゃ信じられねえよ。オイ、それは一体、誰に吹き込まれたよ？」

「……あくまで、シラを切るつもりか」

〝魔法使い狩り〟の男の相貌――――こめかみに青筋が浮かび上がる。

「オイッ!!　答えやがれ!!　それは誰が言った!?　誰が、それが真実とてめぇに告げたよ!?　なんでそれを頑迷に信じられるよ!?」

〝魔法使い狩り〟の物言いから察する事が出来るが、彼は先程口にした言葉が真実であると信じてまるで疑っていない。

しかし、すっかり蚊帳の外になっていた俺ですらも思う。

どうして、そこまで信じる事が出来るのだろうか、と。その態度は他の可能性はあり得ないと割り切っているようにしか映らない。

「何故信じられるか？　……そんなもの、決まっているだろうが……ッ!!　それは――――」

今にも斬りかかるのではと思わせる形相で〝魔法使い狩り〟の男がそう言いかけた刹那。

からん、と正体不明の落下音が唐突に場に響いた。

思わず辺りを見渡し――――確認。

音の出どころは、〝魔法使い狩り〟の男のすぐ側からであった。手にしていた得物は手から離れ、どうしてか、彼は「それは、それは……」と同じ言葉を不自然なくらい繰り返し始める。

その様子はどこか、困っているようにすら見えた。

「――――それ、は？」

そして首を僅かに傾げ、〝魔法使い狩り〟の男はやがて、頭へ手を伸ばす。

頭痛に抗《あらが》わんといった様子で頭を抱え始める。

……何がどうなってるのか、理解が追いつかない。

「ちが、う、違う。違う。違う違う違う違う違う違う違う違う!!! あいつらが悪いんだ。すべて。全部。だからおれは、兄さんのために。兄さんのため？ い、や、元々おれは、おれは？ あいつがそれが正しいって、それが本当って、でも兄さんの手紙、には。ぇ、あ、う、あ、あ、ぎ、い、たい、痛い、痛い痛い痛い痛い痛い……ッ」

頭を押さえながら叫び散らす。

がむしゃらに、〝魔法使い狩り〟の男はただならぬ様子で呪詛《じゅそ》のように言葉を並べ立て始めていた。

「チィ……――――ッ、そう、いう事かよっ。オイッ、坊主！」

魔法使いの男は忌々しげに強く舌を打ち鳴らし、俺に向かって「坊主」と言葉を投げ掛けてくる。

「……今、間違っても下手な事を考えんじゃねえ!! 今のコイツは何処かの誰かに精神を弄《いじ》られてやがる。……これは精神系の魔法を使われ、記憶を弄られた奴らが決まって起こす症状そのものだ。下手に刺激を加えれば何されるか分かんねえぞ」

少しばかり剣を握る手に、普段よりも多くの力を込めてしまっていた事がバレていたのか。

そう、先んじて注意される。

「……ここは大人しく諦めろ。素の状態で手加減されてた坊主じゃ万が一にも勝ち目はねえよ」

――多少、気味が悪くはあるけれど、それでも。

そう言葉を続けようとするも、先に言葉を被せられる。

「もはや理性があるかどうか分からねえアイツに暴れられると間違いなく、死人が出る。元とはいえ、オレも騎士団の人間。それは見過ごせねえ。だから――頼む」

勝てるか勝てないか。

それはさておき、このまま続ければ死人が出る。薄々気付いていた事実ではあるけれど、面と向かってそう言われては、引き下がらざるを得なかった。

強くなりたいという想いは真実。

それでも、無関係の人間を無意味に巻き込んでまで敢行するべきではないと判断出来るだけの正常さは残ってるつもりだ。

……ただ、そんな危なっかしい人間を放置すれば、それはそれで問題なのではないのか。

思わず抱いたその疑問に対し、

「問題はねえよ。この状態はいわば記憶が混濁してるだけ。十数分もすれば落ち着く筈だ。弄られた記憶と元の記憶が混在する最中に刺激を与える方がよっぽど危険なんだよ」

まるで心を読んだのではと邪推してしまうほど、的確な言葉がやってきていた。

「……精神を弄る、か」

そして、俺に向けられた言葉を小さく繰り返す。

……魔法ってものは何でもありだね。

辺鄙《へんぴ》な村の生まれ故に、知識として知らない事があまりに多い俺は目の前の出来事に対し、思わずそんな感想を抱いてしまう。

「確かに、あんたの言う通り、下手に刺激をしない方が良いんだろうね。でも、」

そして、魔法使いの男から、〝魔法使い狩り〟の男へと視線を向け直す。

「そ、うだ、そうだ、おれが、おれが殺す。違わない。何も、違わない。だから、だからだからだから、殺す殺す殺す殺す殺す殺す殺す!!! あいつらを、全員、全員、全部全部何もかも、全て
――――!!」

「――――刺激を与える与えない以前に、何もせずとも既に手遅れな気がするけどな」

聞こえてくる怨嗟《えんさ》の声に反応して俺は苦笑い。

「あいつが落ち着く前に、放っておいたらこれじゃあ俺ら、背を向けた途端に滅多刺しにでもされるんじゃない?」

「…………」

ありったけの恨みを言葉に変えて、ひっきりなしに〝魔法使い狩り〟の男は紡ぎ続ける。

そして、俺らに向けられる瞳の煌めきは危うく、どろりと混濁とした瞳は葛藤を跳ね除けて、殺意の衝動へと明らかに染まりつつあった。

「……全く、厄介な事になったもんだ」

刺激を与えるなと俺に警告をした魔法使いの男であるが、目の前の光景は彼の経験則を凌駕《りょうが》する出来事であるのか。

苦虫を噛み潰したような表情を浮かべながら彼は言葉を紡ぐ。

「……確かに、坊主の言う通りこりゃマズい。本来、精神を弄られたやつってのは元の記憶と弄られた記憶の明確な齟齬《そご》に苦しめられるんだが、あいつの場合、悪い意味で振り切れちまってる。……こりゃ、戦って黙らせるしかねえ……か？」

しかし、程なく小さく彼はかぶりを振って己の言葉を否定する。

「……いや、やっぱ分がわりぃな。二人掛かりでも真面に戦えば返り討ちにされる可能性の方があまりにたけえ」

とはいえ、言葉をひたすら反芻し続ける〝魔法使い狩り〟の男に、説得や弁明の言葉が微塵《みじん》も届かない事は火を見るより明らか。

故に、残された選択肢は武力行使以外存在し得ない。

目には目を。歯には歯を。殺意には殺意を。

剣を手にし、闘争に身を置く人間なら誰でも言えるただのありふれた約束事。

たったそれだけの事ではないか。

「でもやるしかない。やらなきゃきっと、殺されるんだから」

「……ハ、坊主にゃ、恐怖心ってもんがねえのかよ。……馬鹿でけえ殺意を向けられてるってんのに、そんな嬉しそうな顔を見せるヤツがあるか」

勿論、恐怖はある。

相手との実力差をこの状況下でも推し量れるだけの冷静さは持ち合わせているとも。

ただそれでも、〝仕方がない〟という理由を欲しがっていた己がいる。やはりその感情にだけは、嘘は吐けなかった。

「……ったく」

そんな俺の態度に、彼は心底呆れていた。

やがて、

「いいか坊主。取り敢えずアイツの意識をてめぇに全部向けさせろ。そうすりゃ後はオレがなんとかする」

要するに、他のことが考えられないほど俺に集中させた上で時間を稼げ、と。

実に単純明快なオーダーである。

「分かった」

そして俺はその要請を了承。

燃えるような怒気を体軀《たいく》から立ちのぼらせ、今か今かと斬り掛かる機会を窺う〝魔法使い狩り〟の男の姿を射抜きながら、

「それ、じゃあ――――」

腹の底から、声を響かせる。

中途半端な終わりであったからこそ、身体を火照らせるこの欲動を貫けるのであれば最早、なん

でも良かった。故に、

「────続きといこっ、かッ!!」

喜悦に破顔しながら未だ手にしていた得物を上空へ向かって────横薙ぎ一閃。

一見、無意味に見えるその行動。

しかし、その行為の意味はすぐさま、カタチとなって〝魔法使い狩り〟目掛けて襲い掛からんと獰猛に牙を剝く。

振り抜き様に放たれた魔力の残滓《ざんし》。

それがまるで空に撒《ま》かれた星を思わせる輝きを帯び────やがて一点に向かってソレは降り注ぐ。

同時、己に確固たる殺意が向けられたと判断するや否や、〝魔法使い狩り〟の男は獣の如き敏捷さで、その場を後に。

真面に視認すら叶わぬ速度。

だが、

「目で追い付かないなら全方向に張り巡らせればいいよねえ……っ!?」

すぐ側で、「オレに配慮はねえのかよ……!!」と、悲鳴のような声が聞こえて来たがまぁ、心配は無用だろう。

現に、どういう手段を用いたのか、まだ〝魔法使い狩り〟の男に理性があった際の〝星降る夜に《ナグルファル》〟を既に彼は無傷で回避してみせている。

故に気を遣う必要は何処にもなし。

「撃ち墜とせ――――ッ」

再び、虚空を斬り裂かんと手にする得物を横薙ぎに振るいながら旋回。

ミシリ、と耐えきれずに悲鳴を上げる骨の音を度外視しながら紡ぐ言葉。誘いの一手。

「――――星降る夜に《ナグルファル》――――!!」

一瞬にして俺の眼前一帯を覆い尽くす無数の星降。そこに、無傷で潜《くぐ》り抜けられる間隙など一点を除きある筈もない。

そして俺は、ニィ、と喜悦に顔を綻ばせる。

「だよ、ね。だよねだよね!! あんたなら絶対に、そう、くるって信じてたよっ!!!」

〝星降る夜に《ナグルファル》〟に対する最善手は、刹那の時間で距離をゼロに詰める事。

何故なら、俺のすぐ側にのみ、星降のない無害なスペースが生まれてしまっているから。

そして案の定、俺の目の前へと人影が一瞬にして躍り出る。なれど、それは予想出来ていた事。

記憶の中の『星斬り』の男も幾度となく〝星降る夜に《ナグルファル》〟を使う度にその欠点を突かれていたと俺は知っている。

……だけど、だからこそ取れる行動というものもあるのだ。

「でも、目に見えた弱点に対して対策をしてないわけが、ないよねえっ!?」

転瞬、力強く手で握る剣を僅かに持ち上げ――――振る、う。

神速としか形容しようがない速さで以て、ひと薙ぎの後、袈裟斬り、逆袈裟、右に、左にと縦横無尽に放たれる斬り上げ。

それらをひと呼吸のうちに、撃ち放つ。

まさしく、飛んで火に入る夏の虫。

斬る斬る斬る斬る斬る斬る――――。

呪詛と言われても満足に否定出来ない感情を剣に込めながら、休む間もなく振るい続ける。

防がれたのだという確かな感触を味わいながら、何度も、何度も、ひっきりなしに。

「あんたは強い!! 俺なんかよりもよっぽど!!! だけど、倒せないと諦めるほどじゃあないんだよねぇッ!!?」

感情に任せて叫び散らす。

高揚し、戦闘の熱に浮かされる様を晒しながら、更に二度、三度と剣を交え、手にする得物が折れかけている事実を理解して尚、黙殺しつつ、振るい続ける。

そして更に、一秒が何十秒にも引き延ばされたと錯覚する程、長い長い一秒を苛烈な攻防と共に十数回と経て、漸くぴしり、と聞き逃しようのない破壊音が側で響く。

同時、吊り上がる口角。

奇《く》しくも、その行動を起こしたのはどちらか一方ではなく、俺と〝魔法使い狩り〟の男。

その両者であった。

「――――死ね」

ひび割れてしまった得物。

既に迫らせている一撃を満足に受けられる筈がないと判断してか、冷たい瞳と共におよそ情というものを感じさせない冷酷な声音が俺の鼓膜を揺らす。

確かに、〝刀剣創造《クリエイト》〟を使うにせよ、剣を手放して、再度新たな剣を創造して対処する。それらの手順を馬鹿正直に踏んでいては恐らく、僅かに迎撃は間に合わない事だろう。

けれど、〝剣を手放す〟という行為がもし省けるとしたら、どうだろう。

加えて、右手で握る剣で受けられると想定した上での攻撃に対して、左手に握らせた剣で対処すれば、どうだろうか。

「────あんたがな」

そして相手が予想していたであろう場所────ではなく、全くの逆の方向より、剣を創造しながら虚空に走らせるは、円弧を描く剣線。

ほんの一瞬。

〝魔法使い狩り〟の男が見せた驚愕に染まった表情に満悦しながら俺は、そのまま振り抜く。

やがてやって来る、満足に力が込められておらず、抵抗の薄い硬質な感触。

だが、想像とは全く異なる場所からの一撃に対応し切れず、俺に向けられていた剣が弾かれるであろう直前に、俺の全身を覆い尽くすは確かな違和感。

「────ッ、い、ぐっ⁉　こ、こで魔法かよ……っ‼」

────〝重力制御《グラビティ》〟────。

ミシリ、と音を立てて地面がひび割れ、陥没を始める。その様を目にし、即座に己を襲う違和感の正体を看破。

しかし、何をされているか。それが分かったところで対処する方法は未だに判然としていない。

ずしんと全身に圧《の》し掛かる重圧。耐え切れず曲がる膝。

見えない何かで頭の上から強く押さえつけられているかのような感覚に、渋面を見せながらもすっかり勢いを殺され、相手の得物と衝突してしまった剣をそれでもと、最後まで振り抜こうと試みる。

既に必殺とは程遠くなり、恐らくはその攻撃が相手に届かないと知りながらも、俺がその姿勢を崩す事はなく。

「――――よくやった坊主。お陰で、問題なくこいつを飛ばせる」

瞬きをするほんの一瞬。

その間隙を突いてものの数瞬で〝魔法使い狩り〟の男の背後に回り込んだ魔法使いの男はそう言いながら、右の手のひらを相手の身体に触れさせようと伸ばす。

そして程なく、

「ちったぁ、頭冷やしてこいよ――――」

苛立った様子で紡がれる言葉。

俺に気を取られ過ぎていたせいで反応が一瞬ばかし遅れた〝魔法使い狩り〟の男は慌てて肩越しに振り返り、

「――――〝強制転移《テレポート》〟ッ!!」

「ん、な……っ」

次の瞬間。

まるで最初からそこには誰もいなかったと錯覚してしまう程に忽然と、俺の前から〝魔法使い狩り〟の男の姿が跡形もなく消え失せる。

「……オレの魔法は〝強制転移《テレポート》〟。手で触れた対象を、好き勝手な場所に飛ばせる能力だ。これ以上、街中で暴れてもらうわけにはいかなかったんでな」

……ま、飛ばせる距離には限りがあるんで時間稼ぎにしかならねえがなと彼は言う。

ここに来て初めて、彼の魔法を耳にし、俺は成る程と納得をした。

〝魔法使い狩り〟の男には少なくとも、〝加速《アクセル》〟と〝認識阻害〟という手札があった。恐らく、触るだけであっても本来であれば容易ではなかった筈だ。

「ともあれ、助かったぜ坊主。てめぇの邪魔が入んなきゃ、オレはあのまま殺されてやるところだった。あいつが誰かに良いように扱われてるって事実を知らねえまま、よ」

単に俺は俺のやりたいように。したいように勝手気ままに行動していただけ。

だから、礼を言う必要なんて何処にもありはしないのに。

そんな事を思いながら、尋常でない重圧のせいで膝をつきかけていた状態からゆっくりと立ち上がる。

「ひとまず、オレはゼノアの嬢ちゃんのとこに早いところ向かう用事が出来ちまったんだが……」

そこまで口にする魔法使いの男であったが、何やら物言いたげな視線を俺に向けて来ていた。

「……よく考えてみりゃ、まだ名前も教えてなかったんだっけか」

てめぇもよくもまあ、名前も知らねえヤツの言葉を真に受けられたよなあと勝手に呆れられる。

「自己紹介が遅れたが、オレはリューザス。もう既に言ったとは思うが、五年前までは騎士団にいた。で、そこで一応これでも副団長をやってた。ま、ゼノアの嬢ちゃんの前任者ってやつだわな」

気配の消し方といい、彼に向けての攻撃でなかったとはいえ、〝星降る夜に《ナグルファル》〟を無傷で避け切ってみせる得体の知れない技量といい。

副団長をやってた。

その一言のお陰で、道理で、と疑問に思っていた事柄が解消され、色々と納得してしまった。

そして改めて自覚する。

嬉しいことに、やはり世界はまだまだ広いらしい。

「で、なんだが、こうして散々やり合っちまった手前、流石に坊主相手には関係ねえ話だとは言えねえよなあ……」

ポリポリと頭を掻きながら困ったと言わんばかりに、リューザスと名乗った気怠げな印象を真っ先に抱かせる無精髭《ぶしょうひげ》を生やした男は、苦笑いを浮かべる。

そして言うか、言うまいか。

数秒ほどの沈黙を挟み、やがてリューザスは観念したように言葉を紡ぎ始めた。

「……まだオレの予想の範疇でしかないんで断定をするつもりはねえが……——ガヴェリア侯

爵家。剣と槍が交差したような家紋を掲げてる連中には気を付けろ」

ガヴェリア侯爵家。

頭の中で何度か反芻してみるけれど、その名前には勿論、心当たりはない。

一体、どういう事だろうか。

頭上に疑問符を浮かべる俺の反応に覚えでもあったのか。

リューザスは「……嗚呼、そうか。坊主は王都にやって来たばかりのクチか。道理で見ねえ顔だと思ったぜ」と的確に指摘してきた。

恐らく、ガヴェリア侯爵家という名は王都にいれば誰もが知っている有名な名前だったのだろう。

「……なぁ坊主。どうして騎士団を辞めた連中が、こうして未練たらたらに王都に居座っているか。その理由は分かるか？」

「さあ？」

そもそも俺がその問いに対して答えられると微塵も思っていなかったのか。

落胆した様子もなくリューザスの言葉が続く。

「簡単な話だ。許せなかったからさ。政争だかなんだか知らんが、下らん事情でオレらのような直接関係のない連中を一方的に巻き込み、好き勝手する貴族共が許せなかったからオレ達は王都に居座っていた。……ま、これは単にバミューダに対する罪滅ぼしでもあるんだがな」

少しだけ寂しそうに。

過去に対する自責の念のような感情。その欠片が、一瞬、俺から目を背けたリューザスの横顔から見えた。

「それで、だ。オレ達は何度か秘密裏にロクでもねえ貴族連中の邪魔をしてたんだが……恐らく、今回の一件はそれが原因だろうよ。……いつかはと覚悟は出来ていたんだが、まさかバミューダの弟を巻き込んでくるとはな。……バレるようなヘマはしてこなかった筈なんだが、そうであるならば、元騎士団の連中だけを殺し回っている事も納得が出来る」

〝魔法使い狩り〟の男がリューザスらにとって負い目のある相手であり、そしてその正体に気づいていたからこそ、甘んじて彼らは受け入れようとしていた。

しかし現実、〝魔法使い狩り〟は精神を弄られていたと、そうリューザスは判断を下している。

だとすれば必然、誰かが〝魔法使い狩り〟の男を唆けた上で精神を弄り、リューザスらを殺そうと試みた。

そう結論付けるべきだろう。

そして、彼らにとって〝魔法使い狩り〟の男を唆ける事が一番効果的であるという内情を知っていた人間こそが間違いなく下手人。

では一体誰が唆けたのか。

という話にたどり着くのだが、どうにもリューザスには心当たりがあったらしい。

「で、それをしそうなやつがそのガヴェリア侯爵家の人って事？」

「恐らくな」

「へえ」

今回の一件の、背後にいるかもしれないガヴェリア侯爵家には気を付けろ、という忠告。

それを聞き終えた俺は話はもう終わりだろう。

そう判断をして、軽く返事をしてから踵《きびす》を返し、彼に背を向ける。

「じゃあ気を付けておく。情報ありがとうね、リューザスさん」

「……おいおい、本当にオレの話聞いてんのかよ。下手すりゃ坊主だって、殺される可能性があんだぞ？　裏にあいつらがついてんなら今回邪魔をしちまった坊主だって十二分に狙われる可能性はある」

しかし、待て待てと言わんばかりに呆れられ、諫《いさ》められる。俺が事態を軽く考えている。きっとそう捉えられでもしたのだろう。

……まぁ、それはある意味正しくもあったので否定はしないでおく事にした。

「分かってる。分かってるから、こうして悠長に話してる場合じゃないかなって思って」

「あ、ん？」

言っている意味が分からないと。

その反応から彼が言いたいであろう事柄を理解する。

ただ、その間にも俺の両手は僅かながら震えていた。頭の中は、どうすれば〝魔法使《あ》い狩《ぃ》り《っ》〟を超えられるだろうか。

その一点で埋め尽くされており、武者震いが止まらなかった。

火事場の馬鹿力であろうと、アレを超えるのは無理だろう。ただ限界を超えるだけでは恐らく不可能である筈だ。

ならば、どうする。

考えろ、考えろ、考えろ、考えろ。

そう思考を巡らせるだけでも、既に歓喜の感情が溢れて仕方がなかった。

「俺はね、強くなりたいんだ。強くなって、最強を証明したいんだ。だから勿論、まだ殺されてやるわけにはいかない。だったら、取り敢えず剣でも振って対策を考えなきゃだなぁって」

今のままでは届かない。

それは火を見るより明らかな事実であった。

そしてふと思う。

――〝魔法使い狩り《アイツ》〟に勝つ為に、俺に足りていなかったものはなんだろうか。と。

「……ああくそ、足りないなあ。何もかもが、足りてない。不足だ。不十分だ。本当に、全部が拙い」

気骨が。技量が。地力が。思考が。経験が。手段が。勘が。意気が。

何があろうと、己を貫き通せるだけの力量が絶望的に欠けている。

先のやり取りを踏まえた上で行う脳内シミュレーション。しかし、勝てるという結果にはどうやってもたどり着けやしない。

「肉体は弱い。精神も足りない。思考も平凡。頭の中にある手本通りに真似をすれば良いだけの話なのに、それをする技術も足りてない」

さぁどうする。

そう己に対して、己が問いを投げかけても都合よく正しい答えというやつが手の中に収まっているだなんて事はない。

「――――だけど、ううん。ここは、だからこそ、か。あぁ、うん。悪くない。悪くないんだよね」

一筋縄ではいかないこの現状に、破顔する。

逃げようと思えばきっと、今ならば逃げられる事だろう。でも、俺の頭の中にその選択肢だけは存在していなかった。

「……オイオイ、正気かよ」

俺が〝魔法使い狩り〟に対して再度、単身で挑もうとしている事を先の言葉から察したのか。はたまた、狙われる事実に。己よりもずっと格上の相手と戦う羽目になるであろう事実に対して虚勢でなく本心から喜んでいると見透かしてか。

身体から燃えるような闘志を立ち上らせる俺を見て、リューザスがそんな言葉を口にする。

「これが正気だから、あの場に無理矢理に割り込んだんだけどね」

ただ、向けられたその言葉があまりに今更過ぎて笑い交じりに返答する。

そうでもなきゃ、先の行動を起こした理由というものに、どうやっても説明がつかない筈だ。

誰かが襲われていたから助けた。

そんな正義感に満ち満ちた理由は万が一にも有り得ないと彼だって分かっているだろうに。

「……分かってると思うが、今の〝魔法使い狩り《アイツ》〟は土台、人の手に負える範疇を明らかに逸脱してる。にもかかわらず事もあろうに強くなりたいだぁ？　……そんな理由で挑んでみろ。間違いなく、今度は死ぬぞ坊主。相手に殺す気がないとタカを括ってんならその考えは今ここで改めとけ」

「それこそ、まさかだよ。実力差はきっと、俺が誰よりも正しく認識してる。その上で、俺は言ってるんだ」

「………………」

「俺にも、譲れない理由ってやつがあるんだよ。だから、この考えを改める気はない。それで死ぬなら、俺は所詮そこまでだったってだけの話。この考えが認められないなら、いっそ殴りつけてでも止めてみる？　それならそれで歓迎するけど」

「……冗談。坊主と戦う気はオレにゃねえよ」

「そっか」

無論、本気で言ったわけではなかった。

「……にしても、わっかんねえな。坊主のその、思考回路はよ」

その言葉に、俺は何も言わず苦笑。

やがて口を開き、俺はリューザスの発言に言葉を返す。

「そうかなあ。俺としては、自分がどこまで駆け上がれるのか。どこまで壁をぶち壊せるのか。……ただの村人でしかなかった俺が、どこまで強くなれるのか。それを証明し続けるこの生き方が楽しくて仕方がないけどね」

――――果てに、星を斬ってみせる。

それこそが、俺の生き方であり、道標であり、未だ色褪せぬあの記憶を見せてくれた『星斬り』の男に対する俺なりの礼なのだ。

「ま、〝魔法使い狩り〟の男については俺に任せておいてよ。言葉を裏付ける根拠なんてものは何処にもないけど、今度こそちゃんと俺が責任を持って斬ってみせるから」

説得力はゼロ。

何処にも信用する要素なんてものはないのだと当人たる俺自身が理解していた。

だから、任せるだとか、そんな言葉が返ってこないであろう事は納得ずく。

「いつ、何処にやって来るかも分かんねえのにか」

リューザスは〝魔法使い狩り〟の男をこの場から遠ざける為に、魔法を用いて飛ばしただけに過ぎない。

だから、彼のその質問に対する答えを持ち得ている人間はこの場には存在していなかった。

ただ。

ふと、脳裏を過るある言葉。

――――予知系統。

己の魔法の正体をそう呼んでいた男――――アムセスの顔がまるでそいつを頼れと言わんばかりに、浮かび上がっていた。

彼の能力を使えば、的確に予知出来るのではないのだろうか、と。

「そこらへんはまぁ、誰かの手を借りるからさ」

だから、ま、何とかなる気はするんだよね。

そう言って茶を濁し、今度こそ、俺はその場を後にした。

七話

「――――で、一体君は僕に何の用なのかな。どうせ、その様子を見る限り、討伐に交ぜてくれってわけじゃあないんだろう？」

翌朝。

曙光《しょこう》が照らしつける朝早くに、俺が一人で向かった先は王都の中心部に位置する冒険者ギルド。

受付らしき人間に、アムセスという人間はいるかと尋ねたところ、隅に設《しつら》えられた椅子に腰掛けていると教えて貰った俺はすぐさま彼の下へと歩み寄った。

「以前お会いした時、自分の能力を予知系統と、そう仰《おっしゃ》ってましたよね」

「あー……そういえばそんな事も君に話してたっけ。でも、それで？　それが一体どうしたのかな」

「その能力で、〝魔法使い狩り〟の男の位置を割り出して頂きたい」

俺がそう話を持ち掛けると、アムセスの片眉が僅かに跳ねる。どうやら彼にとって予想外の申し出であったらしい。

「……ふぅん。〝魔法使い狩り〟の男の位置を、ね。確かに、君の言う通り、僕ならば彼の、位置を予知し、割り出す事だって出来るよ。だけど、僕が君の為に骨を折る理由が何処にあるかな。まるでメリットがない」

「……貴方は〝魔法使い狩り〟の男に対抗する為に人を集めたと言っていた。であるならば、〝魔法使い狩り〟の男を倒そうと試みる俺の存在は願ってもないものでは？」

それがあんたにとってのメリットじゃないのかと。そう訴えかけるも、小さく鼻で笑い、続け様、苦笑いのような表情をアムセスは俺に向けてきた。

「君が本当に〝魔法使い狩り〟の男を倒せるのであれば、確かにそれはメリットだ。でも、君はその傷だらけの状態で挑むつもりなんだろう？　そんな様子じゃ、万が一にも勝ち目なんてものは見出せないね。能力を奪われるのがオチだ。最悪、彼の居場所を割り出した僕が命を狙われる可能性だって出てくる」

メリットどころか、デメリットだらけだ。だからその提案には応じられない。

そう口にするアムセスの言葉はどこまでも正論であった。

……昨夜負った傷についてはは大方、ソフィアに治して貰ったとはいえ、完全に回復しているわけではない。あくまで、症状を和らげて貰っただけ。

それをいとも容易く看破され、俺は閉口する。

「ま、察するに君は昨夜、〝魔法使い狩り〟に叩きのめされたってとこなのかな。それだけこっ酷《ぴど》くやられてるんだ。やり返したくなる気持ちは分からないでもない。だから――」

勿体《もったい》ぶった様子で話し出すアムセスであったが、話さないというのであれば俺が彼に拘る理由はなかった。元々、ダメ元でやってきたんだ。

ダメならダメでまた考えればいいだけの話。

それに、アムセスのような能力を持つ人間がいないと決まったわけではない。

そう己の中で結論付け、彼のもとから去ろうとして。

「あぁっ、待った待った！　僕からは確かに教える気はないけど、なにも、全部を教えないとは言ってないから！　だからそんなに結論を急がないでくれよ」

「それはどういう……」

「僕もあんな〝魔法使い狩り《規格外》〟から恨みを買いたくはなくてね。だから、代替案って事で、君には〝魔法使い狩り〟の男の所在を知ってるであろう人間を教えてあげるよ」

勿論、僕じゃない人を、ね。

と言って意味ありげに彼は含み笑いする。

「だけどもう既に分かってはいるだろうけれど、ただでは教えてあげられない。でも安心してよ。前に君を誘った討伐に参加しろってわけじゃあない。ただ一つ、僕からの質問に答えてくれればいい。たったそれだけさ。破格だろう？」

「……分かった」

俺は首肯する。

元より、〝魔法使い狩り《あぃっ》〟の居場所が知れるのであれば、俺にとっては他がどうなろうと、それで良かった。だから、その破格という申し出に応じる事にした。

「もし、この国を変えられるとすれば、それは一体なんだと思う?」

……どんな質問が来るのかと思えば、とんでもなくスケールのデカイ話であった。俺のような奴であればそれこそ、今まで一度も悩んだ事のないような質問。

話の脈絡なんてものは勿論、ガン無視であった。

「この腐った貴族社会を変えられるとすれば、それは一体、どんな要素だろう」

「……教養があまりないもので」

「そんな事はどうでもいいよ。思ったまま、ありのままの答えを聞かせてくれれば僕はそれで」

そう言われ、黙考。

すると程なく、どうしてか、ある人物の顔が俺の頭の中に浮かび上がった。

それは、『星斬り』の男の姿だった。

そして、それが俺の答えなのだろう。

俺を魅了したあの圧倒的過ぎる力こそが俺にとっての答えなのだろう。

「────純粋な力、だと思います」

「……へえ?　面白い。続けてよ」

「何もかもを黙らせる事が出来る圧倒的な力。今の社会ってやつに限らず、何かを変える為には力が必要不可欠。俺は、そう思いますがね」

勿論、力を追い求めている俺であるけれど、そんなものには興味がない。

ただ、アムセスにとっては俺のその答えが納得のいくものであったのか。

口が弧を描き、噛み合っていた歯を浮かせる。

「ああ、そうだとも。この腐り切った貴族社会を変えるには、君の言う通り、純粋な力を用いる以外にはあり得ない。具体的に言うとすれば、それは魔法の存在だろうね」

魔法使いは強力過ぎる存在だ。

それは、俺が一番身をもって知っている。

「だから、魔法使い達が決起すれば、恐らく……いや、間違いなく世界は変わる。血筋や、権力がゴミに変わる時代がやって来る。何らかのきっかけさえあれば、必ずね」

……結局、アムセスは俺に一体何を言いたいのだろうか。

「ただ、今はまだ、逆らってはいけないという固定観念が根強く残ってる。だけど、もし、己らの刃が、権力社会に胡座《あぐら》をかいて好き放題している貴族にも届くと世界中の魔法使い達が知ったら、世界は変わる。君も、そうは思わない？」

……成る程。

そう言うという事は、きっとアムセスは貴族に恨みを抱いているのだろう。

そして、俺の知ったことではないが、彼は現状を変えたいと願っているのだろう。

しかし、何故か引っ掛かりを覚えた。

アムセスの言葉に、筆舌に尽くし難い違和感があった。

そのせいか。

無意識のうちに眉間に皺を刻んでしまっていた俺であったけれど、それも刹那。

「なーんて言ってた友人がいてねえ？　ちょっと不可解で頭の中に痼《しこり》として残ってたから君の意見も聞きたかったんだよね。あぁ、勿論他意はないよ」

続け様にやってきた彼の毒気を抜かれた発言に、それはただの勘違いであったかと俺は考えを改める。

「いやぁ、でも力かあ。君ぐらいの年齢の子だったら話し合いだとか言いそうな気がしたんだけど、人畜無害そうな顔して過激な思想を持ってるんだね。いや、僕は好きだよ。そういう、現実がちゃんと見えてる人間の言葉は凄く好きだとも」

アムセスは俺の回答に満足してくれたのか。

うんうんと満足げに頷いた後、

「それで、〝魔法使い狩り〟の男の居場所、だったっけ」

「……ああ」

話が戻る。

「だったら、〝魔法使い狩り〟を飛ばした張本人に聞くといいよ。リューザスならば間違いなく知ってるさ。見た目はただのオヤジだけど、ああ見えて頭はよく回る。きっと今頃、何処かに誘い込む用意でもしてるんじゃないかな」

「────」

空白の思考。

どうしてあんたが、リューザスが転移の魔法を使って〝魔法使い狩り〟を飛ばした事を知っている。

そう尋ねてやりたかった。

しかし、頭の中が雑然としていてすぐには上手く言葉が出てこない。

「君が討伐に参加するっていうならば、今、君が抱いている疑問についてはすぐに解消されるだろうね」

つまり、彼の近くにいる魔法使いの能力のお陰である、という事なのだろう。

「ちなみに、討伐は明後日の予定なんだけども、改めてどうかな。気が変わったりはしてない？」

「……討伐に参加する気はありません」

〝魔法使い狩り〟の男と戦おうとしているというのに、そんな事に労力を使っている場合ではなかった。だから、逡巡なく断りを入れる。

「そっ、か。それは残念だ」

どうして、俺を何度も勧誘するのか。それは分からず終《じま》い。

俺が言うのもなんだが、既に大人数の魔法使いが参加するのだから、俺やリレアがいてもいなくても変わらないだろうに、何故彼はそうまでして拘るのだろうか。

一抹の懸念が残っていたけれど、俺はアムセスに背を向け、彼の下から離れる事にした。

「本当に、残念だよユリウスくん」

去り際に聞こえてきたその言葉にはどうしてか、憐れみの感情が込められていたような。

そんな気がした。

八話

――――良いんですか。あの少年を、止めなくても。

ユリウスが冒険者ギルドを後にしたのを見届け、そうアムセスに声を掛ける一人の男性。名を、ロドリゲスと言った。

だが、心配しているような物言いの割に、言葉には殺気に似た苛立ちめいた感情が込められていた。

その理由は、ユリウスが〝魔法使い狩り〟を中途半端に刺激する事で此方に不都合な事が降り掛かる可能性があるのでは。

それを案じた上での発言であったから。

「良いよ良いよ。あそこで〝話し合い〟を。なんて生温《なまぬる》い事を言うようであれば、また話は違ったけれど、そうじゃない以上僕が止める理由はないね」

――――それに、もう誰にも止められないところまで足を突っ込んでるしね。

アムセスは、視線を合わせる事なく声を掛けてきたロドリゲスに対し、苦い笑いを微かに頬に含ませながら返答をする。

「あ、そうだ」

そして何を思ってか。

ふと思い付いたかのようにアムセスは声を弾ませる。

「折角だし、君の意見も聞かせてよ。この国を変えんとするならば、一体何が必要なのか、をさ」

「……あの少年が答えていたでしょうに。それが答えなのでは」

「いやいや。確かに答えとしては間違ってなかったけれど、あれじゃあ足りないよ。あげられる点数は精々二十点程度だね。テストなら落第だよ」

ロドリゲスの眉間に、皺が寄った。

……そもそも、このアムセスという人間が何を考えているのか。彼の行動の目的は一体何であるのかがロドリゲスは分からないでいた。

……否、厳密に言えば知っていた。

彼の目的は、〝魔法使い狩り〟から魔法使いを守る事であると公言していたから。

だが、ロドリゲスには、アムセスの目的がそれだけであるとは思えなかったのだ。時折、アムセスから感じられる筆舌に尽くし難い〝得体の知れない〟コレは一体何なのだろうか。

その答えが、分からずにいたのだ。

しかし、

「――――答えは簡単さ。大勢の犠牲だよ。腐敗したこの国を、貴族を変えるには、大勢の犠牲が必要不可欠なのさ。それこそ、数十年が経とうと風化させられない程の犠牲がね」

それがあって漸く、変えることが出来る。

貴族も、国も、現状に甘んじる腑抜けた民草共も。犠牲があれば、間違いなく変わるよ。対岸の火事の範疇を超える犠牲があれば、変わらざるを得ないから。

アムセスのその返答を聞いて漸く、その正体が分かった気がする。ロドリゲスはそんな感想を抱いていた。

「アム、セス。……貴方は」

「でも、安心してよ。誓って僕は、魔法使いに対しては余程の事がない限り、手を出さないから。魔法使いという存在の価値も、強さも、僕は誰よりも知ってるし評価してるからね」

その理由は、口にしない。

けれど、彼はだから君を含めた僕の呼びかけに応じてくれた魔法使い達に、敵意はないと言葉を続けた。

そして、ロドリゲスは薄らと悟り始めていた。

どうしてアムセスが大勢の魔法使いを集めたのか、を。

「手は出さ、ない……？」

犠牲を是とすると口にするアムセスの言葉を信ずるならば、間違いなく〝魔法使い狩り〟が横行するこの状況は彼にとって願ってもない事態であるだろう。

そして、元騎士団の魔法使いを殺している〝魔法使い狩り〟の存在は一体誰に一番都合が良いのだろうか。

そもそも〝魔法使い狩り〟は何故、最近になって王都にやって来たのだろうか。

ぐるぐると脳内で渦巻く疑問の数々。

そして何より、先程アムセスはどうして、ユリウスと呼ばれていた少年に対して、あんな嘘を吐いたのだろうか。

ロドリゲスの記憶が正しければ、アムセスという魔法使いの能力は間違っても予知系統ではなく、魔物や、人形といった無機物を『操る』事であった筈だ。

「……まさか、貴方が王都の魔法使いを集めた本当の理由は、魔物の討伐の為などではなく――――」

もし、や。

貴族という存在に人一倍憎悪を抱く〝魔法使い狩り〟のその行為を、助長する為なのではないのか。

王家や、貴族側についていた魔法使いの死を必要犠牲と判断し、可能な限り〝魔法使い狩り〟の戦力を増幅させる。そして、彼の宿願を果たさせる事。その為に、己が狩られるのではと誤認した魔法使いが彼の邪魔をする可能性を消す事が目的だったのではないのか。

そう考えると、全ての辻褄《つじつま》が合うような気がしたのだ。数十人と揃った魔法使いという一大戦力。なのに、アムセスは〝魔法使い狩り〟に対しては日和見《ひよりみ》を決め込んでいた。

全員で探し出し、外敵を取り除こうとするのではなく、あくまで仕掛けて来たら返り討ちにするという方針を貫いていたのだ。

倒せば全て話が済むだろうに、あえてそうはしない。その理由は何故だろうかと常々思っていたが成る程、そういう理由であったのかとロドリゲスは納得し、その上でアムセスを問い質そうと試みたが、

「だったら、君はどうするって言うんだい」

そんなロドリゲスの考えを見透かしてか。

程なく鼓膜を揺らしたその言葉は、紛れもなく肯定の意であった。

そして、何気ない様子で笑って言葉を返すアムセスの表情は、己の考えが正しいと信じて疑っていないとしか見えないものであった。

「このまま〝魔法使い狩り《彼》〟が、騎士団連中の魔法全てを奪ったら次の矛先は貴族に向く。力を手にした彼は間違いなく因縁のある貴族を殺しに行くよ。するときっと、性根の腐った貴族は民や己の兵士を盾にして保身に走る事だろう。しかし、〝魔法使い狩り《彼》〟は全てを蹴散らしてでも殺しに向かう筈だよ。なにせ、家族の仇なのだから。……ま、必要犠牲の一つだね。こればかりは仕方がない」

だから、貴族が死のうと、罪のない民が死のうと、雇われただけの兵士が何人死のうとこれは必要犠牲の一つでしかないと、平然と言い切ってみせる。

国の変革には、その程度の犠牲は当然必要であると。

「そして、追い詰められた貴族はこう言う事だろう。『自分は命令されて仕方なくやった』と。次に起こるのは責任の押し付けさ。それは、間違いない。なにせ、僕の時もそうだったから」

「僕の、時も……？」

「もう随分と、昔の話だけどね」

その詳細を今は語る気がないのか。

少しだけ悲しげに、アムセスは目を伏せた。

「関係のない人間は殺したくない。だから、恨みを抱く貴族だけを殺す。……そんな綺麗事を貫いた果てに待っているのは似たり寄ったりの貴族の屑《す》げ替えさ。また、同じ事の繰り返し。憎らしい顔が少し変わるだけだよ。どれだけ凄惨に殺そうと、数ヶ月もあればその事実は風化する」

犠牲が必要であると口にする理由がそれであるのだと。言外に訴え掛けていた。

……事実、そうであったのだろう。

いやに実感の籠ったその言葉を前に、ロドリゲスは顔を顰めずにはいられなかった。

「だからこそ、丁度良かった。彼にとっても、僕にとっても。〝魔法使い狩り〟という存在は都合が良かった」

——だから僕は、彼の想いに共感出来たし、彼もまた、僕に共感してくれたんだ。

まるで知己のように話すその様子に、ロドリゲスは目を剝いた。まさか、貴方は〝魔法使い狩り〟と繋がっていたのか、と。

そして同時、嫌な予感のような、一つの可能性が彼の脳裏を過る。

アムセスという男は、魔法使いである。

その事実に間違いはない。

星斬りの剣士
アルト
Illustration ろるあ
2
初回版限定
封入
購入者特典
特別書き下ろし。
似た者同士?
※『星斬りの剣士 ②』をお読みになったあとにご覧ください。
EARTH STAR NOVEL

「…………なぁ、星斬り。これは仮の話ではあるんだが、もし俺らに二回目の生が与えられるとして、一体、どんな生を歩む事になるんだろうな？」

何の脈絡もなく唐突に、そんな言葉を星斬りと呼ばれた男の腐れ縁にあたる人物、アウグレン・ベルナバスが口にする。

だが、その一言に男は発言の意図を問うまでもなく、何を今更を言わんばかりにと、気の抜けたように一度笑った。

「変わらないだろ」

「変わらない？」

「私達に第二の生があったとしても、何も変わらないだろうさ。記憶も、姿形も何もかもが異なっていようと、きっと私達は今と同じ道を歩む気がする」

それ程までに度し難い筋金入り。

最早それは、叩いて直るようなものでもなく、一度や二度、転生を果たしたからといってどうにかなる事ではないと彼自身、自覚があった。

「つぅ事は、転生しても、お前は相変わらずの星斬り人間で、俺は自由人ってわけか」

自らの意思で家を捨て、自由に生きる道を選んだからこそ、彼は己を自由人と称す。

「ま、そんな未来なら悪くもねえと思いはするが、お前の場合はちょっとどころか、かなり無理があると俺は思うがね」

「無理？」

「そもそも、星を斬るなんて考えに辿り着く事にすらひと苦労だっての」

過去の人間も全て含め、己を最強と認めさせるには星を斬るしかないだろう。

そんな思考回路に、まず至らない。

仮に至ったとしても、その果てしない道のりの遠さに、志すより先に挫折する方が先だ。

「……あぁ、でも、もしかすれば違う未来もあったかもしれないな」

「ほお？　それは気になるなぁ？　是非とも教えてくれや」

「もし、あいつが死んでいなかったら、あり得たかもしれない未来だ」

〝星斬り〟を目指したそもそもの理由には、幼馴染との約束が深く関係している。

　そして、死者との約束だからこそ、彼は〝星斬り〟なんて馬鹿な真似を成そうとしていた。

　ただもし、その幼馴染が生きていたならば、あり得たかもしれない未来を夢想して、彼は笑い、次いで口にする。

「幼馴染の尻に敷かれる未来は、あり得るかもな」

　それを聞いたアウグレンは、腹を抱えて大爆笑していた。

◇◇◇

「で。何やってんだ、坊主」

「……見れば分かるでしょ。荷物持ちだよ」

　ゴタゴタから早、数週間。

　魔物によって荒らされていた街の復興も粗方終わり、これまで通りの日常が漸く戻って来ていた。

　そんな中、剣を振らずに荷物持ちをやってる俺の姿が意外だったのか。

　偶然出くわしたリューザスから、俺はそんな言葉を投げ掛けられていた。

「坊主ってよ」

　顎に手を当てながら、珍しいものでも見るかのような視線を俺に向けつつ、

「あんなに戦える癖して、あの嬢ちゃんにはとことん弱いよな」

「うぐ」

手には、人気のスイーツ店、〝プロッソル〟の商品が詰め込まれた紙袋がぎっしりと。

「……い、色々負い目があるんだよ」

〝ミナウラ〟での一件で王都にて待ちぼうけさせた事とか。

今回も治癒の魔法を使って貰ったり。

あたしにはあんな事しといて、ユリウスはこんな些細なお願い一つ聞いてくれないんだ？

なんて責めるような眼差しと共に言われては、俺にはどうしようもないのが現実だった。

「〝魔法使い狩り〟とやり合ってた剣士も、幼馴染の前じゃ形無しってか？」

くくく、と面白そうに喉を震わせるリューザスであったが、本当に現状はその通りでしかなくて、言い返したくはあったけど押し黙る。

やがて。

「ユリウスー!!　次こっちー!!」

未だ買い物巡りをしていたソフィアの叫び声が、俺の鼓膜を揺らす。

どうやら、荷物持ちはまだ終わらないらしい。

まだまだ続くっぽいし、荷物を減らす為に、手にしてるスイーツをつまみ食いするのも有りだったかな。

なんて思った直後。

「あ、言い忘れてたけど、つまみ食いなんてしたらあたし、めちゃくちゃ怒るからね」

まるで、俺の頭の中でも見透かしたかのような言葉を前に、俺はだらりと冷や汗を流す。

やりとりを見ていたリューザスに、げらげら笑われる羽目になりながらも、俺は不承不承ながらソフィアの下へと向かう事にした。

そして、その能力が何かを『操る』事であると聞いていた上、それを堂々と他の者達の前で既に披露している。

だがそれは本当に、アムセスから聞いていた通り、『操る』事の出来る対象は魔物や、無機物だけなのだろうか、と。

その対象に、〝人間〟も含まれる事は、ないのだろうかと。そんな考えが浮かんだ折、やって来る――――否定の言葉。ただ、

「いや、僕は頼まれただけさ。他でもない〝魔法使い狩り〟である彼に頼まれただけ。自分は臆病な人間だから、どうか、出来る限りの甘さを僕の能力でもって忘れさせてくれと。そう頼まれ、それに応じただけだ。誓って、僕の意思ではないよ。それだけは言わせてくれ」

その発言はつまり、アムセスの『操る』能力は、人間にも使用出来る。

その事実の肯定に他ならなかった。

九話

アムセスと別れ、ギルドを後にした俺が向かった先は騎士団の詰所。

ただ、今日はやけにシン、と静まり返っていた。

「……また、お前か」

呆れ交じりに声を掛けてきたのは、初めて訪れた際に「ここは子供が来る場所じゃない」と一蹴した騎士だった。

でも、副団長であるゼノア・アルメリダが俺を通していた場面を実際に見ていたからだろう。

「……副団長に用か？」

今回は追い返される事もなく、ゼノアに用があるのかと問い掛けられた。

「ううん。今日は違う。今日は別の人に用があるんだ。リューザスって名前のゴツいおっさん、知らない？」

無精髭生やしてて、四十代くらいの。

俺がそう口にすると、何らかの心当たりがあったのか。

騎士の男は微かに眉を顰《ひそ》めて考え込む。

その様子は、どう答えればいいのかと、言葉を探しあぐねているようにも見えた。

やがて、

「……その情報、どこで知った？」

あまり知られたくない情報だったのか。

俺の身長に合わせて男は屈《かが》み、小声で問い返してくる。

やはりと言うべきか。

どうやら、昨夜出会ったリューザスは騎士団の詰所にいるらしい。

ゼノアと面識があるような物言いだったからダメ元で来てみたけれど、運が良かった。

「昨日の夜、偶々一緒にいたんだけど、その時に〝魔法使い狩り〟に絡まれちゃってさ。聞き忘れてた事があったから聞きに来たんだけど、リューザスさんがいるならここ、通して貰えない？」

「………………」

ここは騎士団の詰所。

何の理由もなしに部外者を通すわけにはいかないのだろう。しかし、俺はゼノアから中へ一度は招き入れられている人間。

であるならば、通しても問題はないのでないか。それらの考えがせめぎ合っているのだろう。

「……〝魔法使い狩り〟の情報提供、という事で通してやる。副団長達は前に案内してやった場所にいる筈だ。流石に覚えてるよな？」

「もちろん」

じゃあいい。通れ。

そう言葉を締めくくり、ポリポリと頭を掻きながらも騎士の男は中へ通してくれた。

「――――で、やって来たってか」

中にはリューザスとゼノアと、見慣れない人間が数人ほどいた。

でもゼノアを除いた全員が騎士服を身に纏っていない事から彼らは元騎士団の人間なのだろうって自己解釈しながら、向けられたリューザスの言葉に俺は首肯した。

「一応、何しにやってきたのか聞いてやるよ」

「〝魔法使い狩り〟の居場所が知りたい」

「……だよ、な。坊主なら、そう言うよな」

どこかのタイミングで俺が訪ねて来ると予想していたのか。

呆れながらもリューザスは笑っていた。

「そら、見たことか。オレの言った通り坊主はやって来ただろう？　なあ、ゼノアの嬢ちゃん。だからやっぱり、この坊主も交ぜよう。放っておいたら何しでかすか分からねえ上、餓鬼だがこいつは歴《れっき》とした〝戦力〟だ。二つに分ける以上、人は多いに越したことはねえ」

リューザスがゼノアに向けて言葉を紡ぐ。

二つに分ける、とは一体何なのだろうか。

話を聞く限り、彼らは彼らで何かをしようとしているみたいだけれど、話が見えてこなかった。

「オレらは〝魔法使い狩り〟に魔法を掛けた奴を見つけ出した上で、〝魔法使い狩り〟、いや、バミユーダの弟であるオリヴァーを止めなきゃならねえ。だから、ここにいる面子《メンツ》を二つに分けて事にあたるつもりだった」

事情を何も知らない俺に分かるように、リューザスが説明してくれる。

その間にも、「……本気ですか？」と言わんばかりに、責めるような視線をゼノアが向けてきたが、リューザスはそれを一顧だにしない。

「オリヴァーの能力は〝蒐集家《コレクター》〟。だから、オリヴァーを止めるのは出来る限り少ない人数で当たらなきゃならねえ」

最悪、失敗したとしても傷を浅くする為に。

加えて、精神系の能力を持った魔法使いであれば、間違いなく手駒は多くいる筈だ。

オリヴァーばかりに数は割けられねえ。

と、リューザスは言う。

「何より、優先順位で言えばオリヴァーより、精神系の魔法使いを捕らえる方が数段上だ。オリヴァーは操られている側である以上、そっちを押さえてしまえば全てが片付くんだからな。だから、言っちまえばオリヴァーに対しては時間稼ぎをすりゃあいい」

ちょうど、昨日みたいな感じでな。

軽口でも叩くように、言葉が付け足された。

「つーわけで、オリヴァーの相手をオレがするって事で話が進んでたんだが……そこに坊主を組み込む。一人で突っ走って能力献上されるくれえなら、一緒に戦った方がまだマシだ」

昨日のやり取りで散々思い知らされたのだろう。俺という人間は、たとえ理路整然とした話であれ、一度決めてしまったが最後。

人の話なんてものは全く聞く気がないと。

だから、説得を放棄した上でのその提案は、最早清々《すがすが》しくさえあった。

「で、どうするよ坊主」

「どうするって？」

「一人で戦って勝てる算段、どうせまだついてないんだろ」

図星であった。

ある程度の無茶を敢行する。

それはもう当然として、けれどそれでも勝てるビジョンというものが全く浮かばなかった。

――――でも。

「それは、うん。だけど、俺はそれでも、それでも何とかするよ」

こんなところで立ち止まっているわけにはいかないから。だから、無理であろうとどうにかして目の前の壁をぶち壊すしかない。

〝無理〟を強引に捻《ね》じ曲げ、それを〝可能〟に正してこその『星斬り』であるから。

一度でもその名を掲げた以上は、貫かなくちゃいけない。故に、抜け抜けと言い放つ。

「……おいおい。よりにもよって倒す気かよ。坊主、今度こそ死ぬぞ？」

「死んで当たり前の先に存在する壁を超えるからこそ、意味がある。俺は、そう思うんだ」

〝ミナウラ〟を訪れた時。

確かそれは、フィオレ・アイルバークに対しても言った言葉であった気もした。

幾年経とうとも、不変の事実ってものは確かに存在する。これは、多くある中の一つ。

強くなる為には、代償が必要である。

それは時間であったり、痛みであったり、覚悟であったり、喪失であったり。

裏を返せば、それらがなければ強くはなれない。だから、この考えってやつは何一つとしておかしくない。

自分に言い聞かせるように、心の中で言葉を反芻する。

「それに、一度は戦ってる。だから次は、もっと上手くやれる」

「……明らかに手を抜かれてた上、真面に戦えてたのは最後の一瞬だけだったたっつーのに、その自信は何処からやって来るんだか」

――きっとそれは、憧れに対する絶対的な信頼、だと思う。

心の中で答えながら、俺はリューザスのその問いに対して笑って誤魔化した。

「せめて、〝纏い〟を自在に扱えねえと話にすらならねえだろうに」

「……〝纏い〟？」

ふと言われたリューザスの言葉に、俺は疑問符を浮かべる。

〝纏い〟とは、一体何なのだろうか。

「あん？　坊主が最後の方で使ってたやつだよ。一回だけ、オリヴァーの〝加速《アクセル》〟を上回った瞬間があったろ」

指摘をされて、ようやく気付く。

あの時は無我夢中で意識はしてなかったけれど、確かにそんな事もあった気がした。

「やっぱり、あれ無意識で使ってやがったか。……使える人間は、まだ両手で事足りる程度しか見た事ねえが、オレはあれを〝纏い〟と呼んでる」

そういえば、リレアと手合わせした際にも何故か上手く使えて、驚かれていたような気がする。

『星斬り』の男に近付こうと鍛錬を繰り返す中で、時折意図しないタイミングで使えるようになっていたもの。

まるで足に羽でも生えたかと錯覚するほどに身体が軽くなるあれは、〝纏い〟と言うらしい。

「んで、ちょうどその使い手が一人、此処にいる」

そしてリューザスの視線が俺から外れ、向かった先は――――ゼノアであった。

「オリヴァーの居場所は教えてやる。何なら、オレの魔法を使って案内してやってもいい。その代わり、条件が一つある。ゼノアから〝纏い〟の使い方を学べ。教えられるのが嫌なら見て盗むのでもいい」

現状では、勝てないと。

だからせめてリューザスが〝纏い〟と呼ぶソレを扱えるようになる事が最低条件であると彼は言った。

◇◇◇

「……リューザスにも、困ったものですね。貴方の参戦を拒んでいる人間に、戦い方を教えろ、などと言うだなんて」

場所は移り、騎士団が管理する修練場にて。

亜麻色の髪を揺らしながら、ゼノアは俺の姿を見据えながらそう口にする。

結局、戦いたいが故にリューザスの申し出を受けるしかなかった俺と、戦わせたくないが為に何度目か分からない説得を行おうとするゼノアが相対する状況に見舞われるのは最早必然とも言えた。

「一つ、いいですか」

手にする剣の具合を確かめながら、ゼノアは言葉を続ける。

その質問は、〝心読《ドクトウス》〟と呼ばれる魔法に恵まれたゼノアがあえて言葉に変えて問い掛ける必要があるものなのか。

そんな疑問を抱く俺に、

「どうして貴方は、自分のその在り方に一片の迷いもないのですか」

心底不思議そうな声音が届いた。

……ああ、なるほど。

そういう事か。

「夢に見るのは分かります。それを目指すのも分かります。でも、死んでしまったらそれで終わりなんですよ……？　その理想すら抱けなくなるんですよ……？　無謀であると、蛮勇であるとも理解をしている。なのにどうして、死に向かうのです。いえ、向かえるのですか。それが正しい道であると信じて疑わないのですか。一切の躊躇いすらなくそんな生き方をする事が出来るのですか

────？」

それは、切実な訴えであった。

ゼノア・アルメリダが〝心読《ドクトウス》〟と呼ばれる心を読む魔法に恵まれたからこそ、理解が出来ないのだろう。

俺の行動理由と、動機。

その全ての答えを、ゼノアは既に得ているのだろう。だからこそ、理解しているから理解出来ないという奇妙な事実が出来上がる。

心が読めるが故の疑問。

痛みを知らないわけじゃない。

喪失を知らないわけじゃない。

奇跡が己の味方をしているなんて幻想を抱いているわけでもない。

その上で、死と隣り合わせの生き方を自らの意志で摑み取り、その全てに対して一切の躊躇いなく生き抜いている。抱いた憧憬《しょうけい》にどうにか追いついてみせようと己の持ち得る全てを捧げ、徹底的に何もかもを使い潰す気でいる。ただ一つ、己の憧れに手を届かせるために。

「オリヴァーに復讐心を抱いているのであれば……まだ納得が出来ました。彼を止めてくれと懇願

されているのなら、それもまた同様に。持ち得る正義感が、彼の暴走を許さなかった。それも良いでしょう。彼と同じような人間をかつて目の当たりにし、それ故、同情心に駆られた。そんな理由でも、私はまだ納得が出来た」

次々と挙げられる理由の数々。

それら全てが、真面な理由であった。

そして、それであったならば、まだ私も素直に力を貸すことが出来た。

そんな言葉すら聞こえた気がした。

事実そうなのだろう。

悲痛に歪む表情が、言葉はなくともそうありありと告げていた。

「……ですが、貴方はそれらの理由、どれ一つにすら当てはまらない。貴方の人生は、貴方のものです。故に、貴方がどのような犠牲を払い、どのような結果を求めようと私に口を出す権利はない。……ですが、これは私達の不始末です」

故に、やはり俺を関わらせるわけにはいかないと。

復讐に堕ちたわけでもなく、その生き方しか許されていないわけでもなく、致命的な何かに縛られているわけでもなく、ただ、憧れたからという理由一つで。

それがどうしようもなく分からない。

それ故に、彼女は俺に問いを投げかけたのだろう。それ故に、徹底的に拒絶の意思を貫くのだろう。

しかしだ。

しかしである。

ゼノアに真っ当な理由があったとして、それを俺が理解していたとして。

一体それが、何だっていうのだろうか。

「やはり、貴方を関わらせるわけには――」

「『星斬り』に憧れて、あの場所に並び立ちたいと心から思って、目指そうと誓った。その中で『星斬り』を成すと決めた。俺の行動理由の全ては、それ。だから、それ以上でも、それ以下でもないんだ」

心の底から、なりたいと憧れて。

心の底から、成したいと思ってしまった。

故に、理屈ではない。

たとえどれだけの犠牲を払う事になったとしても。己の生を、そのせいで断ち切られる羽目になったとしても、関係がなかった。

既にもう一度、彼女にそう語っているのに。

心の中を読む事が出来るゼノアならば、それがまごう事なき真実であると知っているだろうに。

なのにこうして問い掛けるのは、どうしても俺を関わらせたくないからなのか。

……きっと、俺がこのままだと力及ばず殺される可能性が極めて高いから、止めようとしてくれているんだろうなって理解が出来て、僅かに顔が綻ぶ。そしてその善意を知って尚、彼女の言葉に首肯しようという意思が微塵も湧き上がってこない己の業《ごう》の深さに苦笑した。

「…………。素直に、引き下がってはくれないんですよね？」

最終確認のようなものだった。

しかし、その問いに対する俺の答えは変わらず揺るぎないと半ば諦めてしまっているのだろう。

その声音からは、諦念の感情が誰にでも一目で分かるくらいに見え隠れしていた。

お前では力不足だから、引き下がれ。

これは私達の問題だ。

けれど、俺という人間はそんな真っ当な言葉に殊勝に頷くような人間ではなかった。

「それは、もちろん」

言葉を返した直後。

――――唐突に、ぞわりと首筋が総毛立った。

「……ッ、へ、え」

そして即座に理解する。

その出どころは、目の前の女性からであると。

何が何でも此処で殺す。

そんな殺意を孕んだ強烈な意思が容赦なく俺に、無言で叩き付けられる。

「……では、リューザスには申し訳ありませんが、貴方は私が此処で力尽くで止めさせて頂きます」

「はハ……いいね、俺はこういう空気の方が好きだよ」

――〝刀剣創造《クリエイト》〟――。

一瞬で場に広がった剣呑とした雰囲気に耐え切れず、無言で魔法を行使。剣を創造。

リューザスからは教えて貰えと言われたが、誰かに手取り足取り教えて貰って学ぶ。

なんて事は正直、出来る自信がなかった。

それをするくらいなら、実践形式で勝手に自分で学べ。そんなやり方の方が百倍好みであった。

故に、破顔せずにはいられない。

この展開は、俺にお誂《あつら》え向きだと思ったから。

とはいえ、リューザスはこうなると分かっていて、ゼノアを巻き込んだのかもしれない。

訳知り顔で終始笑んでいたし、多分その可能性は極めて高い。

一応、坊主の希望は叶えてやったが、見て盗む前にゼノアに倒されるようなら……それはもう知らねえわな。

そんな軽口が聞こえたような気がして、つい、創造した剣の柄を強く握りしめてしまう。

どうにかして部外者の俺を関わらせまいとするゼノアと、〝纏い〟を扱えないと話にすらならないという条件を付けられた俺であったからこそ、どうあっても避けられない戦闘。

決戦前に体力の無駄な消費をするのは如何《いかが》なものかと一瞬、思いはしたが、仲間内で行動がバラバラになるよりマシと考えたのだろう。

であるならば、この状況にも頷ける。

そして、己の限界を超えてひたすら強くなりたいと願う俺にとってこの展開は寧ろ望むところでもあった。

「……骨の一、二本はご勘弁下さい」

「気にしないでいいよ。そのくらいなら慣れてるしね」

「そうですか」

全身から、何としてでも止めてみせる。

という意志が溢れ出ており、それが敵意となって容赦なく俺へと突き刺さる。

「…………」

その中で閉口したまま、手にする剣をゼノアが構えてゆく。

俺のような最適解を求め続けている我流の剣とは異なるものであると一目で分かる、洗練された構えだった。

――――座敷剣術。

あまりの綺麗さ故に、そんな言葉が脳裏を過るも、強引にその考えを振り払う。

気を抜けば一瞬でやられる。

本能的に抱いたその感覚は、恐らく勘違いでもなく、まごう事なき真実。

虫の知らせのようなものだ。

やがて、場に降りた水を打ったような静寂を破るように。

先の予感が正しかったのだと証明するように。

ゼノアの剣――――ではなく、足を注視していた俺の視界から次の瞬間、彼女の姿が掻き消えた。

それは、目にも留まらぬ速さ。

まるで瞬間移動でもしたかのように、瞬きをする一秒の十分の一程度の間隙を突いて、ゼノアはそれなりに空いていた俺との間合いを詰めていた。

その移動技術こそが、リューザスが〝纏い〟と呼んでいたものであり、時折俺も使える不思議なチカラ。

「………な、」

幾ら事前知識があったとはいえ、実際にそれを目の当たりにし、驚愕に思わず声が漏れた。

でも、それでもと振り上げられていた剣を防ぐべく、手にする剣を合わせんと即座に振り上げようとして、

「読めてますよ、その行動は」

自然体で構えていた剣を振り上げた事で生まれた隙へと、的確に精密な脚撃が突き刺さる。

「ぐッ、」

ミシリ、と華奢《きゃしゃ》な体つきに似合わない重い一撃に、骨が軋む音が頭にまで響く。

すんでのところで身体を引き、威力を殺しはしたが、真面に食らえば下手すれば致命傷にすら発展する。そんな一撃であった。

……そして、「読めてますよ」という一言のお陰で、思い出す。

ゼノア・アルメリダの魔法の能力は〝心読《ドクトウス》〟。

　心が読めるという事はつまり、起こす行動全て見透かされていると考えた上で対応しなければ、裏をかかれるだけ。

「……なる、ほどね。力尽くで止めるって発言は、冗談でも何でもないってか」

「……冗談なわけがありますか……!!　今回の一件、無関係な人間を巻き込むわけにはいかないんですよ……ッ」

「でもそれはあんたらの都合だ。俺には関係ないね」

「ええ。ですから、力尽くで止めさせていただきます。貴方を私達の不始末のせいで死なせるわけにはいきませんから」

「俺が殺される前提で話を進められるのは、仕方がないとはいえ、気に食わない、ねえッ!?」

　体勢を立て直しながら、力強く地面を踏みしめる。

「でも、心を読めるあんたを倒した時、俺は心を読まれて尚、倒せない剣士になってるって事だ。だったら、〝認識阻害〟なんて反則な魔法使いが相手でも、もっとうまく戦えるようになってる筈……!!」

　攻略法は既に見えている。

　心を読まれているのであれば、心を読み、そして対処する。

　その順序を踏む時間すら許さない速度を身に付ければいい。その答えこそが、〝纏い〟だ。

　何よりその速さは、星を斬る上でも役に立ちそうだ。だから、折角のこの機会。

　何としてでも〝纏い〟を己のものにしておかなければならなかった。

「〝魔法使い狩り〟を倒す為にも、あんたを超える為にも、リューザスの言う通り、盗ませて貰うよその技――――!!!」

「それが出来るのでしたら、ご勝手にどうぞ」

金属同士が重なり合う衝突音が叫び声に続くように、二度、三度と響き始める。

そしてその音は、上限知らずに膨らんでいった。

十話

ユリウスとゼノアが剣を合わせている頃。

騎士団の詰所に新たな来客があった。

否、来客ではなく戻ってきた、というべきか。

「――しっかし、まさかあんたがこのタイミングで帰ってくるたぁな？　もう少し早く帰ってくる事は出来なかったのかね？　なあ――」

かつて副団長という地位に据えられていたリューザスとは無論、知らない仲ではなく、十年来の知己の名を呼ぶように、親しみを込めて彼は名を呼ぶ。

「騎士団長ベルナデット？」

明かりを反射し、強く煌めく金糸を思わせる髪を邪魔にならないようにとシニヨンに纏めた女性。

茫洋たる海原を想起させる紺碧の瞳には、ほんの僅かに疲労が滲んでいた。

何処か人を寄せ付けない鋭い威圧的な雰囲気も相まって、知己でもなければ話しかける事は何としてでも避けるだろう。

そんな感想すら抱いてしまう。

「……リューザス」

「言いたい事あるだろうが、ぜんぶ後回しだ。手ぇ貸せベルナデット。五年前の、清算をする」

「ああ、分かってる。お前までこの件に首を突っ込んでいるとは知らなかったが、事の全貌は全て〝百貌《ひやくぼう》〟のヤツから聞き出した」

「…… 〝百貌〟っ、つーと、メルドラのヤツか」

「わたしが王都を離れていたのもそれが理由だ。〝百貌〟のヤツの対処に追われていた」

〝百貌〟のメルドラ。

姿を変幻させる魔法を扱うが故に〝百貌〟などという名前をつけられたその者は、第一級の大罪人であった。

それ故、その目撃情報があったという事で騎士団長であるベルナデットがわざわざ呼び出され、その対処に向かっていた。

それが今から、数週間前の話。

「後一歩のところまで追い詰めはしたが、王都の件を聞いて引き返してきた。ついでに言えば、この件、メルドラのヤツまで絡んでる」

「……おいオイ、マジかよ……!!」

「今回の〝魔法使い狩り〟の一件、首謀者の名はアルステッド。六年前にある貴族を殺した事で死罪になった罪人だ」

「……死罪になった人間が首謀者、だぁ？」

「メルドラだ。メルドラが、〝百貌〟を使って身代わりを突き出してたんだ。要するに、アルステッドとメルドラの関係は六年も前から続いてる」

六年前。

ある貴族の一家が惨殺された。

相当恨みを買っていたのだろう。

誰もがその感想を抱いてしまう程に、殺し方は凄惨を極めていた。

元々、誰かに慕われるような貴族でもなかった事もあり、周囲から同情の念が向けられる事も殆どなかった。

そして行われた挿げ替え。

殺されたのが貴族の一家だけであった事もあってか、事件からひと月程度は随分と騒がれはしていたが、程なく人々の記憶からは風化した。

「……という事は、ベルナデットを王都から引き離す事も――」

「恐らく、あいつらの作戦の内だったんだろう。現状、〝百貌〟と真面に戦える人間はわたしくらいしかいないからな」

〝百貌〟が現れたとなれば、ベルナデットは十中八九、その件に追われる事となる。

特に、大罪人指定されている〝百貌〟に煮え湯でも飲まされたのか。

メルドラをどうにかして捕まえようと躍起になっている貴族も少なくはない。

「ついでに、わたしの不安を煽《あお》る為か、べらべらと〝百貌〟のやつが喋ってくれたよ」

お陰で、どちらを優先するべきなのかが定まった上、後一歩のところまで追い詰めはしたが、逃げに徹する〝百貌〟を仕留めるとなれば最低でも一週間は掛かると踏んだ。

だから、慌てて引き返してきたんだがなと、ベルナデットは苦笑いを浮かべる。

「やつらの目的は、貴族の大粛清だ」

「……そんな事をすりゃあ、国が終わるぞ?」

「それが目的なんだろうさ。あいつらにとって貴族は憎悪の象徴だ。それで国が終わるなら、終わってくれとでも思ってるんだろう」

「………」

リューザス自身、国の貴族に失望し、騎士団を辞した人間だからこそ、声高にそれは間違ってると言う事だけは憚られ、口籠るしかなかった。

「そして、あいつらのもう一つの目的は、貴族に与《くみ》する魔法使いの排除だ」

「……成る程な。そう、いうことかよ。だから、オリヴァーに手を貸したってか……!」

だからこそ、〝魔法使い狩り〟が存在しているのだ。

〝蒐集家《コレクター》〟という反則過ぎる魔法使いに国に与する魔法使いを殺して強化させ、強大な魔法使いすら排除する為に。

だとすれば、〝百貌〟がアルステッドと呼ばれる男に手を貸す理由も分かる。

メルドラの天敵とも言える魔法を扱うベルナデットという存在の前では、敵の敵は味方。

という図式が成立してしまう。

更には今回、アルステッドは騎士団という存在すら壊滅に追いやろうとしている。

今後の為にも、協力しない手はないと結論を出したのだろう。

だとすれば、あえてベルナデットの気を引かんと己の存在を世間に知らしめ、危険に晒した事も納得がいく。

「もう知っているかもしれないが、アルステッドの能力は精神系統。それも、やろうと思えば自我すら奪える強烈なヤツだ」

「……対策は？」

「そこまで知らない。だが、あくまで能力は精神系統。だから、心の弱い人間を矢面《やおもて》に立たせなければ何とかなる」

一見、無敵のように思える精神系統の魔法であるが、その実、弱点は多い。

何より、前提条件として操る対象の心が弱くなければその効果の一切が発揮されない。

いわば、相手の弱味につけ込み、自我を奪って操る能力。故に、基本的に戦闘向きではない能力として知られていた。

……ただ、それはあくまで普通の使い方。

「だが、アルステッドの場合は殆ど自分の魔法をそういう使い方で扱おうとしないらしい」

「……精神系統の魔法のくせしてか？」

「曰く、自分を操るらしい。精神系統の魔法を自分に掛ける事で、無理矢理にリミッターを外して戦闘能力を向上させる。そんな使い方をするそうだ」

戦闘能力は、戦闘系の魔法使いと同等か、それ以上。更には精神系統の魔法も使える上、側には〝蒐集家《コレクター》〟の魔法使いもいる。

流石に、王都にいる人間だけでは手に負えないと判断してベルナデットが引き返したのも仕方がないと言える程の状況であった。

「ところで、ゼノアの姿がさっきから見えないが？」

リューザスは何か知らないかとベルナデットが問い掛ける。

「稽古《けいこ》中だ。まぁ、あれを稽古と呼ぶかは人それぞれだろうがな」

「……あのゼノアが、か？」

「オレが無理矢理に巻き込んだっつった方が正しいんだろうがな。将来有望な魔法使いに〝纏い〟を文字通り、身体に叩き込んでる頃だろうよ」

「…………。成る程。無鉄砲な人間を止めようとしてるのか」

一瞬の黙考を挟み、ゼノアの性格。

そしてリューザスの訳ありと言わんばかりの物言いを踏まえた上で答えを出す。

その結論は、正鵠《せいこく》を射たものであった。

しかし。

「いんや、無鉄砲って程じゃねえさ。少なくとも、オレよか、余程戦えると思うぜ。だが、餓鬼だ。それも、死にたがりにしか見えねえ餓鬼だ。ゼノアには、それが許せなかったんだろうな」

「……ゼノアが騎士団に入った理由は、確か子供が理由だったか」

「そういうこった」

子供を守りたい。

そんな理由で入団してきた己の部下の顔を一瞬ばかり脳裏に思い浮かべながら、修練場がある場所へと一度だけ視線を向け、数秒程見詰めたのち、リューザスへと戻す。

「だが、恐らくあまり時間はない。わたしがこうして戻って来る事も向こうの作戦の内だろう」

それを理解していて尚、戻らないという選択はなく、業腹とはいえ、相手の予定通りに動くしかなかったと伝える。

「恐らく、殆ど向こうの準備は既に整ってると考えた方がいい」

万が一を考え、その身を危険に晒してでも、一時的にベルナデットという一大戦力を王都から引き剝がしたのだ。

入念に準備は行われていたと考えるべきだろう。

「だから、もう手遅れとは思うが一応、お前達にも伝えておく」

周囲にいるリューザスを除いた他の騎士達にも伝えるように、

「灰色髪の男を見つけたら即座にわたしに知らせろ。能力は精神系統。だから、間違っても一人で対処しようと思うな」

確固たる自我を確立した自信の塊のような人間を除いて、万が一を考えて接触は避けろと言う。

「〝百貌〟の言葉ではあるが、わたしの目がそれは真実であると告げていた。だから伝えておく。六年前に処刑された事になっていた犯罪者アルステッドは、今現在、名と貌《かお》を変えて王都にいるらしい」

そして告げられる〝真実〟。

「――名を、アムセス。見つけ次第、わたしに知らせろ。いいな？」

十一話

嵐を思わせる。

それ程に苛烈を極める怒濤の連撃であった。

目で追う事がやっと。

秒を経るごとに傷は増えてゆき、痛いと思う間もなく、次の攻撃がやって来る。

油断をしていたわけじゃない。

無論、俺は強くも何ともない。

そう自覚していて尚、ゼノア・アルメリダの持ち得る〝心読《ドクトウス》〟と〝纏い〟をあわせた戦闘は規格外に過ぎた。

――――絶対に止める。何が、なんでも。

傍目からでも一目瞭然な程、そう考えているからなのだろう。

油断も隙もあったものではない。

一切期待はしていなかったが、子供の身なりにもかかわらず、舐めて掛かってくるような様子は何処にもなかった。

しかし。

でも、だからこそ、俺は感謝しなくちゃいけないのだろう。笑わなくちゃいけないのだろう。下手に策を弄するのではなく、真正面から戦い続けなくてはいけないと思った。

本来、剣士にすらなるはずでなかったただの村人を、これ程の剣の使い手が、対等に見てくれているのだから。

剣士として生きると決めた俺にとって、これ程嬉しい事があるものか。

「……何が、おかしいのです」

何も、おかしくなどない。

これはおかしいから笑っているのではなく、嬉しいからこそ、笑っているのだから。

だけど、それを言葉に変えて答える暇すら今の俺にはなく、返事が出来ない事が何よりも申し訳なかった。

けれど、今は口ではなく手を動かしていたかった。忙しなく合わさる金属音が、いやに心地よく感じられたから。

「…………」

その閉口の訳は、心を読んだからなのか。

はたまた、返事をする余裕すら切り捨てようと判断を下したからなのか。

……その真偽のほどは不明であったが、それが何故なのかを考えろと言わんばかりにひたすら攻めに徹していたゼノアが距離を取った事で剣戟の音が止み、一転して場に沈黙が下りた。

「……これ以上は、命に関わりますよ」

時間にして、十分。

いや、もっと少なかったかもしれない。

ただその間に容赦ない剣戟にあてられていた事もあり、殆ど満身創痍《そうい》。

血だらけの死人さながらの状態に俺は陥ってしまっていた。

〝纏い〟を盗む為に、幾度となく攻撃を受け、己の目で直視し、真似てはみたが、困った事にコツを掴むどころか一度として使えていない。

こういうやつを、絶望的なセンスと言うのだろう。様子を見にきた関係のない騎士団の人間も、俺の姿を見て呆れていた。

「……そんなものは、知らないね」

時間は、有限だ。

誰もが羨む天賦《てんぷ》の剣才を手にした人間ですら辿り着かなかった頂に、凡人が手を伸ばすのだ。

死にかけだからと一々止まっていては、本当に届かなくなる。

「俺に許された結末は、届いたか、届かなかったか。その二つだけだ。届きそうだった、って事実は、一番いらないんだよ、ね……ッ」

だから、突き進む。

突き進むしかないんだ。

それがろくでもない宿痾《しゅくあ》であると指摘されて尚、悲観されて尚、憐れまれて尚、自覚して尚

――――それでもと。

「星を、斬る。それを成すまで、俺に止まる気は更々ないよ。たとえそれが、無謀であると誰もに笑われたとしても」

剣の柄を掴む、感覚の薄れてきた右手に力を込め、地面を踏み締める。

力を込めた事で、傷口から血が僅かに噴き出し、生命の危機という名の危険信号が脳に伝達される。

けれどそれを、強引に意志で以て掻き消してまた一歩踏み出す。

「……ッ‼　なぜ、そうも貴方は――――‼」

生まれた間合いを再度詰め、俺がゼノアに斬りかかった事で強制的に発言が中断。

虚空に描いた銀の軌跡が交錯し、散らばる火花にお互いが目を細める。

からの、鍔迫り合い。

カタ、カタカタカタ、とまるで金属音が意思を持って震えでもしているかのような音が断続的に響く。

膂力《りよりよく》の軍配は、性別の壁の前に、大人と子供という名の決定的な壁に苛《さいな》まれており、積み重ねた鍛錬の量を含め、普通にやれば俺に勝ち目は万が一にもない。

故に満腔《まんこう》に力を込めて、

「ん、な……⁉」

余す事なく全身を使って押し飛ばす――――‼

これは、稽古であって、稽古ではない。

言うなれば、意地の張り合いだ。

だから、負けるわけにもいかなかった。

「……こ、のッ」

地面を蹴り付ける音が、二度。

……いや、三度。

「流石に、慣れてきたよ」

「……恐ろしいまでのセンスですね」

その賛辞は、素直に受け取る事は出来なかった。

〝纏い〟を身をもって覚える為に攻撃を食らい続けていたお陰で、〝纏い〟の扱いではなく、対処が出来るようになった。

望んだ結果が得られていない時点で、センスがあると言われても皮肉にしか聞こえない。

一瞬にして背後に回り、剣の柄の部分で打突を行おうと試みていたゼノアから今度は俺が距離を取る。

「……ほんと、勘弁してほしいね」

苦笑いが出た。

先の俺を気遣うような打突もそうだが、時折、視界がぐらぐら不規則に揺れている。

血を失い過ぎてるのか。

それとも、そういうダメージの与えられ方をしているのか。はたまた他に何か理由があるのか。

確かな理由は分からない。

けれど、連日の度重なる戦闘によって蓄積された疲労も関係しているのだろう。

限界は、すぐ側にまで迫っていた。

「……そう思うのなら、今すぐに剣を手放して諦めてください」

「それは今はまだ、出来ない相談かなあ?」

「……まだ、そんな口がきけましたか」

相変わらずの返答をしてやると、怒りの滲んだゼノアの眼差しが、更に強い輝きを帯びたような。

そんな錯覚すら抱く羽目になった。

激昂をどうにかして抑え込んではいたが、紡がれた声音から否応なしに感じられる静かな怒りとでも形容すべき感情は全く隠しきれていない。

「これでも、しぶとさだけが現状、唯一誇れるものでね」

……これは俺の勝手な想像でしかないけれど、平時であれば多分、ゼノア・アルメリダという人は俺に〝纏い〟だろうが何だろうが、教えてくれたんだろうなって、剣を交わす中でそんな感想を抱いた。

何故なら、向けられる剣筋は勿論、先程から叫ばれる言葉、その一つ一つが一貫して俺を気遣うものだったから。

大人は子供を守る存在である。

一時期は、〝魔法使い狩り〟の憎悪を受け入れようとしていた人間とは思えない程の強靱《きょうじん》な意志のあらわれでもあった。

「そんな顔をせずとも、貴女が正しいよ。全てにおいて、貴女が正しい。それは間違いなく。俺の言い分なんて全てが破茶滅茶だ。常識なんてちっとも知らない夢見がちな馬鹿の言い分だよ」

ただ、誰もに無理だと笑われて。

愚かだと嘲られて。

それでもと努力を重ねて、夢見がちな馬鹿を貫いて、あと一歩のところまで手を伸ばしてみせた男の生涯を俺は見てしまったのだ。

だったら――――突き進もうとする理由は、これで十分じゃないか。

〝心読《ドクトウス》〟を使って俺の心を読んでいるであろうゼノアに晒すように、あえて、心の中で言葉を唱える。

「でも、だからこそ、目指す事に意味があるんだ。誰も成そうともしない馬鹿げた事を目指すから、本気になれるんだよ……！　全てを捧げたいと思えるんだよ!!」

ゼノアの心遣いは心の底から有難いと思う。

気遣うその心は、まさしく民を守る騎士のあるべき姿だ。称賛されて然るべきものだ。

責任を重んじるそのあり方も素晴らしい。

だけど、その気遣いに俺は甘えてる場合じゃないんだ。足を止めてる場合じゃないんだ。

全ては――――星を斬らんが為に。

だから。

「……だったら尚更、引くべき時は弁《わきま》えるべきです……ッ!!!」

だから、だから。

「貴方一人が加わったところで、骸《むくろ》が一つ増えるだけです。それならばまだいい、子供が目の前で死ねば、それだけで動揺が伝わる。そうなれば――――」

だから。だから。だから。

「……ッ、人は、誰しも限界があります!! 勇敢と無謀は違う!!! 今の貴方では、オリヴァーどころか、私にすら――――!!!!」

だから、だからだからだからだからだからだからだから――――。

……人の言う常識ってやつを、無理矢理ぶち壊すしかないんだよ。自分というこの身をベットして、死線に身を委ねながら命懸けの賭け《戦い》事を行うしかないんだ。

そうして漸く、壁という名の限界が超えられる。

「…………、これで、終わらせます……ッ!!」

言葉による説得は不可能。

歴然とした実力差を見せた上で、納得させる。

それも、不可能。

だったら、残された選択肢は本当の力尽くのみ。

程なく、先程俺が取った間合いが、一息のうちにゼロへと詰められる。

でも、それはもう飽きる程見た。

目で追って、アホな程傷を付けられた。

だから、どう対処すれば良いのかは、よく分かる。

「────」

迫るように振り上げられた剣を払うように、負けじと俺も合わせて振るう。

しかし、その一撃だけで終わらない事は当然の如く知っている。

次いで、目で追えるギリギリの速さで到来する二撃目を返す刃で処理。そのまま三撃目、四撃目と凌《しの》いでいく。

行われる攻防を前に、埒があかないと判断をしてか。距離を取るようにゼノアは真後ろへと大きく跳躍。

その様を目にした俺は、あんたならそう来るよなと、これまでのやり取りのお陰で彼女の次の行動はそれとなく分かっていた。

故に、すぅ、と空気を肺に取り込みながらゼノアの下へと突っ込む。

〝纏い〟でもないただの接近だ。

これで相手の虚を突けるなどとは、微塵も思うはずがない。

「……短期決戦、ですか……!!」

その通りではあった。

身体の疲れからして、十全に剣を振るえるであろう時間の限界は刻一刻と迫ってる事は分かってた。

……でも、そうじゃない。

言葉に出来ない不思議な感覚だけど、今なら使える気がしたんだ。

高速を極めた移動技術――〝纏い〟を。

そして次の瞬間、俺の足に羽でも生えたかと錯覚してしまう程に、身体が軽くなった。

「…………ッ」

その奇妙な感覚に、驚愕したのは他でもないゼノア・アルメリダ。

一息で詰められる距離にいなかった彼女の顔が、いつの間にか、俺のすぐ目の前にあった。

「……嗚呼、成る程。この感覚か」

ただ、散々それまでに痛めつけられていたからか。身体の感覚が敏感になっていたお陰で、いつもなら全く理解出来ないこの奇妙な感覚が、少しだけ理解出来る。

己の身体を巡る魔力を〝纏わせる〟行為の、コツってやつが、とてもよく。

……本当に稀にしか出来ないこの状態が実現出来てしまった理由の一端は、間違いなく目の前の女性、ゼノア・アルメリダにある。

彼女が執拗に〝纏い〟を使ってくれていなければ、多分、こんなに早く使えてはいなかっただろうし、何より、厳然たる実力差というものを知らしめる為にリレアの時とは異なって積極的に傷をつけられていた。

それが偶然とはいえ良い方向に働いたのだろう。

やがて、戦う理由はもうなくなった。

そう言わんばかりに剣を下ろした俺に倣《なら》うように、彼女は身体を硬直させた。

「……感謝するよ、ゼノアさん」

こうすれば、恐らくリューザスが〝纏い〟と呼んでいたものが使える。

若干、曖昧ではあったけれど、己にとってはそれなりに確かとも言える感覚を手にしながら俺は、驚愕に唇を震わせて手を止めていた彼女に向かって告げた。

「お陰で〝魔法使い狩り〟の奴に、この前のお返しが出来そうだ」

◇◇◇

〝纏い〟を俺の身体に叩き込んでくれたゼノア・アルメリダに礼を告げ、俺は〝魔法使い狩り〟の居場所をリューザスから聞くべく、一度騎士団の詰所へと戻ろうとした、のだが。

「……何かあった、のかな」

来た時とは一変してやけに、慌ただしかった。

そして程なく、何があったのかと周囲を見回す俺に声がかかった。

「おお、丁度いいとこにいた。その様子を見る限り、ちゃんと〝纏い〟を覚えやがったみたいだな」

リューザスであった。

口角をつり上げ、喜色を浮かべる。

ただ、表情の端々に焦燥感のような感情が散りばめられており、只事ではないナニカに見舞われた事は最早、確定といえた。

「……何かあったの？」

「ああ、まぁな。完全に不測の事態だ。飛ばした場所が飛ばした場所なんでもうちっとばかし時間に余裕があると思ってたんだが、〝魔法使い狩り〟の奴が暴れ出してやがった。居場所を教えるって約束を反故《ほご》にしちまう事は申し訳ねえし、〝纏い〟を覚えたばかりで悪ぃが、今からオレらは〝アルステッド〟の下に向かわなきゃならねえ」

「……アルステッド？」

本当に時間がないのだろう。

早口に、リューザスの口から言葉がまくし立てられる。

ただ、その発言の中に聞き慣れない人名を聞き取った俺は反射的にそう聞き返していた。

「アルステッドってのは、今回の〝魔法使い狩り〟による一件の首謀者だ。それと、〝魔法使い狩り〟の野郎は、さっき帰ってきた騎士団長が食い止めに向かってってから心配いらねえぞ」

確かな信頼をその騎士団長に置いているのだろう。〝魔法使い狩り〟に対して、一切の心配はいらねえと彼は本心から述べていた。

「……そっか」

「なぁに残念そうな顔してやがんだ」

「いや、俺は〝魔法使い狩り〟と戦いたかったからさ」

煮湯を飲まされたからという理由もある。

でもそれ以上に、強い敵に打ち勝ちたかった。

それこそ、まさにあの〝魔法使い狩り〟のような。

「……だったら、さっさと終わらせりゃ良いだけの話だ。アルステッドの野郎を手短に片付けて、〝魔法使い狩り〟を倒しに向かえば良い。とはいえ、アルステッドの野郎も相当エグいらしいけどな」

あの〝魔法使い狩り〟を操っていた人間である。ただ者でない事は言わずもがな。

下手をすれば、〝魔法使い狩り〟よりも余程厄介な人間である。

そう言わんばかりのリューザスの物言いに、つい、頬が緩んでしまう。

「あぁ、それでなんだがな。アルステッドの野郎を捜さなきゃなんねえんだが、坊主は心当たりねえか？　そいつ、今はアムセスっつー名前に変えて過ごしてるらしいんだが――」

◇◇◇

「……アムセスさんから、手紙を預かっていますよ。きっと今日の何処かしらのタイミングで、ユリウスくんが自分を訪ねてくるだろうから、そこで渡して欲しい、と」

リューザスにアムセスの居場所を尋ねられた俺は、すぐさま、彼のいた冒険者ギルドへと向かった。

しかし、捜していた姿は何処にも見当たらず、ギルド職員に居場所を尋ねると、俺宛に預かった手紙とやらを受け取る事になった。

「はぁん。こっちの行動は全て御見通しって事かよ。ったく、気に食わねえなあ」

一緒についてきてくれていたリューザスが不満げに漏らす言葉を耳にしながら、俺は渡された手紙の封をあける。

そこには一枚の紙が入っていた。

「で、なんて書いてんだ？」

ずいっと、手紙の内容を覗き込んでくるリューザスに、中身を見せながら、

「西にある灯台で待ってる、だってさ」

「……西の灯台。あぁ、あそこか。ここからさほど離れちゃいねえ。急げば三十分もありゃ着く程度の距離だ」

ここで、リューザスが持ち前の魔法――――転移を使うと言い出さない理由はおそらく、今は下手に力を浪費したくないが故なのだろう。

「……待って。もう一枚手紙入ってた」

すぐにでも向かおうと、冒険者ギルドを後にしようとするリューザスであったが、もう一枚手紙が入っていた事に気づいた俺は慌てて彼を制止する。

しかし。

「………」

「ぅん？　なんて書いてたんだよ」

その内容が、予想の斜め上をいくものであったが故に、即座にリューザスに伝えるという行為を忘れてしまった。

「……この国と、『星斬り』についての関係を教えてあげよう、だぁ？」

硬直してしまっていた俺に代わって、再び覗き込んできたリューザスがその内容を声に出して読む。

「そもそも、『星斬り』ってなんなんだ……って、あぁ、『星斬り』っていやあ、坊主が目指してるもんだっけか」

俺が『星斬り』を目指している事については、一切隠していない。

誰がそれを知っていたところで不都合はないし、己が『星斬り』を目指していると宣言する事で自分の退路を断ち、追い詰める事が出来る。

そう考えて、口癖のように言葉にするようにしている。

「……まぁね」

「なんか、うちの国と因縁でもあったのか？」

「さぁ？　どうだろ」

かつて見た記憶を、どうにか掘り起こす。

しかし、因縁だとか。

そういったものに心当たりは、ない。

「でも、まぁ、行ってみれば分かるんだろうね」

ただ、一つ、疑問が残る。

それは、何よりも根本的なもの。

「どうしてアムセスが、わざわざ俺にこんな事を教えようとしてくれるのか、もさ」

王都に着いて間もない頃からそうだったが、アムセスは基本的に、俺達に優しい人間であった。

ここで言う〝俺達〟は、ソフィアや、リレアを指す。

だからこそ、リューザスから〝魔法使い狩り〟を裏から操っていた、と言われてもイマイチ、現実味に欠けていた。

そして今度は、『星斬り』についてわざわざ教えてくれるらしい。

若干、親切を通り越している気がする。

「…………」

何気ない疑問。

しかし、呟きに近かった俺の言葉を拾ったリューザスは、小さく笑いながら答えてくれた。

「そりゃきっと、坊主が貴族じゃねえからだろ」

「貴族じゃないから?」

時間は掛けてられない。

だからか、歩きながらリューザスは言う。

「ああ。アルステッド……いや、アムセスって男は、貴族を憎んでる奴なんだわ。ただ、その反面、貴族以外には随分と優しい奴らしいぜ。特に、貴族と関わりのない魔法使いにはな」

言われて思い出す。

そういえば、〝魔法使い狩り〟と初めて出会ったあの時、俺は王都から出て行けと忠告を受けていた。

巻き込みたくないと、そう言わんばかりに。

そして、アムセスからは討伐に交ざる気はないかと何度か誘いを受けていた。

それはもしや、関係のない人間は可能な限り巻き込みたくないが故の行為であったのではという考えが頭の中に浮かび上がる。

ならば確かに、アムセスは優しい人間なのだろう。

「とはいえ、オレが言うべき言葉じゃあねえが、アムセスの根っこにある考えは正しいもんだと思うぜ。貴族の中にゃ、ロクでなしって呼ばれる連中はごまんといる。ぶっ殺してえって思う気持ちも分からなくもない。そんだけ、腐敗した貴族が横行し、横溢《おういつ》してるからな」

元とはいえ、国に仕えていた騎士団の人間。

だからこそ、全面否定でもするのかと思えば、紡がれた言葉は殆ど、アムセスの行為の肯定だった。

……そういえば、彼は国に失望し、騎士団を辞めた人間であったか。

しかしながら、今現在こうして、アムセスをどうにかしようとしている人間であるにもかかわらず、当たり前のように肯定するものだから、少しばかり驚いてしまう。

しかし、言葉にはまだ続きがあった。

「だが、選んだ方法が最悪だ」

アムセスが選んだ方法は、彼の思う腐った世界を変える為、その原因となった貴族を無差別に全て駆逐してしまうというもの。

だからこそ、リューザスは「最悪」と口にしたのだろう。

「そして、その為に他の人間の復讐心まで利用してやがる。そうせざるを得なかったといえばそれまでだが、それでもオレは、その方法が正しかったとは思わねえ。だからこそ、こうして止めようとしてるんだがな」

その言葉からは、信念のようなものが感じられた。罪悪感故に、一時は〝魔法使い狩り〟に殺される事を許容していたうちの一人とは思えないものだった。

「……まぁ、良い貴族もいるし、全てを殺すって考えは流石に俺もやり過ぎと思うがな」

リューザスが語った言葉に、俺は同調した。

思い返される、〝ミナウラ〟での一件。

魔物の討伐の為、名目上、兵士を求めて村にやってきたビエラ・アイルバーク。

彼女が、彼女なりにどうにかして多くの村を助けようとしていた事を俺は知っている。

心配性で、世話焼きでもあった姉のフィオレ・アイルバークの事も。

ゼノア・アルメリダも、そうだ。

だからこそ、貴族が全て悪いという考えに俺も同意する気はなかった。

しかしながら、

「でも、それだけ過激な考えを抱くに至った理由があるのなら、止める事は不可能だろうね」

たった一人の幼馴染みの為に、星を斬ると誓った剣士がいたように。

どんな出来事に見舞われても揺るがない確かな理由を手にしているのならば、止める手立てはないだろう。

それこそ、彼の心臓の鼓動を止めてしまわない限り。

「そいつぁ、ゼノアが坊主を止められなかったように、ってか？」

「そういう事」

面白そうにリューザスが言う。

確かにその通りだなって思って、俺も一緒になって笑った。

きっと彼女が本気で止めに来ていたならば、身体の端々に見受けられる裂傷は、この程度で済まなかった筈だ。

でも現実、俺の身体の傷は軽傷で済んでいる。俺がアムセスの下へと向かう事をリューザスが止めようとしない程度の傷だ。

「しかし、『星斬り』とやらの秘密たぁ、気になるねえ。坊主の目指す先ってのは、オレも少なからず興味がある。秘密って言うくれえだ。そう呼ばれていた奴が昔に一人はいたんだろ？　どんな奴だったんだよ」

西の灯台までは、まだ距離がある。

だから、それまでの時間潰しも兼ねての問い掛けなのだろう。

もしくは、アムセスの言う『星斬り』の秘密で俺がどう転ぶかを予測する為か。

とはいえ、語る事には何の躊躇いもない。

むしろ、語りたい。語り尽くしたい。

あの男がどれだけ、凄いのかを。

「世界で一番自己中で、義理堅くて、アホで、馬鹿で、無鉄砲で、友達は碌《ろく》にいなくて、」

「おいおいオイ!?　罵倒ばっかじゃねえか。本当に坊主はそんなもんに憧れて————」

仕方がないじゃないか。

本当に、彼はそんな奴だったのだから。

……でも。

「————それでもって、誰にも成せていなかった偉業を、たった一つの約束の為だけに本気で成し遂げようとした世紀の大剣豪。それが、『星斬り』」

「…………」

一見、馬鹿のようにも思える。

否、大多数の人間は馬鹿と言うのだろう。

ただ、俺は違った。それだけの話。

「最後のその部分が、最高に格好良く見えたんだよ、俺には」

「……いんや、訂正しよう。く、ハッ、ははははは!!!　いいな、いいじゃねえか。確かに、オレもそういう奴は嫌いじゃねえ」

初めに口にしてた罵倒っぽい部分は兎《と》も角《かく》な。

そう言って、リューザスは言葉を締めくくる。

「無鉄砲な馬鹿は嫌いだが、死に物狂いで何かを目指す奴は好ましい。よし、分かった。いざという時はオレが坊主だけは何があっても逃がしてやる。だから、安心して戦ってくれやがれ」

「いいよ、そういうのは。死んだ時は死んだ時。大人しく、鍛錬不足だったたって諦めるからさ」

「……はんッ、可愛げのねえやつ」

どうせ、話の最中にどうにかして、その話に結び付けるつもりだったのだろう。

なんて感想を、何故か抱いてしまう。

きっと、リューザスが向けてくる保護者染みた視線が原因なのだろう。

ゼノアといい、リューザスといい。

騎士団にいた奴は、お人好しが随分と多いらしい。

十二話

「――それは、もう数百年以上も昔の話。一人の革命家がいた。圧政を敷く暴虐な君主による治世から、どうにか無辜《むこ》の民を守ろうと立ち上がった革命家がいたんだ。それが、今の王家の先祖にあたる人物」

リューザスと共に西の灯台へと向かった先。

背を向けて地面に腰を下ろしていたアムセスが、こちらの存在に気付いてか。

語りかけるように、言葉を紡ぎ始める。

「そしてその革命家の思想、理念に共感を覚え、手を貸した大半の人間こそが、今の貴族達の先祖さ。ただ、『誰もが幸せに暮らせる世界を』なんて言葉で人を纏めていた筈の連中が、今ではコレだ。だったら、かつてのように、殺してでも変えていくべきだろう。そんな腐った治世に価値はないとかつてのように変えるべきだろう。そう考える僕は、間違ってるかな？」

そしてアムセスはゆっくりと立ち上がる。

待ちくたびれたよ。

そう言わんばかりに凝った体をほぐすような動作を数秒。

やがて、彼は俺の方へと向き直った。

「今のこの国が腐っている事は紛れもない事実さ。それは、実際に騎士団を抜けた君がよく知ってるはずだ、リューザス元副騎士団長」

「否定はしねえよ」

リューザスは、国を支える王家や貴族に愛想を尽かし、騎士団を抜けた人間。

今はこうして一緒になって事の対処に当たってはいるが、だからといって一度抱いたその感情が解消されたわけではない。

「だから、貴族を殺そうが殺すまいが、ぶっちゃけオレにゃどうでもいいんだ。もう、騎士団の人間でもねえしな」

騎士団に属していない以上、守る義務は発生しない。

「だが、そのてめえの自己満足にオリヴァーを巻き込みやがったその一点が、オレは許せねえってだけだ」

オリヴァーに殺されるのならば、仕方がない。

自分の死すらも、過去の罪悪感から受け入れていたリューザスにとって、そのオリヴァーを利用する行為は到底許せるものではなかったのだ。

「あいつの兄貴を守れなかった事はオレ達の罪だ。だから、オリヴァーへの罪滅ぼしってんなら、オレはそれが死であろうと受け入れる。そのつもりだった」

「なら、受け入れれば良かったじゃないか」

「ああ、そうだな。それが、紛れもないオリヴァーの本心ならば、そうしても良かったぜ？　ただ、それは違うだろうが？　アルステッド・ベルナバス」

リューザスが何気なく口にした人名。

それは恐らく、アムセスの名前なのだろう。

ただ何故か、理由は分からないけど引っ掛かりを覚えた。

共感も感銘も、本来ならば何も覚えるはずの無いただの言葉。

しかし、ベルナバスという言葉が俺の中にある記憶の片隅で煩わしく引っ掛かった。

「べるなばす」

そして、ひとりごちるように声に出し、考える。しかし、何処かで聞いた事があるような印象のみで、進展はない。

ただ、目の前に広がる現実は、悠長に俺を待ってはくれず、アムセスとリューザスの間で話は先へ先へと進んでゆく。

「本当にてめえがオリヴァーに手を貸したいだけだったのなら、じゃあコレはどう説明する気だよ？　ええ？　この、洗脳済みの魔法使い共は、よ」

指定された西の灯台には、一見するとアムセスしかいないようだ。

だが、リューザスがそう指摘した直後、〝認識阻害〟のような魔法で存在を隠していたのか。

数名もの冒険者らしき者達が姿をあらわす。

それは、アムセスが魔物を倒す為にと集めていた人達なのだろう。

ただ、その瞳はどこか虚ろで、とてもじゃないが彼らが正常な状態にあるとは思えなかった。

「……魔法使いを集めたのは、初めからこの為？」

一応、聞いてみる。

すると、アムセスは心外だと言わんばかりに普段と何一つ変わらない笑みを俺に向けてきた。

「さぁ？　それはどうだろうね」

そして、流し目でアムセスは虚ろに立ち尽くす数名の魔法使いを見遣る。

恐ろしく、底冷えた瞳を向けていた。

「この腐った貴族社会を変えられるとすれば、それは一体、どんな要素だろうか。今朝のこの話のこと、まだ覚えてるかい」

「……覚えてるよ」

俺はその問いに対して、純粋な力と答えた。

今朝の話だ。

流石にまだ覚えてる。

「そういえば、君に聞くだけ聞いて僕は答えてなかったよね」

だから、今教えてあげる。

そう言って、最終的に友人の話であると煙《けむ》に巻いていた筈の話題を何を思ってか、アムセスは持ち出した。

「百点満点の回答を教えてあげよう。それはね、大勢の犠牲だよ。犠牲こそが、変革を齎す核たる要素となり得る!!　それを除いて、他に道はない……ない、んだけどね、それを理解出来ない人達がいたんだよ。この期に及んで、ね」

それがコイツらなのだと言わんばかりに、虚ろに立ち尽くす数名の魔法使いを見詰めたのち、何もなかったかのように視線を俺に向けた。

「過激と思うかい？　でも、こうでもしないと何も変わらない。いや、違うな。何も変わらなかった、がここでは正解か」

すると、側にいたリューザスの顔があからさまに険しいものに変わる。

恐らくは、アムセスがそう言うに至った事情を知っていたのだろう。

「だから、本意ではなかったけれど、能力を使わせて貰ったんだ。ここで、邪魔をされるわけにはいかないからね」

予知系統、と聞いていたが、おそらくあれは嘘だったのだろう。

〝魔法使い狩り〟の存在から考えるに、アムセスの能力が、精神に作用する洗脳系統である事は間違いない。

「……で、てめえは一体何をする気なんだ？　今のこの貴族社会を変える為に、貴族をぶっ殺して、その後はかつての王家がそうであったように、今度はてめえ自身がさっきの言葉のように、革命家として王位に就くってか？　ベルナバスの末裔である、てめえ自身が」

そこで漸く、気に掛かっていたベルナバスという言葉に対する違和感が氷解する。

俺はかつて、八歳の誕生日を迎えたその日に、『星斬り』の男の生涯を見た。

その悉《ことごと》くが戦地だった。

映り込んだ記憶、その殆どに、闘争が付き纏っていた。きっと、争乱期だったのだろう。

戦争は度々起こっていたし、人死も今よりずっと馴染み深いものであった。

「そりゃ、少なからず許せねえわな。かつてこの国を作ったてめえの先祖を打ち倒し、民の幸せの為、革命を行った連中が、今ではその殆どが腐ってる、となりゃあな」

余裕めいた笑みを浮かべていたアムセスの表情が、若干歪んでいた。

不快であると言わんばかりに。

ただ、その変化を指摘するだけの余裕は、俺の頭の中に今は残されてなかった。

……そうだ。ベルナバスという名前が俺の頭の中で引っかかっていた理由は、かつて『星斬り』の男の記憶を目にした中で聞いていたから。

ただ、彼の側にいた剣士の男が、〝ベルナバス〟の名前を特に嫌っていた。

それもあって、『星斬り』の男含め、意図的にその言葉を口にする事は殆どなかった。

だから、すぐには思い出せなかった。

けど、もう思い出した。

ベルナバスとは、『星斬り』の男が生まれた国の名前。

そして、彼の側によくいた親友であった剣士の男。

確か彼の名前が、

「アウグレン・ベルナバス」

気付けば、口を衝《つ》いて言葉が出ていた。

俺のその発言に反応して、リューザスの問いに答えようとしていたアムセスは、それを中断してまで目を大きく見開いた。

「……驚いた。君はその名前を知ってるのか」

本当に、アムセスは驚いているようで、笑みを貼り付ける事すら忘れて言葉を紡ぐ。

だが、側にいたリューザスはその名に心当たりがなかったのか。

眉根を寄せていぶかしげな表情を浮かべていた。

「どこでその名前を知ったのか……って、問い質そうかと思ったけど、ぁあ、君はそうだった。『星斬り』に少なからず縁がある人間だったか」

なら、彼の事を知っていても不思議ではないかと言葉を締めくくる。

だが、それも刹那。

アムセスは何を思ってか、語り出す。

「アウグレン・ベルナバスは、ベルナバス王家がまだ存続していた頃に存在した王家の人間だよ。もっとも、彼は王家の人間でありながら、十の頃には既に、ベルナバスの名を捨てていたけどね」

知ってる。

その理由も、そして、名を捨てて何をしていたのかも、俺は見てきたから知っている。

「捨てた理由は至極単純なもので、単に、彼は腐敗したこの世が嫌いだったんだ。特に、その象徴である王家を嫌っていた。だから、ベルナバスの名前を真っ先に捨てた」

だからこそ、アウグレンは己がベルナバスと呼ばれる事を。そもそも、ベルナバスという言葉自体を嫌っていたのだ。

そして同時。

陳腐な感傷を覚えた。

『星斬り』の男が生きていた時代がどれだけ昔なのか。それは知らない。

でも、こうして今、『星斬り』を名乗ろうとしている俺と、かつて親友と認識されていた者の子孫が対面している。

奇妙な偶然もあったものだ。

素直に、そう思った。

「そして、彼自身は、王家を嫌いながらも、革命に賛同はしていなかった」

だからこそ、『星斬り』の男と彼は馬が合った。

――――そもそも、革命をしてどうなる。誰もが手を繋ぎ、綺麗な世界を作りましょうとほざくヤツを信じろと？　馬鹿らしい。

だからこそ、中途半端な治世によって苦しめられた過去を持つ『星斬り』の男のその一言に、アウグレンは同調していたのだ。

「何故ならば、その革命では、第二のベルナバスが生まれるだけだと分かっていたから。そして現実、そうなってしまった」

避けられない現実であるというように、アウグレンが危惧していた通りの未来に落ち着いてしまったとアムセスは言う。

「だから僕は、純粋な力こそがものを言う世界を作るべきだと思った。専制君主とは程遠い、力を持った魔法使いが支配する新しい世の中を」

そして、この手を取れと言わんばかりにアムセスは右の手を差し伸べてくる。

今の貴族や王家を滅ぼした後、魔法使いが上に立つ世界を作るのだと彼は言う。

「無理だと思うかい？　いいや、これは可能だ。少なくない犠牲を必要とするけれど、これは可能だ」

そう言い切った瞬間。

どこか遠くから、思わず振り向いてしまう程の爆発の音が聞こえてくる。

遅れて、ずずず、と心なし地面が揺れた。

「……て、めえ」

それが目の前の人物、アムセスによる仕業であると断定したリューザスが睨《ね》め付ける。

しかし、当の本人はどこ吹く風と笑うだけ。

おかしな事は何も起こっていないと笑うだけ。

故に一切、彼はその怒りの言葉に取り合おうとしない。

「それに、なぁユリウスくん。君が本当にあの『星斬り』の後継者であるならば、僕とは別の理由で、今の王家を見逃す事は出来ない筈だ」

……そして、手紙に書かれていた『星斬り』とこの国の関係性へと話が繋がってゆくのだろう。

「この、『星斬り』という名を徹底的に消した今の王家の事はさ」

なぜ。

そんな疑問が一瞬浮かび上がる。

しかし、だとしても関係はないかと結論を出す。

「かつて『星斬り』の男は、革命家であった今の王家の先祖の邪魔をしていたらしいからね」

革命。邪魔。

その二つの単語のお陰で、ある光景が思い起こされる。

それならば、一つ心当たりがあった。

己の剣の技量を磨く。

ただそれだけの理由で、軍勢を敵に回していたあの光景の事は、よく覚えていた。

アウグレン・ベルナバスが、こいつ馬鹿だ。

なんて言って大笑いをしていた記憶までもが蘇る。

「まぁだからこそ、名は勿論の事、その存在ごと消されたらしいんだけども」

星を斬る。

その目的を果たす為といって、名を消されるくらいの恨みは多く買っていた記憶しかない。

だから、名を消されたと聞いても納得しかない。

とはいえ、多くの人間に恨まれてる以上に、無愛想ながら、彼は多くの人間に慕われてもいた。

それが、俺が剣を振るときに何かしらの理由を求めようと思うキッカケ。

『星斬り』の男が喧嘩を売る理由は、誰かを守る為だとか。受けた恩に報いる為だとか。

一見すると自己中なだけに見えるのに、実際はそんなもので溢れていた。

だから尚のこと、彼の存在に憧れた。

「————恨む気持ちはないかい？　君の目指す先である『星斬り』の男は、今の王家によって存在ごと抹消された。その存在を知っている人間は最早少数だ」

囁《ささや》くような声だった。

ただ、大声で叫んでいるような様子はないのに、その声は俺の頭の中で強く響く。

少し、奇妙な感覚だった。

「あれほど鮮烈な功績を残した人間は、過去を千年遡っても片手で事足りる程だろうさ」

それは間違いなく、そうだと思う。

憧れによる俺の中でだけの上方修正はあるだろうけど、それでも、あの技量は突出していた。

「おい、坊主」

何故か、側でリューザスが俺を呼んでいた。

理由はわからない。

わからないけど、どうしてか。

向けてくる表情は焦っているように見えた。

続け様になにか言って来てたけど、アムセスの声によってリューザスの声はいとも容易く掻き消える。

俺との距離は、アムセスよりリューザスの方がずっと近いというのに。

「にもかかわらず、その存在は消された。理由はただ一つ、不都合な存在であったから」

知っている。

「一度泥を塗るに飽き足らず、彼は色々とやっていたからね。その存在は、邪魔と言う他なかっただろう」

最終的に、『星斬り』の男は隻腕となっていた。

ベルナバスの血を継いでいた友人の為に、彼は片腕を捨てた。

ぶっきらぼうで、愛想もあまりなくて。

だけどそんな彼は、唯一親友と呼べる相手の為、星を斬るという夢を持ちながらも、腕を躊躇いなく捨てるような情に溢れた人だった。

――――だからこそ、その名を消されているこの現実は、尚のこと許せないじゃないか。

「…………」

声には出していない筈。

しかし何故か、頭の中で考えていた事に肯定の言葉をアムセスが投げ掛けてくる。

それは、甘露のように甘い誘惑染みたものであった。思わず身を委ねてしまいたくなるほどに、心地の好い言葉。

……でも。だけど。

「彼がこの時代に生きていたなら、きっとこう言ったと思う」

その先の言葉を待ちわびるアムセスに向けて、

「そんなものは、どうでもいいってね」

俺は言葉を吐き捨てる。

直後、俺の周りを覆っていた暗い紗《しゃ》のようなものが取り払われたような感覚に見舞われた。

側にいるのに、何故かその存在が遠く感じられたリューザスのことも、普段通りに感じられる。

頭の中に響いていたアムセスの言葉も、もう遠い。

やはり、先程までのアレは奇妙な感覚だった。

「あの人は、多くの人間に認められる為に剣を振っていたわけじゃないから。もし彼が本当に星を斬った事実があって、それを消されているのなら、彼は怒ったと思う。でも、きっとあの人はそれ以外の事実には然程《さほど》頓着しないと思うよ」

きっと、それで？

の一言で終わらすんだろうなって容易に想像が出来てしまう。

彼は、そういう人だったから。

「……ハ、やっぱり、〝精神操作《インペリウム》〟は君には効かないか」

〝精神操作《インペリウム》〟。

それが、アムセスの魔法の名前なのだろう。

ただ、自嘲染みたその発言は、そもそも効かないと分かっていたような口振りであった。

「とはいえ、何故分からない……!?　このままでは国の腐敗が進むだけだと何故分からない？」

正直なところ、俺は貴族についてはよく知らない。だから、バカでも分かるような事くらいしか分からない。

「……いや、正直なところ、俺はアムセスさんの考えは悪くないと思ってるよ」

貴族が腐っている。

その話は至るところで耳にする。

だから、その貴族を排除しようとする考え自体はきっと間違っていないのだろう。

しかしだ。

「ただ、それが本当に叶うならばの話だけど」

「……どういうことかな」

思い起こされる『星斬り』の言葉。

――――国とは狡賢い生き物だ。その出来事《反乱》をアイツらは嬉々として利用し、更なる圧政を敷く。

そのせいで無法者は更に溢れ、弱者には悪意に呑まれて死ぬ未来しか待っていない。

「それが確実に成せるという保証は？　中途半端に行って、中途半端で終わったら。……魔法使いにとって、生き辛い世界になると思う」

俺みたいに勝手気ままに生きるというならば問題はない。

たとえ、魔法使いにとって生き辛い未来が訪れようと、大した被害はないから。

ただ、そうなった時。

治癒魔法の素養を持った幼馴染み――――ソフィアのような人間はどうなる？　と考えて。

「それこそ、無法者が今より溢れ、弱者には悪意に呑まれて死ぬ未来しか待っていない。そんな世界に。だから、今はまだ、否定させて貰うだけ」

アムセスは、黙々と己が恨む貴族を殺し続ければ良かったのだ。

きっと、それが続けば悪事を働く貴族が殺されるという噂が広まり、ある程度の抑止力になったことだろう。

でも、それはしなかった。

アムセスは、それを何故かしなかった。

「……あくまで、僕の考えを否定するというなら、殺さなくちゃいけなくなるんだけど」

かつて俺はアムセスに告げた。

この世界を変える為には、純粋な力が必要不可欠であると。

だから、我を通す為に力尽くで障害を退ける。

その行為は正しいと思う。

「勿論否定する。そもそも、魔法使いが支配する新しい世界、なんて言われても、その魔法使いを魔法で操ってる人が口にするそんな世界を、馬鹿正直に信じられるわけもないしね」

そして俺は、向けられる殺意に応えるように、小さく〝刀剣創造《クリエイト》〟と呟き、剣を右の手に収まるように創造した。

十三話

「……後悔する事になるよ。たとえここで僕を止められたとしても、あの時、素直に僕の手を取っておけば良かったって」

「その時は、俺が今のあんたの立場に立つだけだよ。一人で国相手に大立ち回りでもしてやるさ」

「ふ、ふはっ、あはははははは!!! 成る程、君はそういう考えなのか。しかし、理性的なのか、馬鹿なのか、はっきりして欲しいものだねえ。でも、そういう考えは嫌いじゃない。ただ、今は相《あい》容《い》れないってだけで」

――でもだから、尚の事、残念で仕方がないよ。君を、殺さなくちゃいけなくなった事が。

そう言って、何処からともなく、アムセスは得物を取り出す。

銀に輝く剣身を持った一対の短剣。

泰然としたその立ち姿に隙はなく、〝魔法使い狩り〟の男に勝るとも劣らない実力者であると俺の勘が告げていた。

周囲には複数人の魔法使い。

対してこちらは、二人だけ。

とはいえ、不利な状況なんて今更だ。

俺からすれば、いつだってそんな状況であった。故に、関係はあまりない。

そんな感想を抱き、柄を握り締める手に力を込めると同時、

「———あのさあ。私達も下手人を探してたんだし、見つかったなら見つかったで、報告の一つでもしに来てくれてもバチは当たらないと思うわよ？」

呆れの感情に塗《まみ》れた声が俺の鼓膜を揺らす。

遠間《とおあい》から聞こえてくる声。

それは、リレアのものであった。

そして、その側には先の爆音のせいだろうか。

忙しなく周囲に視線を向けるソフィアまでいた。

「なんでここにいるんだ？　みたいな顔してるわねえ。でも仕方ないじゃない？　君がこうして一人で先走るわけだし。だから、つけさせて貰ってたのよ。ソフィアちゃんも、君を放っておけないっていうしね」

リレアの言葉には一理あった。

俺の性格や、世話焼きなソフィアの性格。

それらを踏まえて考えると、ここにリレアがいる事にそこまで疑問は覚えない。

だから、不自然な点があるとすれば一つだけ。

俺は兎も角、側にはリューザスまでいた。

果たしてリレアは、ソフィアと共に行動しながら、俺とリューザスの両者に今の今まで気付かれず、どうやって後をつけていたのだろうか。

「……つけていた、だあ？」

リューザスも、俺と同じ場所に引っ掛かりを覚えたのか。眉根を寄せながら、不信感の滲んだ声音で呟く。

「そういう〝魔法〟なのよ。私のはね」

リレアの魔法を、俺は知らない。

だけど、魔法という存在は、〝あり得ない〟行為を〝可能〟とするもの。

故に、そう言われては、納得する他なかった。

他でもない同じ魔法使いである俺と、リューザスだからこそ。

「後をつけていた事に対しての謝罪はしないわよ？　だってユリウスくんが悪いのだから。それに、ソフィアちゃん相手に無責任すぎなのよ」

そして、何故か責められる。

側にいたソフィアも、その言葉に同調するようにお世辞にも機嫌の良いとは言えない表情を浮かべていた。

「君の考えは一応、私は分かる。剣士が自己中な生き物である事も含めて一応、ね。ただ、これは私の口から本来言うつもりはなかった事なのだけれど、君はソフィアちゃんが治癒の魔法を学んでいた理由を知ってる？」

「……それは、ソフィアに才能があって、それを伸ばしたかったからで、」

俺より先にリレア達と共にソフィアが村を出た理由も、恐らくそれ。

そう思って言葉を返すと、殊更《ことさら》に呆れられた。

「その理由は、」

「ちょっ!? リレアさん!?」

無遠慮に理由を並べ立てようとするリレアを、ソフィアが何故か止めようとするも、リレアの口が閉じられる事はなく。

「危なっかしい幼馴染みを放ってはおけなかったから。ついでに言うと、大怪我をしてまで自分を助けてくれた馬鹿な幼馴染みの助けになりたかったから、なんだって」

「…………」

思わず、閉口してしまう。

「ユリウスくんが、誰かに憧れて、その誰かを目指してる事はよく知ってるわ。なにせ私、剣の稽古に付き合ってたもの」

剣士とは、剣で語る生き物だ。

故に、剣を交えれば大概、それとなく分かってしまう。

たとえそれが、一切口に出していない事であれ。

「ただ、失いたくない人の事はちゃんと気に掛けてあげないと。君は知らないだろうけど、そこの首謀者、君がいない時に私達の下を訪ねてきてたわよ?」

「…………」

目の前に夢中になるあまり、そこまで気が回っていなかったと心の中で歯嚙みする。

俺にとってソフィアは失いたくはない人。

その自覚は、あの時のオーガとのやり取りで自覚していた筈であったのに。

巻き込まなければそれでいい。

だから、俺一人が先行する分には問題ないとばかり思い込んでいた。

「前が見えなくなる事は分かるし、生き急ぐ理由もよく分かるけど、ちょっと感心しないわねえ。

あ、これ、人生の先輩からの有難い忠告だから」

手を伸ばし続ける事で摑み取れるものは〝いつか〟という可能性が存在し続けている。

でも、手から一度こぼれ落ちたものは、もう二度と元には戻らないものよ。

何気ない様子でリレアはそう言うけれど、その言葉には筆舌に尽くし難い重みのようなものが不思議と感じられた。

「……珍しく饒舌だね。普段、過去を一切語りたがらない貴女らしくもない」

「進んで語ろうとは思わないけど、別に隠そうとも思ってないもの。それに、魔法の効果がバレてしまえばもう隠す意味はないじゃない？」

この世界では、発現する魔法は基本的に、その使用者が強く願った事に関するものである。

たとえば死者の蘇生を願い続けたものであれば、それに準ずる魔法の能力となる感じに。

だから、人生の分岐点とも言える瞬間に魔法が発現する人が多いのもそれが理由。

故に、各々の魔法の能力さえ分かれば、その人にどんな過去があったのか。

大体の予想がついてしまう。

勿論、偶然という可能性も無きにしも非《あら》ずであるが、その可能性は極めて低いものであった。

「……で、貴女まで僕の邪魔をするのか」

「一応これでも私、王都の冒険者なのよ。人並みに繋がりはあるし、君に好き勝手やられると困るのよねえ。あぁ、勿論、そろそろ暴れたかったからとか、そんな理由もあるわよ？」

あっけらかんとした様子で言い放つ。

迷惑極まりない理由に、若干顔を顰めるアムセスであったが、説得の余地はないと判断してか、閉口。

「ただまぁ、静観するにせよ、私やソフィアちゃんに魔法を『使おうと』した時点で、それはナイわね」

その時点で、お前が笑顔になる選択を私が取るわけないいじゃない？　とリレアは告げた。

「……なぁ、坊主。それで、そこの嬢ちゃんと、おっかなさそうな子は味方って認識で良いのかね？」

「ソフィアもリレアも味方だよ。それは、信用してくれていい」

「そうかい」

物言いからして察せられただろうが、一応、という事なのか。

リューザスから向けられたその問いに、俺は返事をする。おっかなさそうな子、とは恐らくリレアの事だろう。

そんな事を思った直後。

「────」

一対の短剣を手にしていたアムセスの姿が突如として掻き消える。

次いで、接地の音と共に、遠くから近くへと大きくなって聞こえて来る風を切る音を耳にしながら、反射的に俺は創り出した剣を盾のように扱い、前面に出す。

直後、確かな感触が剣越しに腕を伝い、火花が辺りを照らした。

「ユリウスっ!?」

突然の変化にソフィアが声を上げるも、それに反応するより先に肉薄したアムセスの声がやって来る。

「……やるね」

カタカタ、震える得物同士。

鍔迫り合いの最中、称賛の言葉が向けられた。

「確かに、君の考えは間違ってない。気に食わなくなったら潰す。ああ、そうだね。その考えは実に正しいと思う。だけど、総じて、国が気に食わなくなった時には、致命的な何かを既に失った後だと相場は決まってる。丁度、僕や君の憧れの人のようにね」

先程から思っていたが、アムセスはやけに『星斬り』の男に詳しかった。

……いや、それは兎も角。

「……アムセスさん」

ただ一つ、釈然としない疑問があった。

「うん？」

「なんであんたは、ここに俺を呼んだんだ」

程なく動き始める数名の魔法使い達。

アムセスに操られているであろう彼らの対処に、リレアとリューザスが向かう。

「邪魔をされたくないんだったら、そもそもこんな場所に、俺を呼ぶ必要は何処にもなかっただろ」

「いいや。それがあったんだよ。あったから呼んだ。それが約束だったからね」

「約束？」

「これ以上、〝魔法使い狩り〟の邪魔を君にさせるわけにはいかなかったって事さ」

力任せに振るう剣を受け流し、アムセスは後方へと飛び退いた。

……確かに、アムセスのコレがなければ、俺は〝魔法使い狩り〟の下へと今頃、向かっていた事だろう。

「〝魔法使い狩り〟には、あの面倒臭い貴族に媚《こ》びへつらう騎士団長をちゃんと始末して貰わなきゃいけないからね」

「……騎士団長が帰って来た事はてめえらにも伝わってると思ったが、そういう事かよ……!!」

故に、邪魔をしそうな筆頭候補をはじめから違う場所へと誘導してしまえばいい。

それが、アムセスの考えだったのだろう。

だから、俺はここへ呼ばれたと。

「君達は生ぬるすぎるんだ。全てにおいて、生ぬるい。悪徳貴族は罠にでも嵌めて罰すればいい。けれど君達は妨害をする程度で、それ以上は何もしなかった。なぁ、その結果どうなった!?」

声高にアムセスは言う。

「罪からどうにかして逃れ、言い訳を重ね、そして、何もなかったかのようにまた悪事を働く。その繰り返しだっただろう!? ほらみろ、僕の考えの方が正しかっただろう。犠牲なくしては何も変わらない」

俺の知らない情報が錯綜する。

「君達が邪魔をするに留めていた連中を僕が始末したから、あいつらは表立って行動は出来なくなった! ……そうだろう? とはいえ、子飼いだった貴族を軒並み始末しちゃった事で親であるガヴェリア侯爵家の連中が荒れに荒れてたけどね」

〝魔法使い狩り〟と戦闘になったあの夜。

リューザスから告げられていたガヴェリア侯爵家には気をつけろという言葉を思い出す。

元騎士団の人達に悪事の邪魔をされた子飼いの貴族達が、次々と殺されていく。

まず間違いなくガヴェリア侯爵家の人間は怒り狂っていた事だろう。

ならば確かに、今回の一件、〝魔法使い狩り〟がアムセスによるものでなく、ガヴェリア侯爵家によるものとリューザスが勘違いしていた理由もよく分かる。

「貴族連中《あいつら》は、己の地位が誰にも侵されないと信じて疑ってない。だから、好き勝手が出来てしまう。故に、これを変えるには犠牲が必要なんだ。目を背けようにも背けられない多大な犠牲がね」

未来の、万の人を救うことに繋がる。

ならば、今の百の人を犠牲にしたところで安い犠牲だろう？

「なぁ、ユリウスくん。君は言ったな？　騎士団がいなくなると困ると。違うよ。それは違う。この現状が持続している原因はその騎士団にもあるんだよ。だから僕は、その犠牲に騎士団の連中を選ぶ事に何の躊躇いも抱かなかった！」

感情に任せてまくし立てる。

歯止めがきかないのか。

目を血走らせながら、普段の冷静さをどこかに捨て置き、ひたすらにアムセスは語る。

「いいかい、ユリウスくん。この国の貴族の大半は腐っている。そして、騎士団とはその腐った汚物から形だけ民を守っている役立たずの緩和剤だ。なあ、この仕組みは本当に必要か？　いざとなれば保身に走り、民を当たり前のように見捨て、殺し、犠牲とする事を許容し、その悲劇を『命には優劣がある』と言って笑うようなクソ共に本当に価値があると!?　ないね。ないよ。ないんだよ。だから。だから僕は、」

「————だから、己の家族を助けられたかもしれなかったにもかかわらず、尊い犠牲であったと切り捨てた貴族への復讐を、真っ当に見える理由を盾にして今も続けているんですか。アルステッド・ベルナバスさん」

新しい声がアムセスの言葉に割り込んだ。

それは少し前まですぐ側で耳にしていた声。

「…………。随分と、狙ったようなタイミングで来るんだねえ？　現副騎士団長、ゼノア・アルメリダ？」

ゼノア・アルメリダの声であった。

「投降して下さい」

「仮に僕が投降したとして。それで、貴族が一人残らず自決してくれるというなら喜んで投降しよう。だが、そうでないなら応じるつもりはないよ」

決定的な拒絶をアムセスが突き付ける。

そこに妥協はなく、意見が揺らぐ余地は何処にも見当たらない。

「というより、僕がその申し出を何故受けると思った？　騎士団長サマが帰還したから？　騒ぎを聞きつけた子飼いの魔法使いが程なく駆け付けるから？　あぁ、確かに。王都にて集めた魔法使い達と、〝魔法使い狩り〟だけが僕の戦力だったならば、それは確かに勝ち目のない戦いだったかもしれない」

しかし、それは違うアムセスは言う。

もし、本気でそう思ってるならば、その頭はおめでたいと言う他ないと。

アムセスは以前、何かを変える為には純粋な力が必要という俺の答えを当然のように肯定した。

純粋な力と、多大な犠牲。

それが必要であると。

そんな彼が果たして、王都で集められる程度の戦力で本当に何もかもを変えられると考えるだろうか。

――――答えは、否。

「けど、忘れないで欲しいな。僕の能力は、〝精神操作《インペリウム》〟だ。それこそ、作ろうと思えば〝軍隊〟だって作り上げられる」

直後、地響きが届く。

明確なまでに地面は揺らぎ、馬の嘶《いなな》きのような声が彼方此方で聞こえてくる。

「〝認識阻害〟」

それは誰の声だったか。

場に居合わせたうちの一人がポツリと呟く。

「……混乱を作るために、洗脳済みの魔物共を〝認識阻害〟で隠してやがったのか」

聞こえてくる鳴き声。

その全てが、随分と遠く思えるものであった。

だが、その中に翼を持った魔物もおり、頭上に広がる空にそのシルエットが次々と現れてゆく。

「い、や……というより、てめえ、この王都全てを潰す気か……ッ!?」

その数、数百は下らない。

圧倒的な声量。気配。

それが、王都そのものを壊し、呑み込めると判断をし、悲鳴に近い怒号を漏らした。

「言ったじゃないか。何かを変えるには、犠牲が必要であると。だから、これでも巻き込みたくない人にはちゃんと言ってたんだよ？　王都から出て行けとね」

かつて〝魔法使い狩り〟から投げかけられたあの言葉は、〝魔法使い狩り〟の餌食となるから。という理由ではなく、単に王都を滅ぼすつもりだから出て行けという意味合いであったらしい。

「あの貴族共が目を逸らせなくなる程の犠牲だ。だったら、街一つ。それも、王都レベルじゃなければ意味がない」

街一つ滅ぼして漸く、犠牲と呼べる。

それで漸く、こちらの本気度が腐った貴族共に伝わるのだとアムセスは言い放つ。

「……あんた、ここで死ぬ気か」

〝精神操作《インペリウム》〟と呼んでいた魔法を一気に行使したからだろう。

その代償であると言うように、アムセスの身体には目に見える異変が次々に現れ、ありありと俺の視界にまで映り込む。

揺るぎない覚悟を湛える瞳から、赤色の雫が頰を伝って滴り落ちる。

「そうとも言えるし、そうでないとも言える。ただ、それに近い覚悟は持ってると思ってくれていいよ。その為の、六年だったしね」

こうして貴族を滅ぼす為に、六年の歳月を掛けたのだとアムセスは言う。

全てはこの瞬間の為。

だとすれば、この自分の身を滅ぼすような行動にも幾分か納得がいく。

豺狼《さいろう》のごとく鈍い光を放つ瞳は、不退転の覚悟を示しているようにしか見えない。

「それに、僕から見れば、ユリウスくんも大して変わらないように見えるけどね。既にもう、ボロボロじゃん」

幽鬼を思わせる顔色になりながらも、傷があちこちに見え隠れする俺自身の身体をアムセスが指摘。

そんなコンディションで、これらを相手に出来るのかい。

嘲笑うように、彼は告げる。

事実、際限などないと思わせる物量で魔物の気配は濃く、大きくなってゆく。

国でも滅ぼす気だったのか。

つい、そんな感想を抱いてしまう程の大群であった。

「……万全の状態じゃなきゃ戦えない。そんな言い訳を漏らしたら笑われるだろ。冗談キツイって抱腹絶倒だ。何より、傷を負うだけの価値はあった」

——故に、同情される覚えはない。

後方で顔を顰めるゼノアを尻目に見ながら、俺は言う。

「まぁ、確かに。怪我を言い訳にするのは三流だね。たとえどんな状況下でも。どんな不測の事態に見舞われようと、そこで結果を出すのが一流」

故に受け入れよう。

故に纏めて潰そう。

それが出来るだけの準備を、僕はしてきたから。

「ただ、一つ、聞かせてくれよ」

魔物の鳴き声。羽ばたく音。足音。

生理的嫌悪を催す様々な音が耳朶を掠める中、普段通りの調子でアムセスが問うてくる。

「僕は、君のような人間を救おうとしてるんだぞ？　それは、理解してるのかい？」

「救おう、だぁ？」

「悪いが、貴族の犬には聞いてない。僕は、そこのユリウスくんに聞いてるんだ」

封殺。

理解に苦しむ言葉に、反射的に反応するリューザスであったが、続く言葉をアムセスは紡がせない。

威嚇するように、頭上に浮かぶ魔物の一体が、怒りを表すように炎を纏ったブレスを吐き散らかす。

それが警告なのだと知り、リューザスは奥歯を噛み締めながら、鋭い舌打ちを漏らした。

「確かに、恨みはある。憎しみもある。殺意も、憤怒も、負の感情は全て僕の中にある。だけどこれでも、第二の僕を出したくないという想いだってあるんだよ」

これが自己中心的な行動である事を、否定はしない。それでも、未来を憂いての行動でもあるのだと彼は言う。

同じ過ちを繰り返させるわけにはいかないと。

「うん。そうなんだろうね」

そこに嘘はないと思った。

何より、貴族に対して激情するアムセスの反応は、演技にしては熱が籠りすぎている。

きっと、事実なのだろう。

だから俺は、至極当然であるように肯定する。

「確かに、理念としては正しいのだと思う。俺の掲げている考えより、それは比較するまでもなく立派なものだと思う」

その真偽。腹の内は、兎も角。

――――強くなりたい。

その一つの理由の為に、全てを犠牲にしようとしている俺よりはずっと。

「だけど、俺は誰かに救って欲しいと願った覚えはないし、あんたを信用する理由だって生憎《あいにく》持ち合わせてない。俺は、ゼノアさんのような魔法を持ってるわけじゃないしね」

待ち合わせの魔法はただ一つ。

星を斬り裂く為に必要不可欠である得物、ただ一つ。

気に食わない光景は、全て斬り裂いてでも前へ進めと言わんばかりの魔法が一つ。

そして俺は、手にする剣の切っ先をアムセスに向けた。

「……なんで分からない？」

不思議だった。

どれだけ言葉を重ねても、説得に応じない事は最早明白だろうに、それでもこれが最後といって、説得にどうにか応じさせようとするアムセスの意図が。

そして、彼が顔を顰める理由が。

犠牲を是とするアムセスならば、斬り殺して前へ進む行為こそが何よりも正しいと既に是認しているだろうに。

「その先には、踏み躙《にじ》られる未来しか待ち受けていないというのに……!! 現に、君のような立場だった僕は、こうして苦しんだ」

理解する。

彼が俺をこうも幾度となく諭す理由は、俺の立場に親近感があったからであると。

葛藤が滲み出すその叫びは、まさしく心が張り上げる絶叫にも思えた。

そして、理解し合えないならば、殺す他ないと怒る瞳が俺に告げてくる。

「でも、それはアムセスさんの話だろ。間違っても、俺はそうはならない。そうなる予定はないよ。あんたと俺とでは、生きる理由が違うから」

だから俺は、その怒りに対する答えを口にする。

「もし俺が、その立場に見舞われたならば、全てを敵に回してでも斬り殺す。たとえそれが、貴族であれ、なんであれ」

そこに例外はない。

だからこそ、聞かずにはいられない。

「誰もが高潔である必要はないと思う。話し合いで済めば一番良いんだろうけど、何かを変える為には、必要ならば殺す事もあると思う。怒りに身を任せることもあると思う。きっと、アムセスさんのその行動も、間違ってないのだと思う」

肯定する。

かつての追体験によって培われたこの時代にそぐわない独特の価値観でもって、肯定する。

年齢に合っていないからか。

過激過ぎたからか。

側にいたリューザス達が驚いていたが、関係ない。

「ただ、否定はしないけど、同調もしない。というか、気付いているの？　アムセスさん。そもそもあんたのその行為、あんたが忌み嫌う貴族と何が違うんだ？」

「――――ッ。君、に、何が分かる？」

息を呑む音が響いた。

転瞬、般若《はんにゃ》を思わせる表情が向けられる。

「何も。でも、少なくとも、理不尽に何かを奪われる事が許せないのなら、必要犠牲は貴族だけにしておくべきだったと思う。素直に、暗殺を敢行してれば良かった。静かに、気に食わない貴族だけを殺し回っていればよかった」

それが一番正しい答え。

じゃあ、それをしなかった理由とは？

自分は理不尽に奪われたのに、奪われていない人間がいる事。その者達が幸せである事実に対する怒り？

王都という場所を盾に取らなければ倒せない強敵がいたから？

王都に在住している貴族に縁がある貴族に対して、奪われる事への絶望を容赦なく叩きつけたかったから？

もしかすれば、この中に正解があるかもしれない。心を読めるゼノアあたりならば、もうその理由を知っているのかもしれない。

「結局、それは正義なんかじゃない。それは、俺となんら変わらない自己満だよ」

低俗であると言う気はないけど、誰もが褒め称えるような高尚な理念とは思えなかった。

だからこそ、誰もが賛同すると思ったら大違いであると言う他なくて。

「……君は、余程殺されたいらしい」

――――話は終わり。

どちらも、妥協して片方の意見に同調する気がない以上、力で以て撥《は》ね除けるしか道はない。

ハラは決まったのか。

心なし、圧搾された殺意がアムセスの身体から立ち上っているようにも見える。

「これは、正義だよ。何一つ違わない粛清であり、天罰なんだ」

「……神にでもなったつもりですか」

「罰する存在が現れないのならば、僕は神とでも名乗ってやるさ」

ゼノアの言葉にアムセスは答え、そして一際大きな破壊音が周囲一帯に轟いた。

「リューザス!!」

「分かってるっての!!」

ゼノアの叫びにリューザスが応じる。

リューザスの魔法の能力は、転移。

故に、その一言でゼノアが己をここから転移させろと訴え掛けている事は俺にも分かった。

王都に住む人間の避難、取り囲むように出現した魔物の大群。それらを考えた時、ここにこれだけの戦力が集っている事はあまりに拙いと。

しかし。

「僕が、それをさせるとでも？」

遮るように、アムセスが手を振るう。

直後、虚ろな瞳で立ち尽くしていた魔法師の数名がリューザスとゼノアに向かって殺到。

加えて、滞空する魔物の数体が鋭利な牙を覗かせ、今にもブレスを放つ準備をしていた。

「させないのなら、無理矢理にでもさせるまで」

そこに、俺が割り込む。

だが、その行動は予想出来ていたというようにアムセスまでもが参戦。

そして、再度の衝突。

先程までのアレは随分と手加減をしていたのか。比べ物にならない程の膂力によって放たれた一撃に、俺は顔を顰める。

肩ごと外れそうな一撃。

その衝突に、びり、と余波が大気へと伝播する。

「〝纏い〟の借りを此処で返すよ」

続け様、二度、三度と打ち合い、どちらともなく弾かれた直後、俺はそのまま身体を旋回。

望月より尚、眩い輝きで以て撃ち放たれるは『星斬り』の御技。

降り注げ、星光――――〝星降る夜に《ナグルファル》〟。

「ナイスだ坊主!!」

生まれる一瞬の間隙。

それを突いて、リューザスの能力によってゼノアの姿が掻き消える。

恐らくは、一瞬にして溢れかえった魔物の対処にあたるのだろう。

だが、俺がどうにか対処出来たのは肉薄していた魔法使いと、アムセスまで。

ブレスの準備をしていた魔物の対処までは間に合わなくて。

迫る灼熱の息吹。

既に放たれていたそれを、どうにか刃を虚空に滑らせ、対処出来ないものかと考えた瞬間。

「――――〝侵されざる聖域《セイクリッド》〟――――!!!」

割り込んだその声に応じるように、俺達を囲うように、透明な結界がドームを形成するように展開。

それは放たれていたブレスと衝突し、バリン、と砕ける音だけを残して相殺《そうさい》するように霧散した。

「あたしだって、もう、あの時みたいに何も出来ないわけじゃないんだから」

聞こえてくるソフィアの声。

言葉ではそう言っているが、唇からは喘鳴が途切れ途切れに響く。

多少の無理をしているのだろう。

でも、だけどいつの間にこんな事を。

そもそも、ソフィアの適性は治癒の魔法じゃなかったのか。

そんな俺の疑問を見透かしてか。

サプライズが成功したと喜ぶように、リレアが面白そうに答えてくれる。

「治癒は、魔法の一部の能力よ。だから、ソフィアちゃんの魔法の本質は寧ろこっち」

ようやく、リレアがソフィアをこの場に連れてきた理由が分かった。

ソフィアと決して仲の悪くないリレアが、危険であろう場所に連れ回す理由。

それを容認出来るだけの能力が、ソフィアにも備わっていたから。

「あたしは、ユリウスとは理由が違うけど、でも、この街の事は好き。何より、死んで欲しくない人だっていっぱいいる。だから、あたしも貴方を此処で止めます」

俺とは比べ物にならない程の綺麗な理由。

とはいえ、決して羨ましいとは思わないし、自分の理由の方が素敵で仕方がないと思うけど、ただ、自分の業の深さに少しだけ苦笑いする。

「魔法使いが四人か。いいじゃねえの。戦力としちゃあ申し分ねえ」

リューザスも、ソフィアの事を測りかねていたのだろう。だから、戦力になると分かった今、喜色に口角をつり上げる。

「んじゃま、理由はバラッバラだが、ここは協力と行こうじゃねえか。なあ、坊主に嬢ちゃんら」

「……とは言っても、割と厳しいんじゃないの？　一人頭、何体と何人よ」

破壊の音。接地の音。衝突。喧騒に、鳴き声。

様々な音が入り乱れる場にて、不思議とリレアの声は隙間を縫うようにして俺の耳に届く。

「俺はアムセスと戦いたい」

だから、一方的にそれだけを告げ、突き刺すような濃密な殺気がぶわりと膨れ上がったと同時、土塊を後ろに蹴り飛ばしながら接近を開始する。

「え、ちょっと、言い逃げは狡いんじゃないの!?」

――――ソフィアちゃんに関する私の話、本当に聞いてたのかしら。

そんな呟きとも取れる声が聞こえて来る。

しかし、俺の行動を遮ろうにも、割り込むようにして躍り出てくる魔法使いによって、足は止められていた。

直後、煩わしいと言わんばかりの叫び声が続いたが、他に意識を割けるだけの余裕はないとしてシャットアウト。

弓から放たれた矢が如き速度――――〝纏い〟を用いて数メートルと空いていた距離を刹那でゼロへ。

首筋目掛けて吸い込まれるように振るう剣は、最早、耳にタコが出来る程聞き慣れた金属音に阻まれ、鈍い感触と共に痺れが腕を伝う。

「……実に、やり辛いね」

アムセスは顔を顰める。

絶妙に嚙み合い、耳を劈く金切音を耳にしながら生まれる再度の膠着《こうちゃく》状態。

しかし、俺の腕はその時点でビキリと悲鳴をあげていた。でも、それでもと体重をかけ、力を込めて五分の状態へと持ってゆく。

「僕の魔法に限らず、やはり、精神系統は君のような人間とは絶望的に相性が悪い」

落胆。失望。萎え。

そんな感情を見え隠れさせながら、言葉を並べ立てる。

「君や、リレアさんみたいに、一つの物事に固執して、どうにかしてソレと結び付けようとする人種とは、絶望的に嚙み合わない」

自分の都合通りに動かす魔法。

それが精神系統とも呼ばれる魔法の本質。

ひたすらに幻惑し、誘導し、ミスリード。

果てに、対象は術中にはまる。

だが、それが一切機能しない人間もいる。

不可能を可能とする魔法であって尚、これっぽっちも機能しないおかしな人間が存在するのだと彼は言う。

「ただ、これは中途半端に賢しい人間にはよく効くんだ。あの連中や僕みたいな奴には特にね」

ただでさえ圧倒的だった膂力が更に、圧を増す。俺とさほど変わらない細腕。

その何処にこれ程までの力があるんだ。

つい、そんな泣き言を漏らしたくなってしまう。

――――が、こと、俺に関してはその後に、歓喜の感情が付き纏う。

〝魔法使い狩り〟を相手に出来ないことに落胆があった。失意があった。心残りがあった。

しかし、アムセスのコレは、俺の胸中の大半を占めていたそれらの感情を全て吹き飛ばしてくれる程のもの。

恐らくは、彼の魔法の効果。

単純に考えるならば、本来の身体に備わるリミッターを精神系統の魔法で痴れさせているのか。

だから、〝纏い〟を使用していても、こうもあっさりと対応されてしまうのだろうか。

分からない。全くもって分からない。

でも、それでもただ一つ。

目の前で言葉を交わすアムセスという人間が強いという事実が揺るがない事だけは分かる。

程なく俺が力負けし、身体ごと後ろに小さく押し返された直後、白銀の軌跡が頭部を刈り取るべく迸《ほとばし》り、それを一寸の見切りで以て紙一重でどうにか避ける。

一瞬遅れて聞こえてきた風を斬る音が、俺の首に死神の鎌が掛けられていたのだと否応なしに伝えてくれた。

「ふはっ!!」

精神系統が通じないからと落胆していたが、それがなんだ。たとえ通じずとも、アムセスという人間の強さにはヒビ一つ入らない。

次いで繰り出されるは、喋る暇すら与えないと言わんばかりの追撃、猛攻。振り回される暴威をどうにかいなす。

そして、機を待つ。

眼前の景色。壁、敵その全てを、

「斬り裂け、────〝流れ星〟────ッ!!」

「遅い」

ほんの僅かの隙を突き、ここなら必中であると判断して繰り出した一撃。

しかしそれを、「遅い」と一言で片付け、薄皮一枚の犠牲で回避。

次いで、振り下ろされた剣を咄嗟《とっさ》の判断でどうにか防ぐも、すかさず、俺の脇腹へと、鋭角に脚撃が叩き込まれ、肺にたまっていた空気が一気に口から無理矢理に吐き出されてゆく。

「か、ハッ……!!」

反応速度。

反射神経だけ見るならば、あの夜に対峙した〝魔法使い狩り〟をも凌ぎかねない。

というより、ただでさえ速かったのに、まだ更に速度が上がるのか……!!

「……ッ、ぐ」

蹴り飛ばされながらも、どうにか足を伸ばし、地面に擦り付ける事で勢いを殺す。

ずざざ、と音を立てながらも、完全に勢いが死んだと認識出来たと同時、目の前には得物を振り下ろそうとするアムセスの姿。

「精神系統の魔法使いだから、近接戦は出来ないとでも思ってたかい？」

――――残念。寧ろ、僕は近接戦《こっち》の方が得意なくらいだ。

付け足されるその言葉に、笑みをこぼす。

残念？　……いやいや、それは違うだろ。

そこは、幸運だったねと言うべきだろうに。

超える壁は、出来る限り高い方がいい。

「まさか」

僅かに痺れの残る腕で、再度得物を振るい、迫っていた一撃を防いでみせる。

そして破顔。

ひと回り以上の歳の差があるだろうに、こうして殺すと決めたら油断も隙も躊躇もなく殺しに来る姿勢に、身体が震える。

それが武者震いなのか。

この男を倒さねば生き残る事はできないと理解をしたが故の恐怖から来る震えなのか。

分からないが、出来れば前者であって欲しいとは思う。

「その程度はして貰わないと、貴族を纏めて殺すと宣いながらその程度かって拍子抜けしたと思う、よ――――ッ!!!」

ばん、と大地を踏み鳴らし、深く大きく踏み込む。

――――神速一斬。

一切の無駄を削ぎ落とした一撃。

これ以上ない一撃であると一瞬で放った己も理解した。大抵の相手ならば、これでどうにかなるのだろうが、ただ、アムセスがその〝大抵〟という枠組みに収まらない事は既に理解している。

故に。


――――〝刀剣創造《クリエイト》〟――――。


振り抜いた側から、もう一方の手に収まるように、剣を創造。そして、両利きという特技を活かし、そのまま腹部目掛けて刺突を繰り出す。

「……ほんと、どんな反射神経してんの」

しかし、予測していた光景を裏切る結果が視界に映り込んだ。

ポタリと滴る真っ赤な鮮血。

だがそれは、腹部を貫いた事によるものではなく、アムセスが手のひらで刃をガシリと摑み、止めた為に生まれた小さな傷故のものであった。

一瞬で手にしていた剣の片方を地面に捨てる選択を下し、突き出された剣を摑み取る。

果たして、逆の立場であった場合、俺は瞬時に弾くには時間が足りないからと判断して、その選択を出来ただろうか。

……そしてそのせいで、一風変わった膠着状態が生まれる。

それが、二秒、三秒と続き、手にしていた得物を俺とアムセスがほぼ同時に手放した事で、その均衡は唐突に終わりを告げる。

次いで、アムセスの腕によって繰り出される直線の振り下ろし。

その威力は、先ほどから剣を合わせ続けていたから、痛いくらい理解をしている。

「でも、」

一瞬、脳裏を「躱す」という文字が過ぎる。

しかし、その考えをすぐに振り払い、僅かな臆しすら見せずに軌道を確認。

そして、手にしていた片方の得物を合わせるように振るい、ガキンッ、と一際大きな衝突音が響いた。

「そのくらいじゃなきゃ、あえてこうして戦う意味がないよねえッ!!!!」

腕ごと持っていかれそうな衝撃に、眉根を寄せる。異様とも形容すべき威力だった。

だが、それでもと胸中で言葉を重ねる。

満腔に力を込め、歯列の隙間から息を漏らしながらも、一言を吐き出す息と共に紡ぐ。

〝流れ星〟。

合わさる攻撃と、攻撃。

その結果として、一瞬の均衡の後、俺とアムセスの身体が弾かれるようにして彼方へ吹き飛ばされる。

アムセスは魔物の大群の下へ。

俺は、空き家らしき場所に落下し、瓦礫《がれき》に埋もれる羽目となった。

「ユリウスッ!?」

吹き飛ばされた事で距離が縮まったのか。

ソフィアの悲鳴のような叫び声はよく聞こえた。

だが、それに返事をする事に時間を割いたりせず、俺は黙考する。

俺が警戒すべきは、アムセスのあの身体能力。

恐らくは彼の魔法がタネなのだろうが、対策は見つけようがない。弱点だって不明だ。

万全の状態の〝流れ星〟を当てられれば、それでアムセスを倒せるのだろうが、十分に溜めた一撃ともなれば……あの俊敏さだ。

恐らく、当たりっこない。

圧倒的な物量で封殺するのは一つの手であるとは思うが、規模が膨らめば膨らむ程、制御が甘くなる。ソフィアやリレア達がいる状況で、それはあまりに拙い。

ならばどうする――――と考えて、自虐めいた苦笑いを俺は浮かべた。

「……いてて、ほんっと、どうしたものかな」

後先考えず全力でぶつかり、剣戟の果てに、ともすればアムセスを倒す事が出来るだろうか。

そんな脳筋染みた考えしか浮かばず、思考をそこで止めた。

とどのつまり、手詰まりだった。

『星斬り』の技というものは結局、どこまで煎じ詰めても「星」を斬る為に存在するもの。

だから必然、その技は大技ばかり。

勘と本能で力を振り回すような魔物相手には有効であるが、獣の如き俊敏性を誇る相手にはてんで効き目がない。

こんな時、『星斬り』の男はどうしていただろうか。そう考えて――――しかし、あの男は対人戦闘であっても無類の強さを誇っていたなと思い出す。

全くもって参考にならない。

でも、そういう相手をどうにかして下してこそ、剣士として成長が出来るのだ、と己を納得させた。

「オリヴァーから聞いてるよ。君の一撃は驚嘆に値すると。でも、仮に一撃必殺だとしても、当たらなければ意味がない。撃てなければ意味がない。だったら、撃たせなければ良いだけの話」

遠間からアムセスの声がやって来る。

確かに、その通りだと思った。

ある程度の距離が離れていれば、〝流れ星〟はまず間違いなく避けられてしまうだろう。

単に、腕が疲弊するだけ。

それを分かっているから、無闇矢鱈《むやみやたら》に放てない。

解決策があるとすれば、無理矢理にでも撃ち放ち、当てる事くらいか。

その為には、何をすればいいだろうか。

そう考えて————やはり、剣戟の果てにともすれば。またしてもそう帰結してしまい、昼のふちに笑みを浮かべながら俺は立ち上がった。

「なら俺は、その上で撃てばいいってわけだ」

威力を抑えた中途半端なものでなく、かつてオーガに対し、腕を折りながらも撃ち放った時のような渾身の〝流れ星〟を当てさえすれば。

だったら、実に単純過ぎる作戦ではあるが、ありったけの力を振り絞り、〝ナグルファル〟を撃ち放つ事でアムセスの余裕を奪う。

そして、〝纏い〟を使って接近をするなりして〝流れ星〟を撃ち放つ。

……それが、一番俺に出来そうで、尚且つ勝率が高そうな選択だろう。

ついでに、数える事も億劫になる程の物量の魔物もある程度は始末出来る。

リレアには余計なお世話と言われるだろうけど、彼女達の助けにもなれる。

ならば話は早い————。

「じゃあ、そういう事なら意地の張り合い、といいこっか」

ブン、と傘の水を払うような動作を手にしたままの得物で一度。

そして、ミシリ、と音がする程に強く柄を握り締める。

さあ、一度は途切れてしまった戦闘。

その開戦の狼煙《のろし》といこうか。

「す、うっ……撃ち、墜とせ――――!!!」

真一文字の軌跡を描き、声帯を震わせる。

果たしてどこまで保《も》ってくれるのか。

それは不明だが、何事も、やってみなければ分からない。

というわけで、ソフィア達に重ね放つ星降《攻撃》が向かないように意識をしつつ、アムセスの余裕を根こそぎ奪う為に息を大きく吸い込みながら言葉を紡ぐ。

「――――〝星降る夜に《ナグルファル》〟――――!!!」

十四話

そして時刻は少し遡る。

王都郊外にあたる場所にて。

鋭い鷹を思わせる目を眇《すが》めながら、器用に怒濤の連撃を躱し続け、反撃の機会を窺い、女性に相対する一人の男。

お互いに、身体をべっとりと鮮血で濡らしながら、剣をひたすらに振るい続ける。

そして、男――〝魔法使い狩り〟と呼ばれていたオリヴァーは怒気と殺気の塊を周囲に容赦なく放ちながら、彼女の名を叫び散らす。

「ベルナ、デットオオオォォォオ!!!」

怒りで我を忘れているのか。

憤怒に冷静さを灼《や》かれ、本来の攻撃のキレは何処にも見当たらない。

あの夜、ユリウスを相手に圧倒していたあのオリヴァーの姿はそこには存在していなかった。

しかしそれでも、無数の魔法を扱う〝蒐集家《コレクター》〟。

冷静さを欠いて尚、一筋縄ではいかない上、ユリウスの時とは異なり、全てが殺す為の一撃。

故に、一瞬の油断すらも命取りであった。

「……なぜ、」

大振りの一撃と共に、憤りの滲んだ呟くような声音が一つ。

「なぜ、あのクソどもの下にお前がついている……？　なぜ、貴族の犬として動いている⁉　……そも、そもだ。なぜ、お前らはあの時、兄を見捨てた⁉　答えろ、ベルナデット‼‼」

青筋を浮かばせるオリヴァーの言葉は、それだけで終わらない。まだ、終わらない。

「親友じゃなかったのか。家族じゃなかったのか。なのに、なのにどうして、貴族についた？　なぜ、見殺しにした。なぜ、兄は死ななければならなかった？　な、ぜ、お前は今もなお、騎士団に存在している？」

それを問いたかった。

どうしても、問いたかったのだと告げる眼差しには失意の感情が湛えられていた。

そして、それこそが、オリヴァーがアムセスという偽名を使うアルステッドに協力する理由。

否、精神系統の魔法に掛かった理由だろうか。

「おれは貴女達を尊敬していた。兄が死んだと聞かされた、あの瞬間までは……!!!」

事実無根のでっち上げだ。

だが、ベルナデットはそれを否定しない。

ただ、嵐を思わせる猛撃《がえ》を受けるだけ。

それは己の罪であると肯んじているのか。

はたまた、リューザスからあの夜の出来事を聞いた上での判断なのか。

ただ、ただ無言。

しかし、その行為こそがオリヴァーの激昂に燃料を注ぎ足す行為であったのか。

怒りは更に膨れ上がり、怨嗟の咆哮《ほうこう》が轟く。

そして、火花を散らす衝突音が二度、三度と続き、

「わたしはお前の兄を救えなかった。それが事実だ。それだけが、揺るぎない事実だ」

抑揚のない声で、ベルナデットが答える。

「そして、これが、わたしに出来る最大の贖罪《しょくざい》だと考えている」

「贖罪、だと……？」

「ああ、そうだ。だからこそ、わたしはこうして騎士団に今も尚、醜くしがみついている」

怒りは最高潮に達したのか。

一体どこから出しているのだと疑いたくなる程の地鳴りに似た声がやってくる。

「それが答えか。それがお前の本心か。民一人守れぬ騎士団に属し、団員一人に全ての罪をなすりつけ、罵倒し、貶《おとし》め、己の平穏を守ってくれる薄汚い貴族を守る為にお前は存在していると!? 分かった。なら、なら、おれが全てを殺してやる!! 全てを壊してやる!!」

故に、オリヴァーは限定的に殺しを肯定する。

理由はただ、戦う手段を持ち得ない弱者《民》を守りたいと願い、騎士を志した今は亡き兄の遺志を継ぐ為に。

そして今や、魔法使いを殺し回るという悪名を冠するオリヴァーであったが、その本心を見抜いてか。

ベルナデットは初めてそこで笑みを見せた。

「お前は変わらないな」

その言葉に、嘲りはない。

敵意もない。失意もない。

それはただ、純粋な慈しみと優しさに塗れた声だった。

「民を想って戦っていたのか。ああ、お前らしいな。実に、お前らしいな。そして、最後にわたしを殺すつもりだったのか」

騎士団長を任されるだけあって、ベルナデットの戦闘能力は騎士団にいた人間の中でもかなり突出している。王国内でも、五指に入ると噂される程。

だから、〝蒐集家《コレクター》〟の能力を持つオリヴァーであっても、一筋縄ではいかない相手だろう。

それこそ、騎士団にかつて所属していた魔法使い。その全ての能力を奪うくらいしなければ勝てないと思わせるくらいには。

「確かに、そういう事ならこれまでの事も含め、お前に殺されるのであれば、受け入れるのも吝《やぶさ》かではなかったかもしれない、かもしれない」

ここでの〝かもしれない〟は、拒絶の表れ。

故に、生き恥を晒してまで、醜く生にしがみつくのかと、オリヴァーのこめかみに浮かぶ血管がおどろおどろしく膨れ上がる。

「だが、それは応じられない。生憎だが、わたしは騎士団長という地位に醜くしがみつくと決めているんだ。それが、わたしに出来る唯一の贖罪だろうから」

そして再び、贖罪と口にする。

その向かう先は、オリヴァーの兄に対して。

あえて言葉にせずともオリヴァーは理解する。

理解をして、わなわなと身体を震わせる。

どの口が言うのだと。

けれど、それも刹那。

「わたしが貴族や王族の犬として一応、動いてやっている理由は、バミューダを失ったあの日から何一つとして変わらない。団員の――家族の死をもう二度と侮辱させない為にわたしはここにいる。だから、たとえバミューダの弟の頼みであっても、それだけは聞いてやれないな？」

ベルナデットの本心からの一言に、オリヴァーは身体を硬直させる。

まるでそれは、彼女の言葉が予想外過ぎたと指摘しているようであって。

「本来であれば、碌に守る事も出来ない無力な騎士団なぞ、潰してしまえと思っていた。だが、一部の貴族や王家がそれを許さなかった。仮にわたしがこの地位を辞したとしても代わりの騎士団長が据えられるだけ。薄汚い貴族の息が掛かった人間が、騎士団長に据えられる。だからあえて、わたしだけは騎士団に残った。残らざるを得なかった」

……もっとも、ゼノアだけはわたしの下から離れようとしなかったがなと言葉が付け足された。

そして、その言葉に誰よりもオリヴァーが驚いていた。

「わたしは守らないといけなかったからな。バミューダ《底抜けのお人好し》の代わりに、この街ってやつを」

直後、ぶわりと空が黒い何かで覆い尽くされる。それは魔物だった。

限定的に掛けていた〝認識阻害〟の魔法が解け、あらわになる。

数える事もままならない程の数の魔物。

種類も膨大。一体どこからこれ程の魔物をかき集めたのだと思わず問いかけたくなる程。

ただ、ベルナデットに関しては然程、その変化に驚きの色はなかった。

その様子は、まるで初めからそこに何かがあると知っていたようでもあった。

「アルステッドは、民すらも殺す気だぞ」

「民、を、殺す?」

ユリウス達の時とは違う言葉がトリガーとなって、オリヴァーの余裕を刈り取る。

錯綜する。

錯乱し、目は虚ろとなる。

「あいつの根幹は〝犠牲〟だ。犠牲を是とするあいつは、全てを殺すぞ。お前の兄が守ろうとしたものも、すべて。そうする事で、貴族に見せしめを行おうとしている。現に、頭上に広がるコレや聞こえてくる鳴き声が証拠だ。これは脅しでも、なんでもない」

「……ちが、う。それ、は、ちがう」

気付けば、剣戟の音は止んでおり、逃げるようにベルナデットから距離を取っていたオリヴァーは、頭を押さえ、言い聞かせるように言葉を紡ぐ。

「わたしを恨むのは構わない。元より、恨まれる覚えはある。だから、それを責める気は一切ない。ないが、本当にそれでいいのか、オリヴァー。アルステッドに同調するということは、兄が守ろうとしていたものを全て壊すという事だぞ」

「うる、さい。だまれ。だま、れ。だまれだまれだまれだまれ!!! あいつは理解者だ。あいつだけがおれを理解してくれた」

乱暴に剣を振るう。

その姿は、認められない事実を必死に否定している駄々っ子にしか見えない。

「理解者ならば、ではなぜ、今お前精神系統の魔法が掛けられている?」

信用出来ない人間と言っているようなものだ。

至極当然とも思える問い掛けに、オリヴァーは偏頭痛を堪《こら》えるように、言葉を紡いでゆく。

「おれが、頼んだ」

「頼んだ?」

「そうでもしなければ、お前達を殺せないと思ったから」

「……成る程。そういう理由か」

容赦を取り除く。

平和主義者であり、元騎士団の人間に少なからず情を抱くオリヴァーにとって、アルステッドの能力はお誂え向きだったというわけだ。

しかし、既にリューザスと言葉を交わしているベルナデットだからこそ、なのか。

「お前は、殺したくないのだろう。わたし達や薄汚い貴族は兎も角、関係のない人間は何があっても」

そこに気づく。

故に、オリヴァーはあの夜、ユリウスを殺せなかった。

殺せるタイミングはあったかもしれない。

あの時は、終始、間違いなくオリヴァーが優位であった。

しかし、傷を与えこそすれ、殺せはしなかった。殺す気でいたが、それでも殺せなかったのだ。

あの夜、ユリウスが指摘していた事は嘘でも勘違いでもなかった。

「だが現実、アルステッドの奴は、お前が守りたかった民を一人でも犠牲とする事で〝犠牲〟という名の〝悲劇〟を作り上げ、単なる一つの脅し文句として使うつもりだぞ。それで良いのか。それに同調するのか。それでも、お前はあいつを理解者と呼ぶのか？」

「違うと言ってる……!!　あいつは、あいつは、お前らとは違って今の世界を変えようとしている!!　この間違った世界を!!　あいつはおれと同じ、理不尽に家族を奪われた悲しさを知る人間だ!!　出鱈目を言うなよ、ベルナデット……!!」

奪われる苦しみ。悲しみ。

それらを知っているからこそ、アルステッドは道を間違えない。

そう信じて疑っていないとオリヴァーは言葉を並べ立てる。

そして、その苛立ちをぶつけるように再度肉薄し、剣を振るう。

一撃一撃が加速し、重さが増してゆく。

「――――〝重力制御《グラビティ》〟――――ッ!!!」

魔法の使用。

異様なまでの威力を作り出した一撃に、剣で受けたベルナデットの足下はミシリと陥没。

やがて、向けられる力に押し負けたベルナデットの身体が、後方へと吹き飛ばされる。

「〝加速《アクセル》〟!!!」

しかし攻撃は終わらない。

怒りに塗れた瞳は遠のいてゆくベルナデットを捉えており、オリヴァーは持ち前の魔法を用いてその距離を再度詰めんとする。

「アルステッドのやつの気持ちは、これでも分かってるつもりだ。貴族を罰したい。何かを変えたい。そう考えた時、この手段が有効だろう事も。だから、これは正しい。正しいと思う。だが、この選択によって齎されるのは最悪の結果だ。だから、わたしは正しいが間違っていると思う。無辜の民を犠牲にしてまで得られる結果に何の意味がある。それは、お前達が忌み嫌う貴族像と、一体何が違う?」

「……ッ、だまれ……!!!」

一閃。

縮められた間合いの中、お互いの得物が火花を散らす。

力任せに吹き飛ばされ、体勢を崩されて尚、如何なる状態であっても迫る一撃を防いでみせるべルナデットの力量は恐るべきもの。

「ここにバミューダがいたならば、間違いなく止めただろう。だから、代わりにわたしが止める。それだけだ」

「お、前が、兄の名前を口にするなああああぁぁぁああああ!!!!」

得物同士による悲鳴染みた衝突音は更に強まり、激化。

ベルナデットか、オリヴァー。

そのどちらかが死すまで終わらないと思わせる程のやり取りであったが————しかし。

けたたましく響き渡る爆音が二人に割り込むように、響き渡った。

続く悲鳴と、獣の唸り声。鳴き声。

それらの音の介入により、闘争は唐突に終わりを告げた。

「アルス、テッド?」

オリヴァーにとって、ベルナデットの言葉の一切が信用に値しないもの。

だから、全く信用を寄せていなかった。

時折、心に残る言葉もあれど、殆ど信用していなかった。アルステッドこそが正しいと。彼だけが己に共感してくれる唯一の同志であると。

そう信じていた彼は、果たして一体、アルステッドからどのような話を持ちかけられたのか。

〝ど〟がつくほどの平和主義者であった彼は、何を吹き込まれたのか。

……それが嘘であった事は、手を止め、呆けるオリヴァーの姿からも一目瞭然であった。

「何を、してるんだ。何を考えてるんだ。アルステッド」

魔物が街を襲っている。

人を襲っている。

戦う手段すら持ち得ない民に猛威を奮っている。

「それは、貴族を罰する為に用意したもの……だろう?」

なぜ、それを用いて街を襲っている?

なぜ、人を襲っている?

分からない。

オリヴァーには、理解が出来ない。

そしてだからこそ、その脳内で巡る思考と現実との差異に苦しみ、これまでで一番と言える程の頭痛がオリヴァーを襲った。

「ッ、ちがう、違う違う違う違う!! これは、何かの間違いだ。あ、ああ、そうだ。きっと、アルステッドの魔法の制御が狂ってるんだ。これだけの物量だ。そういうことも、あるだろう。あ、助けないと。アルステッドは、おれが助けないと。おれを救ってくれた、あいつを助けないと」

混濁した目で、虚ろに言葉を呟く。

それでどうにか我を保とうとしているのか。

しかし、その行動は最早、ベルナデットからすれば痛々しいと言う他なかった。

オリヴァーの中で、優先順位がベルナデットからアルステッドへと置き換わる。

やがて、殺意を撒き散らしていた筈のオリヴァーは、アルステッドの下へ向かうべく、背を向けた。

そして、〝加速《アクセル》〟と一言。

「っ、待て、オリヴァー!!」

ベルナデットの制止の声を、一顧だにせず、オリヴァーはアルステッドの下へ向かって駆け出した。

十五話

戦闘が始まり、幾分経過しただろうか。

一秒が何十秒にも引き延ばされたと感じる激闘の中、操られていた魔法使いや魔物を相手にしていたリューザスが不意に言葉を紡ぐ。

「……センスがちょっとあるだとか、物覚えが良いとか、もうこれはそんなレベルじゃねえぞ」

それはまるで、信じられないと言わんばかりのものであった。

「ゼノアの嬢ちゃんが見たらどう言うだろうな？　天才？　鬼才？　いいや、きっと、ちげえだろうなあ。この次元になると、そんな言葉すら生ぬりぃ。言うなればこれは——〝バケモン〟の類だ」

その戦い方は、まるで熟練の戦士のソレ。

少なくとも、闘争という名の坩堝《るつぼ》にある程度の期間。老齢の人間になら少なくとも半生以上の時間、身を置いていた戦人にしか見えない。

だからこそ、くつくつと喉を鳴らす。

否、鳴らさずにはいられない。

その差異を見てしまったから。

異常性を理解してしまったから。

喉の奥を震わせ、笑いでもしなければ、この事実を前に、冷静さを保てる自信がなかったのだ。

「嗚呼、全く。全く意味がわかんねえ。なんでそんなに上手く使える？　なんで、攻撃をそこまで完璧に予測し、避けられる？　あの夜、見た時も規格外とは思ってた。すげえ坊主がいると思った。だが、だが、ここまでじゃなかったろ？　えぇ!?」

本来、土台あり得ない話なのだが、その変貌っぷりはまさしく、人が変わったかのようだ。

事情を知らないリューザスだからこそ、理解が出来ない。追いつかない。

ユリウスの中には常に、最上の〝手本〟はあったのだ。足りなかったのは彼自身の能力。

劣っていたのは理想を体現出来るだけの純粋な身体能力。

故に、ゼノアから〝纏い〟を見て盗んだ時点で、戦闘能力に明らかな差が生まれるのは最早、必然でしかなかった。

機動力を得たと言うより、彼の場合は脳裏に描く理想を現実で限りなく近く模倣出来るようになった、であるから。

それさえあれば、たとえ相手が誰であろうと、勝てない道理はない。

ただ、それだけの話だったのだ。

故に――――。

「――――」

力量の差などないかのように、打ち合う剣戟の音がひたすらに鼓膜を殴りつけ、大気を揺らし続ける。持ち前の魔法で身体能力を極限まで強化し、雨霰と攻撃を降り注がせて尚、致命傷は生まれない。

経験も、技量も、何もかもが優位であると思われたアルステッドが攻めきれないという奇妙な展開が出来上がっていた。

その事実を前に、焦燥感が身をこがす。

しかし、なまじ経験があるから。

戦士として優秀である事が、今回に限り、不利に働く。一向に事態は好転しない。

一瞬一瞬で移り変わる戦況の中で、何が一番適当であるか。

それを理解し、それを選択し続けるが故に、ユリウスは対処出来てしまう。

何故ならば、闘争の記憶は何千通りと頭の中に存在しているから。そして、その闘争の中で、ひたすら、最善を選び続けた人間の記憶を実際に見て、憧れて、模倣しようと試み続けていた人間こそが――――ユリウス《俺》であるから。

だから、通じない。

最低限の裂傷のみで押さえ込めてしまう。

……ただそれでも、負担を強いた事による身体の限界は、すぐ側にまで忍び寄っていた。

技術をいくら覚えたところで、肝心の身体が追いついてはいなかったから。

◇◇◇

心底、楽しくて、嬉しくて、高揚していて――それでもって、どうしようもなく悔しかった。手が届きそうなのに。あと少しで届くと分かってるのに、それが無理であると。

そこに至る前に身体の限界がやって来ると薄らと理解が出来てしまうが為に、苦笑いを浮かべずにはいられない。

そして、歯列の隙間から喘鳴を漏らしながら、上限知らずに高まる剣戟の音をまた一度と生み出す。

身に余る技術を使用すれば、先に身体の限界がやって来ると〝流れ星〟で身に染みて分かっていた。自明であった。

ただ、限界が来るからとそもそもやらないという選択肢だけは取るわけにはいかなかった。

なにせ、強くなる為には限界という壁を超えなきゃいけない事は、自分自身が一番分かっていたし、かつての己が肯定した事であったから。

「……勘弁して欲しいね」

痛みには慣れている。

だから、痛みが付き纏う程度であれば、考慮すらしない。けれど、身体が思うように動かないとなれば話は別だった。

……ただ、それでも負けられない。

限界はすぐそこまで迫っている。

それでも対峙したからには負けられないし、無様は晒せない。

故に俺は、剣を合わせながらも、気の抜けたようにふは、と笑う。喜色で顔を彩らせながら、

「楽しい」という感情をさらけ出す。

「こんなに楽しいのに、限界がすぐ側まで迫ってるってのは、さぁッ!!!」

一歩、一歩、確実に前に進んでいるという確固たる自覚が己の胸の内にあった。

強くなっている自覚がある。

これまで出来なかった事が出来、理想にまた一歩と近付けているという感覚がある。

「いい、加減……!! くたばりな、よッ!!!」

力任せに振るわれる剣が、交錯し、腕に痺れを残しては次へ、次へと攻撃がひっきりなしに行われる。

しかし関係ない。悲鳴をあげる身体を無理矢理に動かして全てに対応する。

見てから反応出来る速度の限界を超えて、かつて『星斬り』と呼ばれていた男が生涯かけて培った戦闘勘を用いて、全てに対処する。

「く、そが……」

言葉での説得は不可能。

実力での突破も、まだ出来ていない。

故に、アムセスは下唇を噛み締めながら、赫怒《かくど》の形相で言葉を紡ぐ。

目尻から滴る鮮紅色の涙は、怒りによるものか。はたまた、魔法の代償か。

だが、そんなものは一顧だにする価値すらないと切り捨てて、アムセスは空いっぱいに広がる魔物に指示を下す。

「何も知らず理解しようともしない君が、邪魔をして良いような話じゃないんだよこれはさァッ!!!」

侮っていたのだろう。

だけど、それは仕方がないと思う。

『星斬り』の男の記憶さえ除けば、俺はただの剣士でしかない。〝流れ星〟のような反則染みた技を使えはするが、それでも対処出来る範疇であるとアムセスは決めつけていたのだろう。

誤算があったとすれば、ゼノア・アルメリダから、俺が〝纏い〟と呼ばれる移動技術を学んだその一点。

「あぁぁぁあッ!! 予定、を、変更だッ。もう、ここで潰す。王都のど真ん中でぶっ放してやろうと思ってたけど、ここでぜんっいん、潰してやる。そんなに戦いたいならお望み通り、全力で相手をしてやるよ……!!」

魔物の鳴き声が、一際大きく響き渡る。

そして、数える事が億劫になる程の数の魔物の殺意を孕んだ視線が、俺という人間に注がれる。

僅かに、首筋が怖気立った。

「……というか、数、更に増えてない？　あいつ、どんだけ備えてたのよ」

口元で笑みを作りながら、リレアは呆れる。

まるでそれは、襲って来るなら相手になるぞと言わんばかりの態度であって。

リレアらしい言葉を耳にしながら、俺もまた、笑みを浮かべる。

魔物を全て投入したいなら、すればいい。

立ち塞がるなら、立ち塞がればいい。

ならば俺はただ、その全てを撃ち落とすだけだから。

「……きれ、い」

展開する『星斬り』の御技――――〝ナグルファル〟。

空を覆い尽くす程の物量を誇る魔物達によって、陽射しは遮られ、暗雲が立ち込めているかのように、あたりは暗くなっていた。

お陰で、光がよく目立つ。

光を帯びる攻撃、その一つ一つが、まるで夜空に煌めく星のように存在をその場に刻み付ける。

故に、ソフィアは綺麗、と口にしていたのだろう。

「こういう構図は好きだよ。こういう、我慢比べみたいな分かりやすい構図は」

先に倒れた方が負け。

先に意地を張れなくなった方が負け。

実に分かりやすい、のだけれど、正直に言うと勘弁して欲しかった。

ゼノアとのやり取りから、疲労は蓄積しっぱなし。〝ナグルファル〟はもう幾度も撃ち放っている。限界という言葉があるなら、きっと既に通り越している事だろう。

しかしながら、これらは言ってしまえば、今更。

故に、とことんくたばるまでやろう。

「〝星降る夜に《ナグルファル》〟」

己の魔法である〝刀剣創造《クリエイト》〟にて創った剣を振るう。

それを、二度、三度と繰り返す。

程なく、魔物へと飛来する刃は放たれる無数の息吹を斬り裂き、対象へと一直線に向かってゆく。

咆哮。断末魔の叫び。衝突音。破壊音。

それらを耳から耳へと素通りさせながら、ひたすら剣を振るう。

それこそ四方八方。

全てを覆うように、展開を続け————光り輝く刃の軍勢と魔物の軍勢は交錯した。

「オリヴァーの方に君を行かせなくて正解だったよ……ッ!! 嫌な予感は薄々していたけど、まさか、こうも的中するとはさぁ」

衝突した側から巻き上がる砂煙。爆風。

天井知らずにそれは広がり、無差別に周囲を巻き込んでゆく。

アムセスが何かを言っている————それが何だ。知らない。聞こえない。気に留めない。

言葉を返すという行為すら惜しい。

その労力すら今は惜しい。

広、がれ。

広がれ、広がれ広がれ広がれ広がれ広がれ広がれ広がれ広がれ広がれ広がれ広がれ広がれ――――。

「ふ、はっ、」

身体を駆け抜ける激痛。

精一杯の見栄を張るように、歪んだ笑みを一つ。

空に溶けてゆく〝ナグルファル〟の残滓《ざんし》を見詰めながら、血の一滴まで余力という余力を今につぎ込む。

『星斬り』とは、星を斬るのは勿論。

何もかもを斬り裂く刃でなければならないから。そこに嘘をつくわけにはいかないから。

それを、嘘にするわけにはいかないから。

故に、故に――――。

「――――〝淵源波及《負けられるか》〟――――!!」

ここで手札を切る。

誰にも見せたことのない手札を切る。

左右へ、両手を大仰に手を広げながら紡ぎ、その言葉を始動の合図として彼方此方に眩い輝きが生まれた。それはさながら、星のようで。

「〝星溢れる夜天に《プラネタリウム》〟」

空には、夜半でもないのに魔物の陰に紛れて星のような輝きが無数に存在していた。

記憶の中の『星斬り』の男はこれを、何の下準備もなく一瞬で展開していたが、俺が展開する為には下準備が必要だった。

〝ナグルファル〟を用いて、周囲に乱発し、残滓を散りばめておく必要があった。

そこまでして漸く、使用が出来る。

「────────」

幻想的とも思えるその光景に、アムセスは言葉を失っているようであった。

理由は分かる。

そこまで驚く理由は分かる。

なにせ俺は、〝魔法使い狩り〟の男のように〝蒐集家《コレクター》〟などという魔法に恵まれたわけでもなかったから。

この世界において、使える魔法は一つだけ。

それが不文律で、絶対のルール。

多少の例外は存在するものの、その例外を作っているのは他でもない魔法だ。

だからこそ、魔法の力を一切借りる事なく、魔法染みた何かを創り上げる事は、あまりに常識外れ過ぎたのだろう。

「だから、称えたんだ。誰もが称え、憧れて、最後は誰一人として馬鹿にはしなかった」

涯《はて》なき数の星のような刃は、魔法という説明でなければ、魔法使いだからこそ、納得が出来ない。

人の身では、およそ成せる筈のない星を斬るという夢を、お前ならばいつか叶えられると

誰もがそう言った。

「そして、俺もその一人であるから、おめおめとくたばってやるわけにはいかないんだよ、ね」

上げる事にすら苦痛を伴うボロボロの右腕を、空に掲げる。

次いで、それをゆっくりと下ろしながら、胸中にて「降り注げ」と一言。

アムセスが慌てて、使用者である俺を始末せんと肉薄を始めていたが、既に手遅れ。

既にアレは俺の制御から離れている。

たとえ俺を殺したところで、アレが掻き消える事はあり得ない。

だからこそ。

「もう遅い」

ジュッ、と肉を灼《や》き、地面を穿《うが》つ星降の音を耳にしながら、俺は不敵に笑ってやった。

頬に一筋の赤。

知覚する速度すら上回って飛来した攻撃に、慌てて接近を取りやめて大きく後方に跳躍したアムセスを前にしながら、ふらつく身体を支えきれず、俺は後ろに倒れ込んだ。

◇◇◇

降り注ぐ怒濤の、連撃。

間違いなく、アムセスにソレは直撃した。

そう、分かっているのだが。

「くそっ、たれが」

地面に倒れ込み、仰向けになった状態のまま、俺は口角をつり上げて、浮かべる表情と全く噛み合っていない言葉を呟いた。

その呟きの向かいどころは、倒れた己の身体に対してではない。

恐らくくたばっていないであろうアムセスに対してでもない。

割り込んできたであろう、乱入者への言葉だった。

巻き上がる砂煙。

響く轟音。

十数秒と場を支配したそれらが収まるのを見計らい、俺は告げた。

「……はぁ。あの夜ぶりだね。〝魔法使い狩り〟」

姿は見えていない。

でも、アムセスに向かった攻撃の幾つかを撃ち落としたであろう犯人は、彼であると感覚的に分かった。

直後、息を呑む音が聞こえてきた。

恐らく、俺の予想は的中していたのだろう。

だから、そう仮定して俺は言葉を紡ぐ。

「それで、答えは見つかった？」

剣呑とした戦場の中。

喉を震わせて紡いだ言葉は、自分の事ながらあまりに気楽なものだった。

敵同士の関係にもかかわらず、それは知人に対して向ける挨拶のような、そんなノリだった。

「……何がだ」

「決まってるじゃん。あんたの兄の復讐に対する答え、だよ」

〝魔法使い狩り〟と呼ぶオリヴァーにあの夜叩きつけてやった支離滅裂で手前勝手な暴論の事を持ち出す。

予想でしかないけれど、彼がここにやって来た理由に、それが関係しているんじゃないのかって思ったから。

ただ。

「……お前、アルステッドに何をした」

投げ掛けた質問とは掠りもしない言葉がやってくる。そこには隠しきれない憤怒の色が滲んでいた。

「見ての通り。俺はただ、邪魔をしようとしただけだよ」

徹頭徹尾、俺の考えは何も変わっていない。

強くなりたいから剣を振るい、気に食わないから立ち塞がる。単純明快、ただそれだけ。

そう告げた俺から、どうにか見える位置に立つオリヴァーは、周囲を一度見回す。

そして最後に、大の字で寝そべり、肩でどうにか息をしながら喘鳴を漏らし続ける俺を見やる。

彼が手にする抜き身の刃から放たれる光は、酷く眩しいものに思えた。

「……いや、お前はあり得ないな。お前だけはあり得なかったな。お前は、ただの馬鹿だ」

罵倒される。

何をもって、そう言っているのか。

そもそも、アムセスに何をしたのかと言葉を投げ掛けてきた理由は不明。

ただ、『馬鹿』という言葉が俺にお似合いである事は自覚していたので、気が抜けたように笑っておく。その通りだと、同意するように。

そして、オリヴァーは俺に背を向けた。

「……これはどういう事だ。アルステッド」

仲間同士だろうに、そこには明確な敵意があった。出来る事ならば、違っていて欲しい。そんな願いのような、祈りのような感情。

言葉にこそされていなかったが、どうかこの状況を否定してくれと願っているようにしか見えない。

オリヴァーに続き、さらにもう一人の足音が加わる音を聞きながら、俺は彼らの会話に耳を傾ける。

「彼を殺す気がないのなら、そこを退いて、くれないかな。オリヴァー」

全くの無傷、とはいかなかったのだろう。

平時であれば、ゾワリと背筋が粟立ってしまうような色のない言葉が諭すように紡がれた。

傷の具合は分からないが、心なしか、震えているようにも聞こえるその声音から、軽くない傷を負っているであろう事は想像出来た。

「おれの質問が先だ……!! 答えろ、アルステッド!! これはどういう事だ!!」

鬼気迫る表情でアムセスを真っ向から見据えるオリヴァーは、ただただ言い募る。

答えを口にしない限り、テコでも動かないであろう事は容易に想像が出来た。

しかし、それでも、望んだ言葉はやって来なかった。それどころか。

「……あーあ。何してるのさ、オリヴァー。ベルナデット、まだ生きてるじゃん。折角僕がこうして、面倒臭いやつらを引き受けてあげたって言うのに」

返ってきたのは落胆の声。

失望したと言わんばかりの言葉であった。

取り繕う事は無駄であると悟っているのだろう。言葉を重ねたところで、最早、意味はないと。

現に、アムセスが用意したであろう魔物達は、未だ猛威を振るっていた。

「……ッ、おれ、は、貴族に与する人間のみを殺すと聞いたから。腐った貴族共を殺さなければならないと説いたお前の理念に共感したから、手を貸したんだ……ッ」

「嘘を吐いた覚えはないよ。貴族を殺さなければならないという理念に、微塵の揺らぎもない。それを成せるならば、僕は何を捨てても構わないと思ってる。成せるならば、何を犠牲に捧げようと釣りが来る」

――それは言ってしまえば、友人を利用し、信頼を全て失うことになったとしても。

混濁した瞳は、狂気を湛えているようにしか見えない。けれど、考え方にこそ共感は出来ないものの、そのスタンスは俺にも通じるものがあった。だから、親近感を抱かずにはいられない。

ただ。

「確かに、理念としてはその通りだと思う。何かを成そうと考えるなら、覚悟が必要だ。でも、その考え自体が正しいとは、俺は間違っても思えないけどね」

意識は、はっきりしている。

腕が少し、力を込めても震えるだけで満足に動かないくらい。

それを除けば、満足に動く。

だから、俺はゆっくりと身体を起こし、胡座をかき、段階を踏んでふらつく身体でどうにか立ち上がる。

「……そもそも、他人の意志なんかに己が歩む道の指針を委ねる事自体が間違ってるんだよ」

アムセスもそうだが、俺もそう。

自分の行動に一切の躊躇いなく生きている。

他人にとって間違いに映ろうが、そんな事は一切関係ない。

ただ、自分が信じる道を貫くだけ。

故に、説得の余地はどこにもない。

認められないなら、武でもってどうにか抑えつける他に道はない。

「後悔をしたくない事なら、尚更にね」

だから俺は、誰からの共感も得られていないけれど、自分が信じた道を愚直に貫いている。

後悔だけはしたくないから。

それが正しいと他でもない自分自身がそう信じているから。断じているから。

だから。

「だから、俺を邪魔と認識するなら、かかって来なよ。その壁を、ぶっ壊してやるからさ」

遠慮はいらないと告げる。

この期に及んで、誰がどう見ても疲労困憊で、起き上がる事にすら苦労していたこの窮状で、そう口にする俺の考えが心底理解できないのか。

オリヴァーは困惑していた。

でも、それでもどうにか言葉を絞り出す。

顔を俯かせ、背を向けている俺に対して、オリヴァーは言葉を紡いだ。

「……なぜ、」

それは、葛藤が滲み出たような声だった。

「お前はなぜ、そう在れる？　このまま続ければ、お前は間違いなく死ぬぞ」

「そうかもね」

「生きたく、ないのか……ッ!!」

オリヴァーは〝魔法使い狩り〟という所業を重ねてはいたが、曰く、平和主義者。

それが正しいのならば、俺の思想は相容れないだろう。あまりにそれは、平和とは程遠いから。根本から異なっているから。

「…………」

悲鳴のような叫び声を耳にして、俺は口を真一文字に引き結ぶ。

あの夜の時も。初めて会った時もそうだった。

徹頭徹尾、オリヴァーは俺を殺したくないと言っていた。だから、邪魔をするなと。

「……あの時の夜の言葉を訂正するよ、〝魔法使い狩り〟。俺は愚かと言ったけど、あんたはただの不器用な人間だ」

こうして俺が散々邪魔をしているというのに、本来の目的であった人間以外は殺したくないと徹底的に拒み続ける。

それは、世間を騒がしていた〝魔法使い狩り〟とはあまりに乖離していた。

俺は出会った事がない。

けれど、予想は出来る。

かつて騎士団に所属していた彼の兄は、さぞ、高潔な人間だったのだろう。

「でも、だから分かると思う。俺も不器用なんだ。これが正しいと思ったらそれしか道が見えなくなるような、そんな人間」

だから、と俺は思い、心の中で〝刀剣創造《クリエイト》〟と唱えて震える右の腕をどうにか上げながら、手の内に収まった剣の切っ先をオリヴァーとアムセスのいる方向へと向ける。

俺と、オリヴァーと、アムセス。

三者共に、剣士。

そして、三者共に思想は相容れない。

ならば話は単純だ。

何時の世も、我を通すのは勝者のみなのだから。

「あんた達の願いに比べれば、俺のは手前勝手極まりないけれど、それでも至りたいんだ。証明したいんだ。だから、まぁ、勘弁してくれよ」

今も尚、アムセスの連れてきた魔物が暴れている。リレアや、リューザスは、その対処を行いながら、ひたすら俺達に注意を向けている。

崩壊の音。破壊の音。悲鳴も混ざっている。

そして、熱気を帯びたそよ風が肌を撫でると同時、俺は大見得を切るようにばん、と大地を踏み鳴らし、一歩前へと出た。

次いで、笑う。

こんな状況、笑ってなければやっていられない。

身体は限界に近い。否、限界を迎えているものの、己の身体に言い聞かせる。

――――まだやれると。

そうする事で、生命の危機を知らせる身体からの危険信号をどうにか掻き消してみせる。

目の前にはこれ以上ない強敵が二人。

ならば、悲観すべきでなく、寧ろ笑うべき。

お誂え向きの状況、故にたとえ己が身体であっても、邪魔をするな……!!

「さぁさ、意地の張り合いだ!!」

負ければ死ぬだろう。

そんな事は指摘されずとも、理解している。

だから、己の全部を懸けて立ち向かう。

「俺の事情がアムセス《あんた》に関係ないように、あんたの事情も俺には関係ない!!」

自己中極まりない言葉を言い放つ。

「だから、好き勝手言わせて貰うよ————!!」

言うのは自由。

思うのは自由。

極論、そうした結果、どうなったとしても、それを受け入れられるならば、何もかも好き勝手にすればいいのだ。

本心を告げて、怒りを買う事になろうとも、戦いたいという欲求を抱く俺からすれば、寧ろ望むところだったのだ。

「あんたらは、俺が〝星斬り〟に至る為の、糧となれ————ッ!!!」

いつか、夜天の空に無数に煌めくあの星々。

その悉くを斬り裂く瞬間を摑み取る為の、糧となれ。

「斬り裂けろよ、」

強引に振り上げた腕を、今度は振り下ろしながら俺は紡ぐ。

全てを斬り裂け――――。

「――――〝流れ星〟――――――!!!」

十六話

「……ばっかじゃないの」

〝流れ星〟を撃ち放った後、身体を支えきれず、バランスを崩し、地面に倒れ込む事になった俺の視界に広がる暗澹とした鈍色の空。

そこに割り込むように、心底呆れたと言わんばかりの言葉と共にソフィアが顔を覗き込んでくる。

身体はもう、力を入れても殆ど動かない。

どうにか、頑張ってぷるぷる震えるくらい。

自分勝手に、自己満足の為に首を突っ込んでみた結果がこれ。

だから、ソフィアから向けられるその言葉に、弁明の余地すらなく、俺は力なく笑って受け入れる他なかった。

「それは、今更だろ」

村のみんなは当然知っている。

俺が馬鹿な事くらい、〝星斬り〟を目指して鍬の残骸を振るっていた時から、みんな知っている。

故に、俺は今更と告げる。

「でも……ああ、うん。これだから。これだから、面白い」

そのまま破顔した。

無理を敢行して、死にかけになって。

それでもと意地を張って。

世界は広いのだと思い知らされて。

力の籠らない両の手で、どうにか握り拳を作りながら一層、俺は笑みを深めた。

「本っ当、堪らないなあ、コレ」

センスも経験も、才能も。

何一つとして持ち合わせていなかった俺に、こんな猛者達相手に大立ち回りが出来ていた。

〝星斬り〟の技は、すげえだろって心の中で自慢をした直後に、声がやって来る。

ひゅー、ひゅー、と掠れた息遣いを、合間合間に挟みながら、その声の主は言葉を紡いだ。

「まっ、たくさあ、昔も今も、変わらないねえ……!? 君達は、さぁ」

アルステッド・ベルナバスは、笑う。

でもそれは、面白いから笑っているわけでなく、皮肉故に、笑っているのだと一瞬で分かった。

何せ彼は、かつて〝星斬り〟と呼ばれていた男の側にいた者の子孫。

であるならば、その皮肉にもある程度の納得はいく。この命知らずな無謀さはきっと、俺の憧れと遜色ないだろうから。

「なぁ、ユリウスくん。一つ、質問いい、かな」

身体は動かない。

側でソフィアが治癒の魔法を掛けてくれてはいるが、それでも起き上がるにはもう少し時間がいるだろう。

だから、俺の目から、アムセスの状態が分かるはずもない。致命傷を負っているのか。

それは偽装なのか。

ただ、疲れているだけなのか。

一つ確かに言える事は、アムセスがまだ生きているという事実のみ。

とはいえ、俺の身体が動かない以上、彼からの質問はどうしても耳に入ってきてしまう。

「どうして、君は……ソレを知っている？」

それは、至極当然の質問だった。

事情をある程度知っている人間であれば、どうしても疑問に思ってしまうだろう。

ただ、俺が想像している通りの疑問であれば、その答えを当人である俺ですらも知らない。

「オリヴァーから聞いた時は、ただの、真似事だと思ってた。でも、直に見るとよく分かる。それは、まごう方なく〝星斬り〟の技、だ。……君はどこで、それを知った？」

寧ろ、俺が聞きたいくらいだった。

8歳の誕生日を迎えたその日、俺は『星斬り』の剣士と呼ばれていた男の生涯を、夢という形で追憶した。

その理由も、きっかけも、何も分からない。

だから、アムセスから向けられるその問いに対する正しい答えを俺が述べられる筈もなくて。

「夢を、見たんだ」

ただ、コレが求めている答えでないと分かった上で、真実を俺は告げる。

「たった一つの約束の為に、星を斬ろうと決めた大馬鹿な剣士の夢を見たんだ」

それが、原点であり、俺が〝星斬り〟の技を使えてしまう理由。

とはいえ、夢で見た。などという一笑に付して然るべき理由を前に、何故かアムセスは口を噤んだ。ふざけるな、と言葉を重ねる事はなかった。

「……ふ、はっ、なる、ほど。成る程、それで、その魔法なのか。それ、で、その思考回路なのか」

それどころか、気の抜けたように笑って、納得したと言わんばかりの言葉を続けた。

「魔法ってやつは、そいつの人生そのものだ。そいつの闇であり、光の象徴。魔法の能力にだけは誰であっても嘘はつけないからね。……ぁあ、いや、オリヴァーだけは、そうでもなかった、か」

確かに、〝蒐集家《コレクター》〟なんて魔法の持ち主である彼だけは、唯一、誤魔化しが利く存在だろう。

空気を和ませようとでも思ってか。

冗談めかした様子で力なく、アムセスは笑った。

「でも、〝精神操作《インペリウム》〟なんて魔法に恵まれた僕だからこそ、それは身をもってよく知ってる」

俺は、剣が必要だった。

〝星斬り〟の男の技に耐えられる、頑丈な剣が。あの時は、場を打開出来る武器が必要だった。

「僕の場合は、裏切られ続けた人生でね。だから、魔法はこの通り。信頼とは程遠い魔法だ」

人を操る魔法。

それは、人を信じられなくなってしまったが故に発現したものなのかと理解する。

直後。

「そしてだからこそ、僕は誰一人として信用していない。分かるかい？　僕の一番の目的は、誰にも口にはしてないんだよ」

やや遠く離れた場所から、一際大きな爆発音が轟いた。

「……抜かった、ねえ？　ベルナデット？　予想外の邪魔が入りはしたが、この勝負、僕の勝ちだ」

その一言が告げられると同時、ふと、かつて夢で見た記憶が思い起こされる。

それは、『星斬り』の男の記憶。

彼の幼馴染として、側に居続けた男――――アウグレン・ベルナバスの、生き様。

彼は、望んだ結果を得る為ならば、自分を駒として徹底的に使い潰すような人間だった。

その為ならば、犠牲をどれだけ強いろうと、関係がないと割り切るような。

だから、先の爆発がアムセスの本当の目的であったのだと悟る。

「……あの方角は」

少し離れた場所にいるであろうベルナデットと呼ばれた女性は、心当たりがあったのか。最後まで言葉を紡ぐ事なく絶句していた。

「あそこは、公爵の屋敷がある場所ね」

補足するように、リレアが言う。

「成る程。警戒が分散した隙に、襲う予定だったのね」

ただ、爆発音が響き渡ったにもかかわらず、リレアの表情に然程の変化はなく。

「あの公爵は特に民から嫌われる性格をしていたし、貴方が狙おうとする理由はよく分かるわ。特にあいつは、私から見ても救えない奴だったから」

アムセスのような人間であれば、そこを狙うのは当然であるというように言葉を並べる。

対する返事は、くひ、と息だけで行われた笑い声が一つ。

それは肯定の意であった。

「……というか、事前に貴方が集めてた魔法使いの数が少ない理由はそれね」

「ま、ぁ、今更バレたところで、どうにも出来ないから否定はしないけど、さ」

満足した結果が得られたからか。

気付けば、アムセスの口調は先ほどより若干、柔らかくなっているような気もした。

とはいえ。

「……でも、慣れない事、するもんじゃないね。アレで、いけると思ったんだけどな」

最後のあの〝流れ星〟でどうにかなると思っていた。でも、結果は先に俺がくたばっていた。

視界を埋め尽くすほどの魔物の量を考えれば、あれが最適解だったと思うけれど、それでも、後先考えなさすぎた。

「にしても、最後の最後で奥の手出してくるとか、ずっこくない、かなあ？」

地面に大の字で仰向けに倒れる直前。

目にした光景は、アムセスを何故か庇うように結界のようなものを部分的に展開したオリヴァーの姿であった。

〝蒐集家《コレクター》〟とはよく言ったもので、魔法が次々に飛び出してくる。

正直、底が見えなさすぎて嬉しさ半分、勘弁してくれという呆れ半分の心境だった。

「でも、ま、ぁ、立ち塞がった物は、何だろうと俺は斬り裂くだけなんだけどね」

その想いが天に通じたのか。

言葉の通り、即席の結界らしきものは粉々に斬り裂いてやった。でも、それが壁となったせいで倒しきれなかった。

それが全て。

「……なあ、アムセスさん。あんた、やろうと思えば、貴族の暗殺くらい屁でもなかっただろ」

直に戦って、よく分かった。

今回はどうにかなりはしたけれど、アムセスと俺の間には、確かな実力の差が存在していた。

だからこそ、言わずにはいられない。

かつて、『星斬り』の男が言っていた言葉。

暗殺でもすればいい。

それは、可能であったのではと尋ねずにはいられなかった。

でも。

「さ、ぁ？　それは、どうだっただろうね」

嘯かれてしまう。

答えた際の声の調子からして、恐らくはワザとそんな答え方をしたのだろう。

とはいえ、あれだけ殺気をばら撒いていた筈のアムセスにダメ元で問い掛けてみたものの、拍子抜けする程あっさりと言葉が返ってきていた。

「……ところで、ベルナデット」

「なんだ」

「僕を、殺さなくていいのかい」

絶好の機会だと思うけど。

そんな言葉が続けられたような気がしたのは恐らく、気のせいではなかったのだろう。

ただ、それでもベルナデットが「そうだな」という事はなくて。

「何もせずとも死ぬ人間を、あえて殺す必要がどこにある。それに、お前は元々、死ぬ気だっただろ。散々引っ掻き回してくれた奴の願いを叶えてやる程、私はお人好しではない」

拒絶の言葉を叩きつけ、それに対してアムセスは笑って応えた。

「何より、代償があるだろう。私があえて手を下すまでもない」

代償。

ベルナデットが口にしたその言葉は、俺にとって聞き慣れないものだった。

それ故、無意識のうちに「代、償」と声に出してしまっていた。

「……魔法、には何かしらの弱点が必ず存在している。それは、不変の事実さ。ただ、」

俺の疑問に答えるように、アムセスは言う。

「その弱点にも種類が、あってね。まぁ、どこぞの研究者は、魔法使い自体を、『万能型』と『欠点型』って分けてるらしい、けど」

――――ちなみに、ユリウスくんの魔法は『欠点型』にあたるよ。なんて補足される。

「『欠点型』は、文字通り、欠点がある魔法。明らかな弱点を抱えてる魔法は大体、こっちさ。でも、偶に僕の〝精神操作《インペリウム》〟みたいに、一切の欠点がない魔法があって、ね。ただ、魔法の欠点がない代わりに、それらは総じて、代償を払う必要がある。この事は、あんまり知られてないけどね。『万能型』の魔法は、少ないからさ」

これまでの魔法の傾向から考えれば、精神操作が出来る数に制限があるくらいの弱点は抱えていそうなものだが、頭上に広がっていたあの大量の魔物を考えると、間違ってもそんな制限があったとは思えない。

そして、その強大な魔法の効果を得た代償故に、ベルナデットは手を下すまでもないと告げたのだろう。

「……アルステッド」

そんな折、彼を呼ぶ言葉が聞こえてくる。

オリヴァーの声だった。

「どうして罪なき人間を、犠牲とした……!!」

街の惨状は目に見えて明らか。

故に、根っからの平和主義者である彼は吠えずにいられなかったのだろう。

しかし、返ってくるのは悪びれた様子の感じられない浮薄とも取れる言葉。

「それが、最低条件だったからさ。金で雇った魔法使い《犬》で周辺を固めてたあいつをぶっ殺すには、危機感を伝える必要があった。だから、多少の犠牲は仕方なかった。必要犠牲だった。でもほら、僕の考えは間違えてなかった」

「ふざ、けるな……!!!」

今にも掴みかかりそうな様子でオリヴァーが、怒る。

でも結論、望んだ結果を得られたのならば、アムセスの行為は彼にとっては正しかったのだろう。

謝罪する様子はやはりない。

「……魔法使いが中心の世界を作るなんてほざく割に、聞いてれば扱いが雑過ぎるね」

「あぁ、あれは半分嘘。ああ言えば、向上心の塊っぽい君は釣れるかなって思ってたんだよね」

どう? 迫真の演技だったろ? あぁ、でも、君に対してなら貴族に喧嘩を売る方向に言いくるめるのがベストだったかな。

なんて、ほざく。

「……でもまさか、僕の半分も生きてないような子供に邪魔されるとは、思ってもみなかったけどね。あぁ、クソ。魔法の効果が本格的に、切れてきやがった」

致命傷に似た傷を負っているであろう割に、随分と息が長い。

そんな事を思ってはいたけど、どうやらその理由には彼自身の魔法が関係していたらしい。

〝精神操作《インペリウム》〟。

確かに、一時的な誤魔化しくらいなら、出来そうな魔法である。だから、納得する。

「……ともあれ、君が思ってる以上に、魔法には色々と種類がある。くだらない魔法から、厄介極まりない魔法まで。もしかすると、君が見たその夢も、誰かの魔法によるものかもしれないね」

それは、考えた事もない可能性だった。

ただ。

「随分と、親切に語るんだね。さっきまで、殺す気満々だったくせにさ」

殺す気満々だった事に文句を言いたいわけじゃない。むしろ、そうでなければ問題だった。

とはいえ、そんな相手に親切を働くアムセスの意図がイマイチ分からなくて。

「そりゃ、そうだろう。なにせ、君みたいなタイプが貴族共は一番嫌うし、困るからね。殺せない以上、腹立たしい相手ではあるけど、嫌がらせがてら、多少の親切は働くさ」

「……もしかして、馬鹿にしてる？　それ」

「そうとも、言うし、そうでない、とも言う。結局、あいつらにとっての天敵は、持ち得た権威が通じない相手と、そもそもの話が通じない人間だ。理路整然と物事を語って言い包めようとしても、そんなのは知らん死ねと言われれば、それまでだろう？」

要するに、アムセスにとって俺は話が通じない人間であるらしい。

でも、否定をする気はない。

自分の考えがある意味破綻している事くらい、自覚しているから。

「だから、貴族にとって扱い易い人間は君達みたいな人間だ。ベルナデット？」

でも、と何か言いたげな息遣いをしたベルナデットを無視してアムセスは告げる。

「その、瞳。確固たる考えを持ってるのなら、ま、ぁ、いっか。それに、オリヴァーも使い物にならなくなった今、どう頑張っても倒せそうにない、しね」

空に広がっていた魔物は、その数をかなり減らしており、元騎士団の人間らしき者達がその対処に今も尚、あたっているようであった。

「にしても、意外だったなあ。まさか、オリヴァーに庇われるなんて。恨まれる事、結構してたのに、なんで庇っちゃうかなあ。お陰で痛い思いをする羽目になったじゃん」

冗談めかした様子で答える。

でも、その言葉には同意だった。

俺から見ても、オリヴァーがアムセスを庇う理由はないように思えたのに、どうして。

「……民を巻き込んだ理由を、聞かずに死なせてやるわけにはいかなかった」

「……らしいねえ。実に君らしい答えだ」

どこまでも、純粋で。真っ直ぐで。

リューザスやゼノア達がオリヴァーを気に掛けていた理由が、よく分かる気がした。

「たったそれだけの理由で庇うとか、やっぱり馬鹿だよ、君。そのせいで、君までくたばってんじゃん。……でも、そうだな、強いて言うとすれば、誰もが皆、君みたいに純粋なわけじゃないって事さ」

その言葉を最後に、喀血の音が聞こえた。

かは、と口から血を吐き出したのだろう。

打ち水のような弾ける音がパシャリと響く。

しかし、直後、何事もなかったかのように、さぁて、とアムセスは言葉を並べた。

「……そろそろ、時間切れみたいだね。んじゃ、くたばる前に最後のお掃除といくかなあ」

そして、足音が立つ。

次いで、大部分が失われたであろう魔物の嘘り吠える声がまた、響き渡った。

「王都ごと、滅茶苦茶にする計画は阻まれちゃった、わけだし、最低限はなんとかしないと死んでも死にきれないからさ」

「……何する気？」

問うてみる。

すると、意外にもアムセスは答えてくれた。

「だから、最後のお掃除だよ。いやあ、突然の爆発に慌てふためく狗畜生共の姿が目に浮かぶねえ。

ま、集まってるところを皆殺しにするんだけども」

結局のところ、アムセスの怒りは徹頭徹尾、貴族に向いている。そこに、嘘偽りはなく。

彼の最低限の目的は、公爵と呼ばれていた貴族の抹殺、であったのだろう。

ただ、それをするにあたって障害があったと。

公爵を守る魔法使いが厄介であったが故に、こんな騒ぎを起こしたのだろう。

……全く、俺が言えた義理じゃないが、はた迷惑な奴である。

「僕よりずっと、貴族共の方が厄介さ。ユリウスくんも、この生き方を続けるなら、思い知らされる日は近いと思うけどね」

俺が考えていた事を見透かしてか。

笑い混じりにアムセスは言う。

「だから、先祖のよしみで忠告だ。貴族には、気をつけるんだね。僕みたいに――――なりたくないなら、だけどさ」

十七話

王都で利用する事になっていた宿屋。

その屋根の上。

斜面になった場所に腰掛ける俺は、雲一つない晴れ渡った空を見上げながら呟く。

「騎士団の仕事はいいの？　ゼノアさん」

隣には、副騎士団長を任されていた騎士服に身を包んだ麗人、ゼノア・アルメリダがいた。

ある程度言葉を交わしていたから、彼女がサボりとは無縁の生真面目な性格をしているという事は知っている。

だから、そう聞かずにはいられなかった。

「たまには休めと、言われてまして」

「そうなんだ」

騎士服だから、仕事中なのかと思っていたけど、どうやらそうでないらしい。

「それで、アムセスは？」

あれから、二日経過していた。

事の顚末はリレアやソフィアから聞いていたけど、具体的な事までは聞けなかった。

だから、折角なので尋ねてみる事にした。

「アルステッドは、あれから姿を消しました。ですが、代償からして、まず生きてはいないでしょう」

「あぁ、代償がどうとか言ってたね」

「ええ。読んではいませんが、あれ程の魔法ともなると代償も相当なものだった筈です」

ゼノアの魔法は、〝心読《ドクトウス》〟。

故に彼女なら、余裕さえあれば、知ろうと思えば全て知る事は出来ただろう。

「ちなみに、〝魔法使い狩り〟の魔法の代償は？」

あまり聞いて欲しくない話だったのか。

ゼノアは言葉を詰まらせる。

でも、それも刹那。

ここまで首を突っ込んだからには話さなければならないと思ってくれたのか。

「喪失です」

「喪失？」

「はい。彼の魔法の代償は、〝蒐集家《コレクター》〟を含む、得た魔法全てを失う事です。なので、申し訳ありませんが」

「別にいいんじゃない？」

恐らく、ゼノアが俺の下に訪ねてきた理由は、ソレだったのだろう。

これまでの行動。理念。思想。境遇。

そして――――代償。

彼女らの関係からして、アムセスは兎も角、オリヴァーは見逃してくれ。

そんな内容かなと察して、笑い混じりにそう答えてみる。

拍子抜けするほどあっさりした俺の返事に、ゼノアは驚いているようであった。

「それに、そういう事ならわざわざ俺のところに来なくても良かったのに」

「……そういうわけにはいかないでしょう」

「いや、そうじゃなくて。そもそも俺は、何も気にしてないからって意味だよ」

極論、俺はオリヴァーやアムセスがどうなろうがどうでもいい。

「ど」が付くほど身勝手な俺の自己満足に強制だったものの付き合ってくれた事に対して感謝の念は抱いている。

でも、彼らに向ける感情は言ってしまえばそのくらい。というか、それしかない。

「とどのつまり、今回の騒動が解決したんなら、それで良いんじゃない？」

俺のその答えに、ゼノアはあからさまに深い溜息を吐いた。

「……そんな曖昧な理由で命を張ったんですか」

「そういえば、フィオレが似たような事言ってたような気もするなあ」

フィオレ・アイルバークの名を持ち出す。

困った事があれば、ゼノアを頼れと言っていた彼女の言葉がなければ、今回の一件はもしかすればまた違った顚末に見舞われていたかもしれない。

「まぁ、ここではコレを理解出来るシヴァや、リレアが異端なんだろうけどね」

共闘し、魔物を一緒に打ち倒してみせた赤髪の剣士――シヴァや、リレアの事を思い出しつつ、笑う。

「死んだ時は死んだ時、みたいな?」

当分は無茶が出来ないように。

と、あえて治癒の魔法で治して貰えず、包帯でぐるぐる巻きにされて未だ痛む右腕を見やりながら、俺は事もなげに呟く。

それが、紡がれた親交に対して背を向ける行為であると分かった上で、こうして敢行してしまっているのだから、本当に俺という人間は救えないと思ってしまう。

「……共感しかねますね」

拒絶の感情を突き付けられる。

でも、俺はそれで良かった。

この感情は、俺だけのもの。

俺だけの、憧れであり、輝き。

だから、俺が知っていればそれで良かった。

故に、破顔を維持する。

「ねえ、ゼノアさん」

「……なんですか」

「誰かの生きた記憶を、他の誰かに見せる。そんな魔法が存在するって話、聞いた事ある？」

あの時のアムセスの言葉が俺の脳裏を過る。

俺が得たこの記憶は、誰かの魔法によるものである可能性だって、あるというあの言葉。

それが何故か、喉に刺さった小骨のように、俺の中で残っていた。

「そんな魔法があるという話は……聞いた事がありませんが、ただ、魔法に不可能は無いかと」

「ま、そうだよね」

これまで、多くの魔法を目にしてきた。

攻撃特化の魔法から、洗脳に、死者蘇生の真似事まで。恐らく、魔法に不可能はないのだろう。

だからきっと、あの時俺に向けられたアムセスの言葉が真実である可能性は、十二分にあった。

「それが、どうかしたんですか？」

考えてみる。

仮にもし、あの時見た光景が、誰かの手によって意図的に見せられたものなのだとしたら、俺は生き方を変えるのだろうかと。

あの日抱いた熱は、失われるのだろうかと。

「ううん。ただ、少しだけ気になって」

でも――――そんな事を考えてみて尚、俺の答えは変わらなかった。

それもその筈だった。

その程度で左右されるならば、そもそもゼノアから、考えが理解出来ないと言われていなかっただろう。

「……私からもひとつ、よろしいでしょうか」

「なに？」

「アルステッドの考えに、何故あなたは賛同しなかったのですか」

まるでそれは、ゼノアの目からは俺が賛同するとしか見えなかったと言われているようで。

「彼の考えは、何処か壊れていました。結果的に、被害を抑えられたものの、彼は間違いなくこの王都を壊すつもりだった。そして、貴族と魔法使いを徹底的に潰し合わせるつもりだった」

言われてみれば、あのアムセスならそのくらいはやりそうだと思えた。

「強くなりたいと願う貴方にとって、その展開というものは、忌避どころか、寧ろ望むところだったのではありませんか」

「否定はしないよ」

その言葉は、するりと俺の口から出てきた。

ゼノアの指摘の通りだ。

俺の願いは、争乱の絶えない時代であった方が、きっと届き易かった事だろう。

戦う相手に困らない、そんな時代の方が。

「じゃあどうして、」

邪魔をするような真似をしたのか。

そう問うてくるゼノアに対し、俺は当たり前のように己の考えを口にする。

「だって、理由がないんだもん。それに、俺にはアムセスや〝魔法使い狩り〟を相手にする方がよほど魅力的に映った。ただ、それだけだよ」

アムセスあたりが聞いたならば、ふざけるなと怒ってしまうかもしれない。または、一周回って笑ってくれるかもしれない。

でも、俺が賛同しなかったのは、そんな理由だった。

けれど、それは裏を返せば、

「ただもし、理由さえあれば、俺はどんな結果が透けて見えようと突き進むと思う。たとえそれが、世界に喧嘩を売る行為であっても」

傲岸に笑いながら、不遜な言葉を並べ立てる。

すると、呆れた。と言わんばかりの溜息がまた、聞こえてきた。

その反応の理由は、俺の言葉が嘘偽りのない本心であると読んだからなのだろう。

「……長生きは出来ないタイプの人間ですね」

遠回しに、もっと良い生き方は幾らでもあっただろうにと指摘されているような気がした。

もっともな指摘を前に、唾液で落とし込む言葉すら見当たらなかった。

「これから、どうするおつもりですか」

「これから、か」

ひとまず、ソフィアに治して貰えなかった腕を完治させるとして。

その後は……まだ考えてすらいなかった。

そんな折。

「……もしよければ、ですが」

「うん？」

「団長から、今回の迷惑料代わりに、希望があればユリウス君に稽古をつけるのも吝かではない、という伝言も預かっております」

「団長っていうと……」

「ええ、ベルナデットです。実力だけなら、王国の中でも五指。世界で見ても、十指に入る程の傑物ですよ」

残念な事に、ベルナデットと呼ばれていた彼女が戦う姿を見る事は出来なかったが、それでもこれまで培った戦闘勘があの人は強いと訴え掛けていた事を俺は知っている。

ただ、王国で五指に入ると言われてもイマイチぴんとこなくて。

「ベルナデットさんって、ゼノアさんよりどのくらい強い？」

そんな聞き方をしてしまう。

「……そう、ですね。私とユリウス君。あと、リューザスの三人掛かりなら、いい勝負が出来るくらいの差はあると思いますよ」

要するに、とんでもなく強い、と。

「なら……よし。決めた」

すっくと立ち上がり、そのままやや高い宿屋の屋根から飛び降りる。

「折角だから、その厚意に甘える事にするよ」

恩義を感じて貰う必要性なんてこれっぽっちもないけど、折角なのでこの機会を有効活用させて貰う事にした。

「というわけで、今から行って、」

「ユリウス～？」

――――くる。

そう言うより早く、宿屋の側で俺の事を見張っていたソフィアに見つかった。

「最低でもあと一週間は安静、って約束したよね～？」

……治癒を引き換えに、半ば強制的にさせられた約束の事を思い出しながら俺は顔を引き攣らせる。

「……破ったら、簀巻きって約束もしたよね～？」

「ど、どうだっただろ」

とぼけてみる。

めちゃくちゃ説教をしてくるソフィアをどうにかする為、適当にはいはいと頷いていた事が完全に仇となっていた。

タチが悪いのは、それに関する記憶が微妙にあるという事。

誤魔化そうにも、何か覚えがあるような。

という心当たりのせいで、誤魔化し方がどうしても半端になってしまう。

「捕まえて下さい、リューザスさん」

「悪ぃな坊主。このお嬢ちゃんには借りがあってな」

あれ以来。

元騎士団の人間であるリューザスとも、度々話をする関係に落ち着いていた。

特に、あの騒動で負った怪我をソフィアに治して貰った事。加えて、無茶を敢行しようとする俺を見ていられないのか。

度々、こうして邪魔をしようとしてくる。

お陰で、ベルナデットの下に向かおうとしていた俺の肩は、がしりと掴まれていた。

「さぁてと、今日も療養がてら、オレとお話でもしようぜ」

それは、リューザスなりの礼なのか。

俺の性格を知った上で、彼はお話と称して、この世界についての事を詳しく教えてくれる。

特に、コイツには出来れば関わるな、等。

流石の俺も、それがリューザスなりの節介と分からないほど鈍感ではなかった。

ただ。

「……分かったよ、分かった」

そろそろ身体を動かしたかったのも、また事実で。

リューザスやソフィア、そして俺に構わず見せつけるように一人で鍛錬していたリレアの目を盗んで脱走を試みる俺であったが、リューザスに一瞬で捕獲され、ソフィアからひどく怒られる羽目となってしまっていた。

あとがき

この度は『星斬りの剣士2』をお手に取っていただき、誠にありがとうございました。

星を斬りたいと願う少年によるバトルファンタジー第二弾となります……！

サブキャラである、アムセスや、オリヴァーの二人のキャラの意思が強く見え隠れする一巻となりましたが、謎だらけだった〝星斬りの男〟についても、それなりに触れ、良い二巻となったかなと考えております。


リレアやソフィアの魔法について。

〝星斬りの男〟についての謎。

登場する魔法使い等。

謎めいた部分はまだありますが、楽しんでいただけたなら幸いです。


また、近日、本作のコミカライズがコミックアーススター様にて連載開始となりますので、もし良かったら覗いてやって下さい。

本作のイラストレーターを担当して下さったたろるあ先生の迫力あるイラストとはまた別の良さがコミカライズの方にはありますので、ぜひ！

最後に、担当編集の筒井様。二巻のイラストを引き続き担当して下さったたろるあ先生をはじめ、今作にかかわって下さった皆様方、Ｗｅｂ連載の頃より応援して下さった読者様方にこの場をお借りして感謝を。

アルト

2巻発売
祝

レルナ刊行中!!
オススメ作品
ますます目が離せんな
ルナの相棒の獣人族の青年。おっちょこちょいな彼女をサポート＆護衛してくれる頼もしい味方。
老若男女楽しめる作品を、
今後も続々と刊行予定!!
EARTH STAR NOVEL

アース・スターノベ
Luna
はじめまして、ルナです！未熟者ですがこれからもどんどんオススメ作品をご紹介していきます！
ルナマークが目印だよ！
『異世界新聞社エッダ』に勤める新米記者。あらゆる世界に通じているゲートをくぐり、各地から面白いモノ・本などを集めている。

EARTH STAR NOVEL

星斬りの剣士②

発行 ―――――― 2021年9月15日　初版第1刷発行

著者 ―――――― アルト

イラストレーター ―― ろるあ

装丁デザイン ―――― 山上陽一（ARTEN）

発行者 ―――――― 幕内和博

編集 ―――――― 筒井さやか

発行所 ―――――― 株式会社アース・スター エンターテイメント
〒141-0021　東京都品川区上大崎3-1-1
目黒セントラルスクエア　7F
TEL：03-5561-7630
FAX：03-5561-7632
https://www.es-novel.jp/

印刷・製本 ―――― 図書印刷株式会社

ISBN 978-4-8030-1562-1